KB158063

복수는 나의 것 주식회사

THE COLLECTED SHORT STORIES OF ROALD DAHL

THE LAST ACT; THE GREAT SWITCHEROO; BITCH (Originally published in short story collection 'Switch Bitch', 1974), AH, SWEET MYSTERY OF LIFE (First appeared in The New York Times, 1976 and first published in Ah, Sweet Mystery of Life, 1989), THE UMBRELLA MAN; VENGEANCE IS MINE INC.; THE BUTLER (First published in More Tales of the Unexpected, 1980), THE BOOKSELLER; THE SURGEON (First published in Playboy, 1986)

ROALD DAHL

복수는 나의 것 주식회사

이원경 옮김

베틀·북
BETTER BOOKS

차례

복수는 나의 것 주식회사

Vengeance is Mine Inc.

내가 잠에서 깼을 때는 눈이 내리고 있었다.

눈이 온다는 걸 알 수 있었던 것은 방 안에 환한 기운이 어른거리고 밖이 고요했기 때문이다. 거리에서 발소리도 타이어 소리도 들리지 않고 자동차 엔진 소리만 들렸다. 고개를 들어 보니, 녹색 가운을 걸친 조지가 창가 쪽에서 등유 난로 위로 몸을 숙인 채 커피를 끓이고 있었다.

내가 운을 뗐다.

"눈이 오는군."

조지가 대꾸했다.

"날이 차. 엄청 추워."

나는 침대에서 나와 현관문을 열고 조간신문을 가져왔다. 정말 추웠다. 잽싸게 침대로 돌아와 한동안 이불을 덮고 누운 채 양손을 두 다리 사이에 꼭 끼우고 오들거렸다.

조지가 말했다.

"편지 안 왔어?"

"응. 한 통도 없던데."

"영감이 돈을 토해 내지 않으려나 보군."

나는 고개를 끄덕였다.

"한 달에 450달러면 충분하다고 생각하는 거겠지."

"뉴욕에 와 본 적이 없어서 여기 생활비가 얼마나 드는지 모르는 거야."

"네가 그 돈을 일주일 만에 다 써 버린 게 문제야."

조지가 일어서서 나를 바라보았다.

"'우리가' 써 버렸다고 해야지."

"그래. 우린 아껴 썼어야 해."

나는 신문을 읽기 시작했다.

어느덧 커피가 다 끓자, 조지가 커피포트를 내 쪽으로 들고 와서 두 침대 사이의 탁자에 내려놓았다.

"사람은 돈 없이 못 살아. 영감도 그걸 알아야 해."

조지는 녹색 가운도 벗지 않고 자기 침대에 도로 누웠다. 나는 경마와 축구 소식을 차례로 읽은 다음, 저명한 정치·사회 칼럼니스트 라이오넬 팬털룬의 기사를 읽기 시작했다. 전국의 이삼천만 애독자들과 마찬가지로 나도 팬털룬의 글을 꼬박꼬박 읽는다. 나에게 그는 하나의 습관이다. 아니, 습관 그 이상이다. 커피 세 잔이나 면도처럼 내게는 아침의 일부다.

내가 입을 열었다.

"이 친구 정말 철면피야."

"누구?"

"라이오넬 팬털룬."

"오늘은 또 뭐래?"

"늘 하는 소리지. 추문 기사. 매번 부자들의 추문만 다뤄. 이거 좀 들어 봐. '……펭귄 클럽에서 목격된…… 은행가 윌리엄 S. 윔버그는 아리따운 신인 여배우 테레사 윌리엄스와 함께…… 사흘 연속 데이트를 즐겼으며…… 그사이 윔버그 부인은 집에서 두통에 시달렸고…… 자기 남편이 저녁 내내 윌리엄스 양과 노닥거린다면 그 어떤 아내가 골치 아프지 않겠는가…….'"

조지가 중얼거렸다.

"윔버그 큰일 났군."

"개망신이지. 이 일로 이혼당할 수도 있어. 대체 팬털룬 이 작자는 이런 정보를 어디서 주워듣는 걸까?"

"수완이 대단해. 그래서 다들 팬털룬을 무서워하지. 하지만 내가 윌리엄 S. 윔버그라면 가만있지 않을 거야. 당장 쫓아가서 라이오넬 팬털룬의 코를 주먹으로 갈겨 주겠어. 이런 놈들을 혼내 주려면 그 수밖에 없거든."

나는 고개를 저었다.

"웜버그는 그럴 위인이 못 돼."

"어째서?"

"늙었으니까. 웜버그는 품위 있고 존경받는 노인이야. 뉴욕에서 가장 잘나가는 은행가지. 체면 때문에라도 그런 짓은 절대……."

그때 별안간, 난데없이, 멋진 아이디어가 떠올랐다. 조지에게 말하는 도중에 문득 생각난 것이었다. 이야기를 멈추자, 그 아이디어가 내 머릿속으로 흘러들어 오는 것이 느껴졌다. 나는 입을 다물고 그 아이디어가 내 안으로 계속 들어오게 했다. 이윽고 뭐가 어떻게 됐는지는 모르지만, 모든 계획이 세워졌다. 기발하고 엄청난 계획이 내 머릿속에 또렷이 떠올랐다. 실로 아름다운 계획이었다.

고개를 돌리자, 조지가 어리둥절한 얼굴로 나를 바라보며 물었다.

"왜 그래? 무슨 일이야?"

나는 애써 흥분을 억누르고 잔을 들어 커피를 조금 마신 다음 아주 차분한 태도로 말문을 열었다.

"멋진 생각이 떠올랐어, 조지. 이제 내 말 귀담아들어. 우리 둘 다 갑부로 만들어 줄 아이디어가 떠올랐거든. 우린 지금 파산 상태야, 안 그래?"

"그치."

"오늘 아침 윌리엄 S. 웜버그의 기분이 어떨 것 같아? 단단히 화가 나 있겠지?"

조지가 소리쳤다.

"화나고말고! 당연히 화났겠지! 너무 화가 나서 돌아 버릴 지경일걸!"

"틀림없어. 그러니 라이오넬 팬털룬이 코를 제대로 한 방 얻어맞는 꼴을 보면 웜버그가 좋아하지 않겠어?"

"좋아 죽겠지!"

"그렇다면 한번 생각해 봐. 만약 누가 대신 그자의 코를 확실하게 뭉개 준다면 기꺼이 수고비를 지불하려 들지 않을까?"

조지가 돌아앉아서 나를 보고는 살며시 조심스럽게 커피 잔을 탁자에 내려놓았다. 환한 미소가 녀석의 얼굴에 서서히 번지기 시작했다.

"알겠어. 무슨 속셈인지 알겠어."

"이건 내 아이디어의 일부에 불과해. 너도 팬털룬이 쓴 이 글을 읽어 보면 오늘 그에게 모욕당한 사람이 한 명 더 있다는 걸 알게 될 거야."

나는 신문을 집어 들고 말을 이었다.

"엘라 김플 부인이라고, 자산이 100만 달러에 이르는 사교계 유명 인사가 있는데……."

"팬털룬이 그 여자에 대해 뭐랬어?"

나는 다시 신문을 보고 대답했다.

"그녀가 룰렛 도박 파티를 열고, 마치 은행처럼 친구들에게 돈을 빌려줌으로써 떼돈을 번다는 식으로 썼어."

"김플도 난처해지겠군. 웜버그처럼. 김플과 웜버그라."

조지는 침대에 꼿꼿이 앉아서 내가 계속 이야기하기를 기다렸다.

"자, 이제 오늘 아침 라이오넬 팬털룬의 배짱을 증오하는 사람이 두 명 생겼고, 둘 다 당장 가서 그자의 코를 후려치고 싶지만, 아무도 그럴 엄두를 못 내. 무슨 말인지 알겠어?"

"알다마다."

"라이오넬 팬털룬이 공공의 적인 셈이지. 하지만 그런 자들이 더 있다는 걸 잊으면 안 돼. 부자와 유명인을 조롱하며 살아가는 또 다른 칼럼니스트가 수십 명에 이르거든. 해리 와이먼, 클로드 테일러, 제이컵 스윈스키, 월터 케네디 등등."

조지가 맞장구쳤다.

"맞아. 쌔고 쌨지."

"장담하는데 부자들은 신문에 실려 조롱받고 모욕당하는 걸 세상에서 제일 싫어해. 아주 치를 떨지."

"더 이야기해 봐. 어서."

"좋아. 내 계획은 이래."

점점 흥분이 밀려들었다. 나는 침대 옆으로 몸을 기울인 채 한 손으로 작은 탁자를 짚고 나머지 한 손으로 허공을 저으며 말했다.

"당장 회사를 하나 차리고, 그 이름을…… 뭐라고 지을까……? 적당한 이름이…… 어디 보자…… 그래, '복수는 나의 것 주식회사'…… 어때?"

"특이한 이름인데."

"성경 구절이야. 근사해. 맘에 들어. '복수는 나의 것 주식회사'. 그럴싸한걸. 그리고 작은 카드를 인쇄해서 우리 고객 모두에게 보내야 해. 그들이 공개적으로 굴욕과 조롱을 당했다는 걸 상기시키고, 돈을 내면 가해자를 대신 처벌해 준다고 하는 거야. 이제부터 신문이란 신문은 모두 사서 칼럼니스트들의 글을 빠짐없이 읽고, 날마다 카드를 수십 장씩 미래의 고객들에게 보내야 해."

조지가 탄성을 질렀다.

"굉장해! 진짜 끝내주는걸!"

"우린 부자가 될 거야. 눈 깜짝할 사이에 어마어마한 갑부가 될 거라고."

"당장 시작해야겠어!"

나는 침대에서 뛰쳐나가 메모지와 연필을 가지고 재빨리 침대로 돌아왔다. 그리고 이불 밑에서 무릎을 당겨 그 위에 메모지를 놓으며 말했다.

"자, 먼저 해야 할 일은 우리 고객들에게 보낼 카드에 넣을 문구를 정하는 거야."

우선 메모지 꼭대기에 회사 이름을 적었다. '복수는 나의 것 주식회사'. 그러고는 우리 회사의 설립 취지를 밝히는 문구를 신중하고 정성스럽게 작성했다. 그리고 다음과 같은 문장으로 마무리했다.

> 따라서 '복수는 나의 것 주식회사'는 귀하를 대신하여 철저히 비밀리에 해당 칼럼니스트에게 적절한 처벌을 가할 것이며…… 이를 위해 귀하의 뜻을 존중하여 선택적 방식(개별 가격 명시)에 따라 진행합니다.

조지가 물었다.

"무슨 뜻이야, '선택적 방식'이라니?"

"고객에게 선택권을 줘야 해. 우리가 할 일은 다양한…… 여러 가지 처벌 방식을 생각해 내는 거야. 첫 번째 처벌은……."

나는 메모지에 글을 적고 말을 이었다.

> 1. 코 후려치기. 한 번, 힘껏.

"가격은 얼마로 책정할까?"

조지가 곧바로 대답했다.

"500달러."

나는 받아 적고 다시 물었다.

"다음 처벌은 뭐로 할까?"

"눈에 멍 들이기."

그것도 받아 적었다.

2. 눈에 멍 들이기. 500달러.

조지가 반대했다.

"안 돼! 적절치 않은 가격이야. 정확히 눈에 멍 들이는 게 코를 후려치는 것보다 더 뛰어난 기술과 타이밍을 요구하잖아. 숙련된 솜씨가 필요하지. 600달러는 받아야 해."

"좋아. 600달러. 그다음은 뭐가 좋을까?"

"당연히 둘 다 하는 거지. 1번과 2번을 동시에."

이런 건 조지가 전문이었다. 녀석도 신이 난 눈치였다.

"둘을 동시에?"

"그래. 코 후려치고 눈에 멍 들이기. 1,100달러."

"두 가지를 한번에 하면 좀 깎아 줘야지. 1,000달러로 하자."

"완전 헐값인걸. 바로 입질 들어오겠는데."

"다음은 뭐가 좋을까?"

이제 우리 둘 다 입을 다물고 맹렬히 집중했다. 조지의 살짝 비탈진 이마에 주름 세 줄이 나란히 팼다. 조지는 느릿느릿 아주 힘껏 머리를 긁적이기 시작했다. 나는 딴 데를 보면서 사람들이 다른 사람에게 저지르는 온갖 몹쓸 짓을 생각해 내려고 노력했다. 마침내 하나가 떠오르자, 조지가 종이 위에서 움직이는 내 연필심을 지켜보는 가운데 또박또박 적었다.

4. 칼럼니스트가 주차할 때 (독을 제거한) 방울뱀을 자동차 안쪽 페달 옆에 던져 넣기.

조지가 나직이 탄성을 질렀다.

"하느님 맙소사! 죽도록 겁먹겠군!"

"당연하지."

"그런데 방울뱀은 어디서 구해?"

"사면 되지. 파는 데는 많아. 이건 얼마로 할까?"

조지는 단호히 대답했다.

"1,500달러."

나는 순순히 받아 적었다.

"이제 하나만 더."

"이건 어때? 칼럼니스트를 차로 납치해 속옷만 남기고 옷을 홀랑 벗긴 다음, 러시아워에 맞춰 5번가에 내던지기."

조지는 의기양양하게 함박웃음을 지었다.

"그건 너무 심한데."

"적어 놔. 가격은 2,500달러. 웜버그 영감이 그 돈을 내면, 너도 안 하고는 못 배길걸."

"맞아. 그 돈이면 안 할 수 없지."

나는 그대로 받아 적고 한마디 덧붙였다.

"이제 됐어. 각자 입맛대로 고르면 돼."

조지가 물었다.

"그런데 카드를 어디서 인쇄하지?"

"조지 카르노프스키. 너 말고 조지가 또 있어. 내 친구야. 3번가에서 작은 인쇄소를 운영하지. 결혼식 초대장 따위를 찍어 여러 대형 매장에 납품해. 그 친구라면 해 줄 거야. 틀림없어."

"그럼 뭘 기다려?"

우리 둘 다 침대에서 뛰쳐나가 옷을 입기 시작했다. 내가 말했다.

"지금 12시 정각이야. 서두르면 그 친구 점심 먹으러 가기 전에 만날 수 있어."

우리가 거리로 나왔을 때도 여전히 눈이 내리고 있었다. 눈이 인도에 10센티미터 넘게 쌓였지만, 우리는 엄청난 속도로 열네 개 블록을 지나 카르노프스키의 인쇄소에 도착했다. 마침 외출하려고 코트를 입고 있던 그가 나를 보고 소리쳤다.

"클로드! 반갑구먼! 그간 어떻게 지냈나?"

그가 내 손을 잡고 흔들었다. 투실투실하고 친근한 얼굴에, 흉측한 코의 콧방울이 워낙 커서 양쪽 볼을 3센티미터 가까이 덮고 있었다. 나는 그에게 인사하고, 우리가 몹시 다급한 일을 상의하러 왔다고 말했다. 카르노프스키는 코트를 벗고 우리를 사무실로 데려갔다. 잠시 후 나는 우리의 계획과 그가 해 줄 일을 설명하기 시작했다.

내 이야기가 3분의 1도 끝나지 않았을 때 카르노프스키가 요란한 웃음을 터뜨리는 바람에 더는 이야기할 수가 없었다. 나는 하던 말을 멈추고 카드에 인쇄할 내용이 적힌 종이를 내밀었다. 그걸 읽기 시작한 카르노프스키는 아예 온몸을 흔들며 웃어 댔고, 손으로 책상을 두드리면서 콜록거리고 캑캑거리고 미친 사람처럼 소리소리 질렀다. 우리는 앉아서 그를 멍하니 지켜보았다. 우리가 보기에는 딱히 웃을 일이 아니었다.

마침내 그가 잠잠해지면서 손수건을 꺼내 과장되게 눈물을 훔치고 나직이 말했다.

"이렇게 웃어 보기는 난생처음이군. 정말 굉장한 농담이야. 한 끼 대접해야겠는걸. 나가세나. 내가 점심 쏠 테니."

나는 심각하게 말했다.

"장난하는 거 아냐. 웃을 일이 아니라고. 자네는 지금 새롭고 막강한 회사의 탄생을 목격하는 중이야."

카르노프스키가 또 웃으며 대꾸했다.

"알았어, 알았다고. 점심이나 먹으러 가세."

"그 카드를 언제 인쇄할 수 있나?"

내 목소리는 근엄하고 사무적이었다. 카르노프스키가 멈칫하더니 우리를 뚫어져라 보았다.

"자네……, 자네 정말로…… 이거 진심이야?"

"물론이지. 자네는 새로운 회사의 탄생을 목……."

"그래, 알았어."

카르노프스키가 일어서서 덧붙였다.

"자네 미쳤나 보군. 이러다 사고 칠 거야. 그런 자들은 남 괴롭히는 건 좋아하지만, 자기가 당하는 건 별로 좋아하지 않거든."

"그래서 언제 인쇄해 줄 수 있는데? 물론 자네 직원들은 아무도 그 카드를 읽어선 안 돼."

카르노프스키는 진지하게 대답했다.

"그러려면 점심은 포기해야겠는걸. 활자 배치를 직접 해야 하니까. 그 정도는 내가 해 줄 수 있지."

그가 또 웃고는 재미있다는 듯 커다란 콧구멍 가장자리를 움찔대며 물었다.

"몇 장이나 필요한데?"

"일단 1,000장. 봉투도."

"2시에 다시 오게나."

나는 그에게 정말 고맙다고 했다. 우리가 밖으로 나오는 동안, 인쇄소 안쪽으로 들어가는 통로에서 카르노프스키의 우렁찬 웃음소리가 들려왔다.

2시 정각에 우리는 돌아왔다. 조지 카르노프스키는 사무실에 있었고, 우리가 그 안으로 들어갔을 때 처음 눈에 띈 것은 카르노프스키의 책상에 높이 쌓인 인쇄된 카드 더미였다. 일반적인 결혼식 초대장이나 칵테일파티 초대장보다 두 배는 커 보였다. 그가 말했다.

"다 됐어. 준비가 끝났으니 시작하면 되겠군."

이 멍청이는 여전히 웃고 있었다.

그가 우리에게 카드를 한 장씩 줬고, 나는 내 카드를 유심히 살펴보았다. 훌륭했다. 카르노프스키가 꽤나 공을 들인 것 같았다. 두껍고 빳빳한 카드 가장자리에 얇은 금띠가 둘러져 있고, 회사명을 적은 글자들은 너무나 우아했다. 그 화려한 자태를 글로 설명하지는 못하겠지만, 적어도 내용은 소개할 수 있다.

복수는 나의 것 주식회사

친애하는 ______ 님.

귀하께서는 칼럼니스트 ______가 금일 신문에 게재한 귀하를 비방하고 부당하게 공격하는 글을 보셨을 것입니다. 이는 어처구니없는 조롱이며, 의도적인 진실 왜곡입니다.

이런 식으로 귀하를 모욕하는 저열한 악질을 보고만 있으시겠습니까?

본래 미국인들은 공적으로나 사적으로나, 누가 정당한 분노를 바탕으로 합당한 처벌 방식을 제기하지 않으면서, 아니 요구하지 않으면서, 무턱대고 모욕하는 것을 용인하지 않습니다. 이는 온 세상이 아는 바입니다.

하지만 귀하처럼 지위와 명예를 중시하는 시민이라면 이

런 볼썽사납고 졸렬한 추문에 더 이상 휘말리길 원치 않거나, 이 악랄한 칼럼니스트와 어떤 식으로든 '직접적'으로 접촉하려는 '사적인' 욕망을 품지 않는 것은 지극히 자연스러운 일입니다.

그렇다면 귀하는 이 울분을 어떻게 푸시겠습니까?

해답은 간단합니다. '복수는 나의 것 주식회사'가 그렇게 해 드리겠습니다. 저희는 귀하를 대신하여 철저히 비밀리에 칼럼니스트 ______에게 개인적인 처벌을 가할 것이며, 이를 위해 귀하의 뜻을 존중하여 선택적 방식(개별 가격 명시)에 따라 작업을 진행할 것입니다.

1. 코 후려치기. 한 번, 힘껏. 500달러
2. 눈에 멍 들이기. 600달러
3. 코 후려치고 눈에 멍 들이기. 1,000달러
4. 칼럼니스트가 주차할 때 (독을 제거한) 방울뱀을 자동차 안쪽 페달 옆에 던져 넣기. 1,500달러
5. 칼럼니스트를 차로 납치해 속옷과 구두, 양말만 남기고 모든 옷을 홀랑 벗긴 다음, 러시아워에 맞춰 5번가에 내던지기. 2,500달러

이 작업은 전문가가 시행합니다.

귀하께서 이 처벌 대행 서비스를 이용하고자 하신다면, 동봉한 종이에 적힌 주소로 '복수는 나의 것 주식회사'에 답장을 보내 주시기 바랍니다. 작업이 이루어질 장소와 시간은 가능한 한 사전에 알려 드릴 터이니, 귀하께서는 원하신다면 멀찌감치 떨어진 곳에서 안전하게 직접 처벌 과정을 지켜보실 수 있습니다.

주문한 처벌이 만족스럽게 이행될 때까지는 대금을 지불할 필요가 없으며, 작업이 끝나면 일반적인 방식으로 청구서가 발송될 것입니다.

조지 카르노프스키의 인쇄 솜씨는 훌륭했다. 그가 내게 물었다.

"어때, 클로드. 맘에 드나?"

"정말 훌륭하군."

"나로서는 최선을 다했네. 마치 십중팔구 전사할 병사들을 전쟁터로 보내는 기분이거든. 그래서 자네들을 위해 성심껏 잘해 줘야겠구나 싶었지."

그가 또 웃기 시작하자 내가 말했다.

"이제 우린 가 봐야겠어. 이 카드 넣을 큰 봉투 있나?"

"뭐든 여기 다 있어. 그리고 인쇄비는 돈이 들어오기 시작하면 그때 줘도 돼."

말을 하고 나니 한층 더 우스운지, 카르노프스키가 의자에 주저앉아 얼간이처럼 낄낄거렸다. 조지와 나는 황급히 인쇄소를 나와 눈 내리는 쌀쌀한 오후의 거리를 걷기 시작했다.

우리는 줄곧 뛰다시피 방으로 돌아오면서, 도중에 복도에 있는 공중전화에서 맨해튼 전화번호부를 슬쩍했다. 거기서 '웜버그, 윌리엄 S.'를 찾기는 어렵지 않았다. 내가 주소를 불러 주자 —동부 90번가 부근— 조지가 봉투에 받아 적었다.

'김플, 엘라 H. 부인'도 전화번호부에서 찾아내 그녀의 주소 역시 봉투에 적었다. 내가 말했다.

"오늘은 웜버그와 김플에게만 보내자. 이제 겨우 시작이니까. 내일은 열 통 정도 보내야 할 거야."

조지가 대꾸했다.

"지금 부치면 내일쯤 도착하겠군."

"우리가 직접 갖다 줘야 해. 지금 당장. 빨리 받을수록 좋거든. 내일은 너무 늦을지도 몰라. 내일이면 오늘보다 분노가 절반은 가라앉을 테니까. 하루가 지나면 대개 식어 버리지. 이렇게 하자."

나는 진지한 표정으로 말을 이었다.

"너는 당장 가서 이 카드 두 통을 전해. 그사이 나는 여기저기 돌아다니면서 라이오넬 팬털룬의 생활 패턴을 알아볼 테니까. 이따 저녁에 여기서 다시 만나자."

이날 저녁 9시경에 돌아와 보니, 조지가 침대에 누워 담배를 피우며 커피를 마시고 있었다.

"두 통 다 전했어. 우편함에 집어넣고 초인종을 누른 다음 잽싸게 달아났지. 윔버그의 집이 엄청 크던데. 하얀 대저택이더라고. 시내 나간 일은 어떻게 됐어?"

"〈데일리 미러〉의 스포츠 담당 기자를 잘 알아서, 그 친구를 만나 전부 다 들었어."

"기자가 뭐래?"

"팬털룬의 생활 패턴이 거의 일정하다는 거야. 주로 밤에 활동하는데, 이른 저녁에 어디를 가든 언제나 마무리는 —이게 중요한 점이야.— 펭귄 클럽에서 한다더라고. 자정 무렵에 들어가서 새벽 2시나 2시 반까지 있다 나온대. 그때쯤 정보원들이 온갖 기삿거리를 가져다주거든."

조지가 싱글거리며 말했다.

"우린 그것만 알면 되지."

"너무 쉬운걸."

"돈 벌기 쉽군."

조지는 아직 한 모금도 마시지 않은 블렌디드 위스키 한 병을 찬장에서 꺼내 왔다. 그 후 2시간 동안 우리는 각자 침대에 앉아서 위스키를 마시며 우리 회사를 키울 복잡하고 멋진 계획을 세웠다. 11시쯤에는 우리가 직원 쉰 명을 거느리고 있었고, 그중에는 유명한 권투 선수도 열두 명이나 있었으며, 우리 사무실은 록펠러 센터에 있었다. 자정이 가까워지자 우리는 모든 칼럼니스트를 쥐락펴락하게 됐고, 그들이 매일 쓰는 칼럼을 전화로 이렇게 써라 저렇게 써라 지시함으로써 날마다 적어도 스무 명에 이르는 부자들을 모욕하고 분노케 했다. 우리는 어마어마한 부자가 되어, 조지는 벤틀리를 몰고 나는 캐딜락을 다섯 대나 소유했다. 조지는 라이오넬 팬털룬과의 전화 통화를 미리 연습했다.

"팬털룬 선생이시죠?" "네, 맞습니다." "음, 잘 들으세요. 선생의 오늘 칼럼은 꼴사납더군요. 형편없었습니다." "정말 죄송하게 됐습니다. 내일은 더 잘 쓰도록 노력하겠습니다." "당연히 그래야죠, 팬털룬 선생. 사실 우리는 선생 대신 다른 사람에게 칼럼을 맡길 생각이었습니다." "오, 제발 그러지 마세요. 딱 한 번만 더 기회를 주십시오." "좋습니다, 팬털룬 선생. 하지만 이게 마지막입니다. 그리고 오늘 밤에 드라마 제작자인 하이럼 C. 킹의 요청으로 당신 차에 방울뱀을 넣을 겁니다. 길 건너에서 킹이 지켜보고 있을 테니, 뱀을 보면 반드시 겁먹은 것처럼 굴어요." "암요, 그래야죠. 여부가 있겠습니까. 절대 잊지 않겠습니다."

마침내 잠자리에 누워 불을 끈 뒤에도, 조지가 전화로 팬털룬을 약 올리는 소리가 들렸다.

이튿날 아침, 길모퉁이 교회 종이 9시를 알리는 소리에 우리 둘 다 잠에서 깼다. 조지가 침대에서 일어나 신문을 가져오려고 문으로 갔다가 편지 한 통을 들고 돌아왔다.

내가 소리쳤다.

"읽어 봐!"

조지는 처음에는 나직하고 진지한 목소리로 읽어 나갔지만, 차츰 편지 내용이 뚜렷해지자 흥분과 기쁨의 탄성을 지르듯 목소리가 높아졌다.

귀사의 방식은 흥미로우나 비정상적으로 보입니다. 하지만 그 불한당을 혼내 주는 일이라면 나는 뭐든 찬성입니다. 그러니 당장 시행하십시오. 우선 1번으로 해 주시고, 만약 그게 성공한다면 나는 기꺼이 나머지 처벌 방식 모두를 요청하겠습니다. 작업이 완료되면 청구서를 보내 주십시오.

윌리엄 S. 웜버그.

돌이켜 보면 그 순간 우리는 너무도 흥분해 잠옷 차림으로 방에서 덩실덩실 춤을 추고 큰 소리로 웜버그를 칭송하면서 이제 우린 부자라고 고래고래 소리쳤다. 조지는 침대 위에서 재주넘기를 했고, 어쩌면 나도 그랬을 것이다.

조지가 물었다.

"언제 할까? 오늘 밤?"

나는 대답에 앞서 잠시 생각했다. 서둘러서 좋을 게 없었다. 역사책에 나오는 유명한 인물 중에는 흥분된 순간에 성급한 결정을 내려 낭패를 본 이들이 많다. 나는 가운을 걸치고 담뱃불을 붙인 다음 방을 서성이며 말했다.

"서둘 거 없어. 웜버그의 주문은 차근차근 절차에 따라 처리하면 돼. 일단 지금은 오늘 보낼 카드들을 준비해야 해."

우리는 재빨리 옷을 입고 길 건너 신문 가판대로 가, 거기 있는 일간 신문을 모두 한 부씩 사서 돌아왔다. 그로부터 2시간 동안 칼럼니스트들의 글을 읽고, 이날 아침 칼럼니스트들에게 모욕당한 열한 명 —남자 여덟 명과 여자 세 명— 의 명단을 작성했다. 만사가 순조로웠다. 작업은 착착 진행되었다. 모욕당한 사람들의 주소를 모두 알아내 —둘은 찾을 수 없었다.— 봉투에 적기까지 30분밖에 안 걸렸다.

오후에 카드들을 전하고 저녁 6시 무렵 집으로 돌아오니, 몸은 피곤했지만 마음은 한껏 부풀었다. 우리는 커피를 끓이고 햄버거를 만들어 침대에서 저녁을 먹었다. 그러고는 웜버그의 편지를 서로에게 몇 번이나 읽고 또 읽어 주었다.

조지가 말했다.

"지금 이 친구, 우리한테 6,100달러짜리 주문을 하고 있어. 1번부터 5번까지 다 해 달라잖아."

"나쁘지 않은 시작이야. 첫날에 이 정도라니. 하루에 주문이 6,000달러면…… 어디 보자…… 일요일을 빼고 계산해도 1년에 거의 200만 달러야. 일인당 100만 달러 버는 셈이지. 베티 그레이블(미국 영화배우–옮긴이)보다 나은걸."

"우린 이제 엄청 부자야."

조지가 빙그레 웃으며 말했다. 순수한 기쁨과 경이로움이 담긴 웃음이었다.

"하루 이틀만 지나면 우린 세인트 레지스 호텔 특실로 이사가게 될 거야."

조지는 고개를 저었다.

"난 월도프 호텔이 좋아."

"좋아, 월도프로 가자. 그리고 나중에는 집을 사는 거야."

"웜버그의 저택 같은 집?"

"그래. 웜버그의 저택 같은 집. 하지만 먼저 할 일이 있어. 내일 팬털룬을 처리해야 돼. 그자가 펭귄 클럽에서 나올 때 덮치는 거야. 팬털룬을 기다리고 있다가 새벽 2시 반에 그자가 거리로 나오면, 네가 다가가서 계약대로 코를 정통으로 한 번 힘껏 후려치는 거지."

"재미있겠는걸. 정말 재미있겠어. 그런데 우린 어떻게 달아나지? 그냥 도망쳐?"

"차를 1시간만 빌리자. 그럴 돈은 남아 있어. 나는 10미터쯤 떨어진 곳에서 시동을 켠 채 차에 앉아 있고, 클럽 문이 열리면 너는 팬털룬을 갈기고 나서 다시 차 안으로 뛰어들어와. 그럼 우린 사라지는 거야."

"완벽해. 내가 그자를 아주 세게 때려 주겠어."

조지는 오른손을 주먹 쥐고 뼈마디를 살펴보았다. 그러고는 또 빙그레 웃으며 느릿느릿 말했다.

"그자의 코가 완전히 뭉개지면 앞으로는 남의 구린내 맡고 다니는 짓은 못 하지 않을까?"

"그럴 수도 있지."

우리는 행복한 기대에 부풀어 불을 끄고 일찍 잠자리에 들었다.

다음 날 아침, 나는 고함 소리에 잠이 깨어 침대에서 일어나 앉았다. 조지가 잠옷 차림으로 내 침대 앞에 서서 두 팔을 흔들며 소리쳤다.

"이것 좀 봐! 편지가 네 통이야! 네 통이라고!"

정말로 조지가 편지 네 통을 손에 들고 있었다.

"열어 봐. 얼른."

첫 번째 편지를 조지가 소리 내어 읽었다.

복수는 나의 것 주식회사 귀하.

이렇게 멋진 제안은 정말 오랜만입니다. 당장 시작해 주십시오. 제이컵 스윈스키에게 방울뱀 처벌(4번)을 가해 주기 바랍니다. 단, 뱀의 이빨에서 독 제거하는 일을 깜빡해 주신다면 기꺼이 수고비를 두 배로 드리죠.

거트루드 포터-밴더벨트 배상.

추신 : 더 강력한 독사를 쓰는 게 좋을 겁니다. 그자가 품고 있는 독은 방울뱀 독보다 강하니까요.

조지는 두 번째 편지도 큰 소리로 읽었다.

500달러짜리 수표가 지금 내 앞 책상에 놓여 있습니다. 당신이 라이오넬 팬털룬의 코를 제대로 후려쳤다는 증거를 입수하자마자 당신한테 보낼 돈입니다. 가능하다면 골절까지 부탁드립니다.

윌버 H. 걸로글리 배상.

이어서 세 번째 편지를 읽었다.

이래서는 안 된다는 건 알지만, 현재 저의 심정으로는 그 비열한 월터 케네디를 속옷만 남긴 채 홀랑 벗겨 5번가에 내팽개쳐 달라고 요청하고 싶습니다. 기왕이면 눈이 쌓이고 기온이 영하로 떨어지는 날 그렇게 해 주십시오.

H. 그레셤.

네 번째 편지도 마저 읽었다.

팬털룬의 코를 제대로 힘껏 갈겨 준다면 저뿐만 아니라 누구라도 기꺼이 500달러를 낼 겁니다. 그 광경을 직접 보고 싶군요.

클라우디아 캘소프 하인스 드림.

조지는 편지들을 침대에 살며시 조심스레 내려놓았다. 잠시 침묵이 흘렀다. 우리는 너무 놀라고 너무 행복해서 아무 말도 못 하고 서로 멀뚱멀뚱 보기만 했다. 나는 주문 네 개의 가치를 돈으로 환산하고 나직이 말했다.

"5,000달러 번 셈이로군."

조지의 얼굴에 함박웃음이 번졌다.

"당장 월도프로 이사 가면 안 돼?"

내가 대답했다.

"곧 그럴 거야. 하지만 당장은 이사 갈 시간이 없어. 오늘은 새로 카드 쓸 시간도 없단 말이야. 받아 놓은 주문들을 실행에 옮겨야 해. 일이 너무 많아 감당이 안 될 지경이로군."

"직원을 더 채용하고 회사 규모도 키워야 하지 않을까?"

"나중에. 오늘은 눈코 뜰 새 없이 바빠. 우리가 해야 할 일만 생각해. 제이컵 스윈스키의 차에 방울뱀을 넣고……, 월터 케네디를 속옷만 남긴 채 홀랑 벗겨 5번가에 던져 버리고……, 팬털룬의 코를 후려치고……, 어디 보자…… 세 사람이 팬털룬을 혼내 주라고 했으니……."

나는 말을 멈추고 눈을 감았다. 가만히 앉아 생각했다. 다시금 내 뇌세포로 작고 선명한 영감의 냇물이 흘러들어 오는 것이 느껴졌다. 나는 탄성을 질렀다.

"그래! 그거야! 일석삼조! 펀치 한 방으로 고객 셋을 만족시키는 거지!"

"어떻게?"

"모르겠어? 우린 팬털룬을 한 번만 후려치면 돼. 그러면 세 고객 모두…… 웜버그, 걸로글리, 하인스 모두…… 자기를 위해서 그런 줄 알 거야."

"다시 말해 봐."

나는 다시 설명해 주었다.

"멋진데."

"간단한 논리지. 그리고 다른 처벌들도 같은 식으로 할 수 있어. 방울뱀 넣기도 주문이 더 들어올 때까지 기다렸다가 한 번만 하는 거지. 나머지도 마찬가지야. 아마 며칠 뒤면 스윈스키의 차에 방울뱀을 넣어 달라는 주문이 열 건은 들어올걸. 그때 한 번에 몰아서 하면 돼."

"끝내주는군."

"오늘 저녁에는 팬털룬을 손봐 줄 거야. 하지만 먼저 차를 빌려야 해. 전보도 쳐야 하고. 웜버그와 걸로글리, 클라우디아 하인스에게 각각 한 통씩 보내서 팬털룬을 가격할 시간과

장소를 알려 주는 거지."

우리는 잽싸게 옷을 입고 외출했다.

동부 9번가에 있는 구질구질하고 쥐 죽은 듯 조용한 렌터카 업체에서 저녁에 쓸 1934년형 쉐보레 한 대를 8달러에 빌렸다. 그러고는 전보 세 통을 보냈는데, 캐묻기 좋아하는 자들이 의심할까 봐 일부러 본의를 감추고 사무적으로 썼다.

새벽 2시 반에 펭귄 클럽 밖에서 봅시다. 복. 나. 것 배상.

내가 말했다.

"하나 더 있어. 넌 반드시 변장해야 돼. 일이 끝난 뒤 팬털룬이나 혹은 도어맨이 네 얼굴을 기억하면 안 되니까 말이야. 가짜 콧수염을 달고 가."

"나만?"

"난 변장할 필요 없어. 차에 앉아 있을 테니 사람들 눈에 띄지 않을 거야."

우리는 장난감 가게에 가서 조지가 쓸 멋들어진 검은색 콧수염을 샀다. 양 끝이 길고 뾰족하며, 왁스를 발라 빳빳하고 반들거리는 콧수염이었다. 조지가 그걸 얼굴에 대자 독일 황제와 똑같아 보였다. 점원은 접착제도 사라고 보여 주면서 콧수염을 입술 위에 붙이는 요령을 알려 주었다.

"애들하고 놀 때 쓰실 거죠?"

점원이 묻자 조지가 대답했다.

"그럼요."

이제 준비는 모두 끝났지만, 아직 한참 기다려야 했다. 우리는 남은 3달러로 샌드위치를 한 개씩 사서 영화를 보러 갔다. 이윽고 밤 11시에 차를 빌려 와 뉴욕 시내를 천천히 돌면서 시간이 가길 기다렸다. 내가 말했다.

"콧수염을 미리 달아 놓는 게 좋겠어. 그래야 익숙해질 테니까."

가로등 밑에 차를 세우고 접착제를 조금 짜서 조지의 입술 위에 바른 다음, 양 끝이 뾰족하고 큼지막한 검은 콧수염을 코 밑에 고정시켰다. 그러고는 다시 차를 몰았다. 차 안은 추웠다. 밖에서는 또 눈이 내리기 시작했다. 전조등 불빛 사이로 떨어지는 작은 눈송이들이 보였다. 조지가 몇 번이나 물었다.

"그 자식을 얼마나 세게 때릴까?"

나는 매번 대답해 주었다.

"있는 힘껏 후려쳐. 정확히 코를 때려야 해. 그러기로 약속했으니까. 하나라도 실수가 있어선 안 돼. 고객들이 지켜보고 있을 테니 말이야."

새벽 2시가 되자 우리는 천천히 차를 몰고 펭귄 클럽 입구를 지나가며 상황을 살폈다.

"입구에서 조금 떨어진 저기 어두컴컴한 곳에 차를 세우자. 하지만 네가 재빨리 탈 수 있도록 차 문은 열어 둘게."

차를 몰고 가는 동안 조지가 물었다.

"팬털룬이 어떻게 생겼어? 내가 그자를 어떻게 알아보지?"

"걱정 마. 내가 생각해 둔 게 있어."

나는 호주머니에서 종이 한 장을 꺼내 조지에게 건네며 덧붙였다.

"이걸 작게 접어 도어맨에게 준 다음 당장 팬털룬한테 전하라고 해. 너는 죽도록 겁에 질려 몹시 다급한 척하고. 십중팔구 팬털룬은 클럽에서 나올 거야. 그런 메시지를 뿌리칠 칼럼니스트는 없거든."

종이에는 이렇게 적혀 있었다.

> 저는 소련 영사관 직원입니다. 긴히 드릴 말씀이 있으니 빨리 문 앞으로 나와 주십시오. 한시가 급합니다. 지금 저는 위험에 처해 있습니다. 제가 안으로 들어갈 수는 없는 상황입니다.

내가 말했다.

"넌 콧수염 때문에 러시아 사람처럼 보일 거야. 러시아 인은 모두 커다란 콧수염을 기르거든."

조지는 종이를 받아 들고 아주 작게 접어 손에 쥐었다. 이제 거의 새벽 2시 반이 되자, 우리는 펭귄 클럽 쪽으로 차를 몰기 시작했다.

"준비됐어?"

"응."

"이제 들어가는 거야. 시작하자고. 차는 입구에서 조금 떨어진 곳에 세울게……, 여기. 가서 그 자식을 힘껏 후려쳐."

조지가 차 문을 열고 밖으로 나갔다. 나는 차 문을 닫았다. 하지만 잽싸게 다시 열 수 있도록 몸을 기울여 문손잡이를 잡고 차창을 내려 밖의 상황을 주시했다. 엔진은 끄지 않고 켜 두었다.

인도 위로 뻗어 나온 하얀색과 빨간색 차양 밑에 서 있는 도어맨 쪽으로 빠르게 걸어가는 조지의 모습이 보였다. 도어맨이 돌아서서 조지를 내려다보았는데, 나는 그의 태도가 못마땅했다. 그 사내는 키가 크고 거만해 보였다. 금색 단추와 금색 견장이 달린 자홍색 제복 차림이었고, 자홍색 바지의 두 다리에는 넓고 하얀 줄무늬가 뻗어 있었으며, 손에도 하얀 장갑을 끼고 있었다. 그는 우뚝 서서 눈살을 찌푸리고 입을 꽉 다문 채 거만하게 조지를 내려다보았다. 조지의 콧수염을 뚫어져라 보고 있었다. 후회가 밀려들었다.

이런 제기랄, 우리가 너무 과했던 거야. 변장이 지나쳤어. 저 자식이 가짜라는 걸 눈치채고 콧수염의 기다란 양 끝 중 하나를 잡아당기면 금세 떨어져 버릴 거야.

하지만 그런 일은 벌어지지 않았다. 도어맨은 조지의 행동에 정신이 팔린 눈치였다. 조지는 잘하고 있었다. 초조한 사람처럼 폴짝이고 두 손을 맞잡았다 풀었다 하면서, 몸을 건들거리고 고개를 절레절레 저었다. 조지가 묘한 억양으로 도어맨에게 말하는 소리가 들렸다.

"제발, 제발, 제발 서둘러 주십시오. 이건 생사가 걸린 문제입니다. 제발, 제발 이걸 팬털룬 씨에게 빨리 전하세요."

전에 러시아 억양을 들어 본 내 귀에는 전혀 러시아 사람 말투 같지 않았지만, 그래도 몹시 절망적이고 다급한 목소리인 건 틀림없었다.

마침내 도어맨이 근엄하고 도도하게 대꾸했다.

"그 종이 이리 주쇼."

조지가 종이를 건네고 말했다.

"감사합니다, 감사합니다. 급하다고 꼭 말씀해 주십시오."

곧이어 건물 안으로 사라진 도어맨이 잠시 후 돌아와서 말했다.

"전해 드리고 왔소."

조지는 초조하게 서성이기 시작했다. 나는 문을 지켜보며 기다렸다. 3,4분이 흘렀다. 조지가 두 손을 맞잡고 비틀며 물었다.

"왜 안 오시죠? 어디 계십니까? 제발 가서 오고 계신지 확인해 주세요!"

"대체 왜 그러는 거요?"

도어맨이 대꾸했다. 그가 또 조지의 콧수염을 쳐다보기 시작했다.

"목숨이 왔다 갔다 하는 일이라니까요! 팬털룬 씨의 도움이 필요합니다! 빨리 오셔야 해요!"

"시끄러우니 입 좀 다무쇼."

도어맨이 짜증을 냈다. 하지만 다시 문을 열고 고개를 안으로 넣더니 누군가와 이야기를 나누었다. 그 소리가 내 귀에도 들렸다.

이윽고 도어맨이 조지에게 말했다.

"지금 오고 계신다니 기다려요."

잠시 후 문이 열리자, 작달막하고 말쑥해 보이는 팬털룬이 밖으로 나왔다. 그는 문간에 서서 조심성 많은 족제비처럼 재빨리 좌우를 살폈다. 도어맨이 모자챙에 손을 대 인사하고는 조지를 가리켰다. 팬털룬의 목소리가 들렸다.

"그래, 무슨 일이오?"

조지가 대답했다.

"다른 사람이 들으면 안 되니 이쪽으로 좀 오십시오."

그러고는 팬털룬을 데리고 인도를 따라 도어맨에게서 멀어져 우리 차 쪽으로 왔다.

팬털룬이 재촉했다.

"자, 말해 봐요. 무슨 일로 보자고 한 겁니까?"

갑자기 조지가 길 끄트머리를 가리키며 소리쳤다.

"저길 봐요!"

팬털룬이 고개를 돌리는 순간, 조지가 오른팔을 휘둘러 팬털룬의 코끝을 주먹으로 정확히 가격했다. 몸을 앞으로 기울이면서 온몸의 체중을 실어 후려치는 모습이 내 눈에 똑똑히 보였다. 곧이어 땅에서 살짝 떠오른 팬털룬이 두세 걸음 뒤로 날아가는 것 같더니, 펭귄 클럽의 담장에 부딪히고서야 멈췄다. 순식간에 벌어진 일이었다. 잠시 후 조지가 내 옆자리에 올라타자, 우리는 잽싸게 차를 몰고 달아났다. 도어맨이 호루라기를 불어 대는 소리가 뒤에서 들려왔다.

"해냈어! 내가 그 자식을 제대로 후려쳤어! 얼마나 멋진 솜씨였는지 봤지?"

흥분한 조지가 숨을 헐떡이며 소리쳤다.

이제 눈발이 거세지기 시작했다. 나는 빠르게 차를 몰면서 여러 차례 급회전했다. 이런 눈보라 속에서는 아무도 우리를 따라잡지 못할 터였다.

"내가 어찌나 세게 때렸는지 그 개자식이 벽을 뚫고 들어갈 뻔했어."

"잘했어, 조지. 아주 훌륭해."

"그 자식 몸이 뜨는 거 봤어? 땅에서 진짜 붕 떠올랐단 말이야."

나는 빙그레 웃었다.

"웜버그가 좋아하겠는걸."

"걸로글리 그리고 하인스란 여자도."

"다들 만족할 거야. 이제 돈 들어오는 거 구경만 하면 돼."

그때 조지가 소리쳤다.

"뒤에서 차 한 대가 따라와! 우릴 쫓아오는 거야! 꽁무니에 바짝 붙었어! 미친 듯이 달려오고 있어!"

"말도 안 돼. 놈들이 우릴 벌써 따라잡았을 리 없어. 그냥 지나가는 차일 거야."

나는 오른쪽으로 급회전했다.

"여전히 따라오는걸. 계속 차를 돌려. 빨리 따돌려야 해."

"1934년형 쉐보레를 가지고 무슨 수로 경찰차를 따돌려? 차를 세워야겠어."

조지가 악을 썼다.

"계속 가! 잘하고 있잖아."

"세워야 해. 계속 달아나면 저들을 화나게 할 뿐이야."

조지는 맹렬히 반대했지만, 나는 소용없는 짓이라고 판단하고 길가에 차를 세웠다. 뒤따라오던 차가 옆으로 비키면서 우리를 지나치더니, 타이어 쓸리는 소리를 내며 우리 앞에 멈춰 섰다.

"얼른 도망가자."

조지가 문을 열고 달아나려 하자 내가 쏘아붙였다.

"어리석은 짓 하지 마. 그냥 앉아 있어. 이젠 도망 못 가."

밖에서 사람 목소리가 들렸다.

"좋습니다, 신사분들. 뭘 그리 서두르십니까?"

내가 대답했다.

"서둘다니요. 집에 가는 길일 뿐입니다."

"그래요?"

"그렇다니까요. 지금 집에 가는 중입니다."

남자가 운전석 차창 안으로 고개를 들이밀고는 나를 보고 조지를 보더니 다시 나를 보았다. 조지가 한마디 했다.

"날이 궂어서 거리가 온통 눈으로 뒤덮이기 전에 귀가하려는 것뿐입니다."

"자, 긴장할 필요 없습니다. 이걸 당장 두 분께 드리려고 따라온 겁니다."

남자는 지폐 다발을 내 무릎 위에 떨어뜨리고 한마디 덧붙였다.

"저는 걸로글리입니다. 윌버 H. 걸로글리."

그러고는 눈 쌓인 도로에 서서 우리를 보고 싱글거리며 추위에 발을 동동거리고 두 손을 비벼 댔다.

"전보 잘 받았습니다. 그리고 아까 길 건너에서 죽 지켜봤지요. 정말 잘하셨습니다. 보수는 두 배로 드렸습니다. 그만한 값어치가 있었으니까요. 그렇게 우스운 광경은 난생처음 봤습니다. 조심해서 가세요. 지금 놈들이 두 분을 쫓아오고 있을 겁니다. 나라면 이 동네를 뜨겠어요. 잘들 가십시오."

우리가 대꾸 한마디 하기도 전에 남자는 떠났다.

마침내 집으로 돌아오자, 나는 당장 짐을 꾸리기 시작했다.

"미쳤어? 앞으로 몇 시간만 기다리면 윔버그와 하인스란 여자가 500달러씩 돈을 보낼 거야. 그러면 우린 도합 2,000달러를 손에 쥐게 되고, 어디든 마음대로 갈 수 있어."

결국 우리는 다음 날 하루 종일 방에서 기다리며 신문을 읽었는데, 그중 한 신문은 '유명 칼럼니스트를 노린 잔인한 습격'이란 제목의 기사로 1면 전체를 할애했다. 하지만 예상대로 오후 늦게 편지 두 통이 도착했고, 그 안에는 각각 500달러씩 들어 있었다.

그리하여 지금 이 순간 우리는 고급 열차에 앉아서 스카치위스키를 홀짝이며, 늘 화창하고 날마다 경마가 벌어지는 곳을 향해 남쪽으로 가고 있다. 이제 우린 부자다. 조지는 우리가 가진 2,000달러를 배당률 10 대 1인 말에 몽땅 걸어 2만 달러를 더 벌어들이면 아예 은퇴할 수 있다는 소리를 계속해 댄다.

"팜비치(미국 플로리다 주의 휴양 도시-옮긴이)에 집을 한 채 사서 호화로운 삶을 즐기는 거야. 아름다운 사교계 여성들이 우리 집 수영장 주위에 누워 시원한 음료를 홀짝이는 광경을 상상해 봐. 그리고 얼마 후에 다시 거액을 또 다른 말에 걸어 더 큰 부자가 되는 거지. 어쩌면 팜비치가 지겨워져서 한가롭게 부자들의 놀이터를 전전하며 살지도 몰라. 몬테카를로(도박장으로 유명한 모나코의 휴양지-옮긴이) 같은 곳 말이야. 알리 칸 왕자나 윈저 공작처럼 우리도 국제적인 명사가 되면 여배우들이 선망의 눈으로 바라볼 테고, 호텔 지배인들은 우리를 깍듯이 모시려 들겠지. 그리고 어쩌면, 훗날 어쩌면 우리도 라이오넬 팬털룬의 칼럼에 등장하게 될지도 몰라."

내가 대꾸했다.

"짜릿하겠는걸."

조지는 행복한 미소를 지었다.

"암, 그렇고말고. 진짜 기분 째지겠지."

우산 쓴 노인
The Umbrella Man

어제저녁에 엄마랑 내가 겪은 이상한 일 이야기를 들려줄게요. 나는 올해 열두 살인 여자애예요. 엄마는 서른네 살인데, 난 벌써 엄마랑 키가 비슷해요.

어제 오후에 엄마가 나를 런던에 있는 치과에 데려갔어요. 의사 선생님이 충치를 하나 찾아냈죠. 어금니였는데, 솜씨 좋게 때워 줘서 별로 아프지 않았어요. 치료를 마치고 커피숍에 갔어요. 나는 바나나 스플릿(바나나를 길게 썰어 담은 아이스크림의 일종—옮긴이)을 먹고 엄마는 커피를 마셨어요. 집에 가려고 일어선 건 저녁 6시쯤이었어요.

커피숍에서 나와 보니 비가 내리고 있었어요. 엄마가 말했어요.

"택시를 타야겠구나."

우리는 평범한 모자와 외투 차림이었는데, 비가 제법 거세게 내리더라고요.

"커피숍에 도로 들어가서 비가 그칠 때까지 기다리면 안 돼?"

나는 바나나 스플릿을 하나 더 먹고 싶었어요. 엄청 맛있었거든요.

"그칠 기미가 안 보여. 집에 가야 해."

우리는 인도에 서서 비를 맞으며 택시를 잡으려고 했어요. 지나가는 택시는 많았지만 전부 손님이 타고 있었죠. 엄마가 투덜거렸어요.

"우리도 운전기사 딸린 차가 있으면 좋을 텐데."

그때 한 남자가 우리에게 다가왔어요. 몸집이 작은 할아버지였는데, 나이가 일흔도 넘어 보였어요. 그분이 정중하게 모자를 들어 인사하고 엄마한테 말했어요.

"실례지만 혹시 괜찮으시다면……."

근사한 흰 콧수염에 북슬북슬한 눈썹도 하얗고, 주름진 얼굴이 발그레한 할아버지였어요. 머리 위로 높이 든 우산이 비를 막아 주고 있었죠.

"무슨 일이시죠?"

엄마는 아주 쌀쌀맞고 퉁명스럽게 물었어요.

"실례가 안 된다면 작은 부탁을 드리고 싶습니다. 정말 아주 작은 부탁입니다."

난 엄마가 의심 어린 눈으로 할아버지를 본다는 걸 눈치챘어요. 우리 엄마는 의심이 많아요. 특히 두 가지를 많이 의심하죠. 낯선 사람과 삶은 달걀. 엄마는 삶은 달걀을 먹을 때 윗부분을 자르고 스푼으로 안쪽을 찔러 대는데, 생쥐나 뭐 그런 게 있을까 봐 걱정하나 봐요. 낯선 사람에 대해서 엄마가 굳게 믿는 말이 있어요.

'멀쩡해 보이는 사람일수록 더 의심해야 한다.'

이 할아버지는 정말 멀쩡해 보였어요. 예의 바르고, 말투도 차분하고, 옷차림도 깔끔했죠. 진짜 신사였어요. 내가 그분을 신사라고 믿은 건 구두 때문이었어요. 엄마가 좋아하는 말이 또 하나 있어요.

'신고 있는 구두를 보면 신사인지 아닌지 알 수 있다.'

이 할아버지는 아름다운 갈색 구두를 신고 있었어요.

"사실대로 말씀드리자면 제가 조금 난처한 상황에 처했습니다. 도움이 필요하지요. 물론 대단한 일은 아닙니다. 실은 아주 사소한 문제지만, 그래도 도움이 필요합니다. 부인도 아시다시피 저 같은 늙은이들은 종종 지독한 건망증에 시달리는데……."

엄마는 턱을 쳐들고 콧대를 따라 할아버지를 내려다보고 있었어요. 엄마가 이렇게 얼음처럼 차갑게 노려보면 정말 무서워요. 그럴 때면 대부분 사람들은 당황해서 어쩔 줄 모르죠. 한번은 엄마가 우리 학교 교장 선생님을 정말로 싸늘하게 바라보자, 교장 선생님이 바보처럼 억지웃음을 지으며 말까지 더듬더라니까요. 하지만 머리 위에 우산을 쓰고 인도에 서 있던 그 할아버지는 눈도 깜짝하지 않았어요. 오히려 친절한 미소를 지으며 말했죠.

"제발 믿어 주십시오, 부인. 평소에 저는 길에서 숙녀분을 붙들고 어려움을 호소하는 사람이 아니랍니다."

엄마가 대꾸했어요.

"물론 그러시겠죠."

나는 엄마가 너무 쌀쌀맞아서 몹시 당황했어요. 이렇게 말해 주고 싶었어요.

'어휴, 엄마. 제발 그러지 마. 이분은 나이가 아주 많은 할아버지잖아. 친절하고 점잖은 분이란 말이야. 어려움에 처한 사람한테 그렇게 모질게 굴면 어떡해.'

하지만 아무 말도 않고 가만히 있었어요.

할아버지는 우산을 한 손에서 다른 손으로 옮겨 들고 말했어요.

"전에는 한 번도 그걸 깜빡한 적이 없답니다."

엄마는 엄한 표정으로 물었어요.

"뭘 깜빡했다는 거죠?"

"지갑 말입니다. 다른 재킷에 넣어 두고 왔나 봅니다. 정말 한심한 노릇이죠. 안 그렇습니까?"

"지금 저한테 돈을 달라는 건가요?"

할아버지는 놀라 소리쳤어요.

"어이구, 맙소사. 아닙니다! 그런 소릴 했다가는 천벌을 받을 겁니다!"

엄마가 짜증스럽게 물었어요.

"그럼 원하는 게 뭐죠? 빨리 말씀하세요. 여기서 이러고 있다가는 속옷까지 다 젖겠어요."

"그러시겠죠. 그래서 젖지 마시라고 부인께 제가 쓰고 있는 이 우산을 드릴 생각입니다. 아예 가지셔도 됩니다. 대신…… 대신……."

"대신 뭐요?"

"대신 제가 집에 갈 수 있도록 택시비 1파운드만 주십시오."

엄마는 여전히 의심을 거두지 않았어요.

"애초에 돈이 없었다면 여긴 어떻게 오셨죠?"

할아버지가 대답했어요.

"걸어왔습니다. 날마다 멀리 산책을 나왔다가 택시를 타고 집에 돌아가는 걸 즐기거든요. 1년 내내 하루도 거르는 법이 없죠."

엄마가 다시 물었어요.

"그럼 그냥 집에 걸어가지 그러세요?"

"아, 저도 그러고야 싶죠. 그럴 수만 있다면 좋겠습니다. 하지만 이 한심하고 늙은 두 다리로는 도저히 자신이 없네요. 이미 너무 멀리 왔거든요."

엄마는 그 자리에 서서 아랫입술을 잘근잘근 깨물었어요.

나는 엄마의 의심이 조금 누그러지고 있다는 걸 눈치챘어요. 그리고 비를 막아 줄 우산이 생긴다는 기대에 마음이 몹시 흔들린다는 것도요.

할아버지가 말했어요.

"이건 고급 우산입니다."

엄마가 대꾸했어요.

"그래 보이네요."

"실크 우산이죠."

"그러네요."

"그럼 받아 주십시오, 부인. 20파운드 넘게 주고 산 우산입니다. 정말입니다. 하지만 집에 가서 이 늙은 두 다리를 쉬게 할 수만 있다면 우산 따위는 중요하지 않습니다."

나는 엄마가 핸드백 걸쇠를 손으로 더듬는 것을 보았어요. 엄마도 내가 지켜본다는 것을 알아차렸죠. 이번에는 내가 엄마를 싸늘하게 노려보았고, 엄마는 내 눈이 무슨 말을 하고 있는지 똑똑히 알았어요. 잘 들어, 엄마. 지친 어른을 이런 식으로 이용하면 안 돼. 그건 몹쓸 짓이야. 엄마는 멈칫하면서 나를 바라보았어요. 그리고 곧 할아버지에게 말했죠.

"20파운드나 하는 우산을 받을 수는 없어요. 그냥 택시비 드릴 테니 얼른 가세요."

할아버지는 펄쩍 뛰었어요.

"아뇨, 아뇨, 안 됩니다! 터무니없는 말씀입니다! 그런 일은 상상도 할 수 없어요! 죽었다 깨어나도 안 될 일입니다! 그런 식으로 부인 돈을 받을 수는 없습니다! 우산 받으세요, 부인. 어깨가 비에 젖지 않게 이 우산을 쓰세요!"

엄마는 의기양양하게 곁눈질로 나를 보았어요. 이렇게 말하는 눈빛이었죠. 봤지? 네가 틀렸어. 할아버지가 엄마한테 우산을 주고 싶어 하시잖아.

엄마는 핸드백에 손을 넣어 1파운드 지폐를 꺼내 할아버지에게 줬어요. 할아버지는 돈을 받아 들고 엄마에게 우산을 줬죠. 그 돈을 호주머니에 넣고 모자를 살짝 들더니, 재빨리 허리 숙여 인사하고 말했어요.

"고맙습니다, 부인. 고맙습니다."

그러고는 가 버렸어요.

엄마가 나한테 말했어요.

"우산 밑으로 와서 비를 피하렴. 정말 운 좋은 날이야. 실크 우산은 한 번도 써 본 적이 없어. 너무 비싸거든."

내가 물었어요.

"처음에는 왜 그렇게 쌀쌀맞게 굴었어?"

"사기꾼인지 아닌지 확인해야 했으니까. 알고 보니 신사더구나. 어려운 사람을 도와주니 기분이 아주 좋은데."

"맞아, 엄마."

엄마는 계속 이야기했어요.

"진짜 신사였어. 게다가 부자야. 가난뱅이가 실크 우산을 갖고 다닐 리 없거든. 어쩌면 기사 작위를 받은 사람일지도 몰라. 해리 골즈워디 경이나 뭐 그런 이름으로 말이야."

"맞아, 엄마."

"너도 이번에 좋은 교훈을 얻은 거란다. 절대 서둘지 말라는 교훈. 누군가와 만날 때는 늘 여유를 갖고 행동해야 돼. 그러면 절대 실수하지 않지."

그때 내가 말했어요.

"저기 그 할아버지 간다. 봐."

"어디?"

"저기 말이야. 길을 건너고 있어. 맙소사, 엄마. 엄청 서두르네."

우리는 그 할아버지가 차들을 요리조리 피해 가는 모습을 지켜보았어요. 할아버지는 건너편 인도에 다다르자 왼쪽으로 돌아서서 아주 빨리 걸어갔어요.

"저 할아버지 별로 지쳐 보이지 않는데. 안 그래, 엄마?"

엄마는 대답하지 않았어요.

"택시를 잡으려는 것 같지도 않아."

엄마는 아주 가만히 뻣뻣하게 서서 길 건너의 할아버지를 뚫어져라 보았어요. 우린 그 할아버지를 똑똑히 보았어요. 엄청 서두르더라고요. 인도를 따라 바삐 걸으면서 몸을 옆으로 돌려 다른 행인들을 피하고, 마치 행진하는 군인처럼 두 팔을 흔들며 걷지 뭐예요.

엄마가 돌처럼 굳은 표정으로 말했어요.

"급한 일이 있나 본데."

"무슨 일?"

"그야 모르지. 하지만 알아낼 거야. 엄마 따라와."

엄마는 내 팔을 잡아끌면서 나를 데리고 길을 건넜어요. 그리고 왼쪽으로 걸어갔죠.

엄마가 물었어요.

"그 할아버지 보이니?"

"응. 저기 보여. 저 앞 모퉁이에서 오른쪽으로 돌고 있어."

우리도 그 모퉁이까지 가서 오른쪽으로 돌았어요. 할아버지는 우리보다 20미터쯤 앞서 가고 있었고요. 토끼처럼 총총히 걷는 할아버지를 따라잡으려고 우리도 아주 빨리 걸어야 했어요. 이제는 아까보다 훨씬 더 빗발이 거세졌고, 할아버지의 모자챙에서 어깨로 떨어지는 빗물이 보였어요. 하지만 우린 크고 아름다운 실크 우산을 써서 아늑하고 비에 젖지도 않았죠.

엄마가 중얼거렸어요.

"대체 뭘 하려는 걸까?"

내가 물었어요.

"돌아서서 우릴 보면 어떡해?"

"그러건 말건 상관없어. 저 노인은 우리한테 거짓말을 했어. 너무 지쳐서 더는 걸을 수 없다더니, 지금은 우리가 지칠 정도로 빨리 걷잖아! 뻔뻔스러운 거짓말쟁이야! 사기꾼 같으니라고!"

"품위 있는 신사가 아니란 말이야?"

"조용히 해."

할아버지는 다시 길을 건너서 또 오른쪽으로 돌았어요.

곧이어 왼쪽으로 돌았어요.

다시 오른쪽.

엄마가 말했어요.

"이젠 포기할 수 없어."

내가 소리쳤어요.

"할아버지가 사라졌어! 어디로 갔지?"

그때 엄마의 눈이 휘둥그레졌어요.

"저 문으로 들어갔어! 엄마가 봤어! 저 가게 안으로! 세상에, 술집이잖아!"

정말로 술집이더라고요. 큰 글자로 문 앞에 이름이 적혀 있었죠.

레드 라이언(붉은 사자)

"우린 저기 안 들어갈 거지, 그치?"

"응. 밖에서 지켜볼 거야."

술집 정면에 커다란 판유리가 달려 있었어요. 안쪽에 김이 서려 조금 뿌옜지만 가까이 다가가니 가게 안이 아주 잘 보였어요.

우리 둘은 술집 창밖에 섰어요. 나는 엄마 팔을 붙잡고 있었죠. 굵은 빗방울들이 요란한 소리를 내며 우산에 부딪쳤어요. 내가 말했어요.

"그 할아버지 저기 있어. 저쪽."

밖에서 들여다본 가게 안은 사람들과 담배 연기로 가득했고, 그 한가운데 할아버지가 있었어요. 지금은 모자와 외투를 벗은 채 손님들을 헤치고 카운터로 가고 있었죠. 이윽고 할아버지는 양손을 카운터에 올리고 바텐더에게 말을 걸었어요. 움직이는 입술을 보니 뭔가 주문하는 것 같았어요. 바텐더가 등을 돌리더니 몇 초 뒤에 연갈색 액체가 찰랑찰랑하게 담긴 자그마한 술잔을 내오더라고요. 그러자 할아버지가 카운터에 1파운드 지폐를 놓지 뭐예요.

엄마가 나직이 소리쳤어요.

"저건 내가 준 돈이잖아! 맙소사, 배짱 좋군!"

내가 물었어요.

"유리잔에 뭐가 들어 있어?"

"위스키란다. 좋은 위스키 같은데."

바텐더는 할아버지에게 잔돈을 한 푼도 주지 않았어요.

엄마가 중얼거렸어요.

"트레블 위스키가 틀림없어."

내가 물었어요.

"트레블이 뭔데?"

"보통 마시는 양의 세 배를 주는 거야."

할아버지가 술잔을 들고 입술에 대더니 살짝 기울였어요. 그러고는 더 높이…… 더 높이…… 더 높이…… 더 높이 기울이더군요. 그렇게 천천히 한 번에 부은 술이 금세 목구멍 속으로 전부 사라졌어요.

내가 말했어요.

"저건 엄청 비싼 한 잔이네."

엄마는 고개를 절레절레 저었어요.

"기가 막히는구나! 단숨에 들이켤 술 한 잔에 1파운드를 쓰다니!"

"1파운드가 아니지. 20파운드짜리 우산을 주고 마신 셈이잖아."

"정말 그러네. 미친 영감이 틀림없어."

할아버지가 빈 잔을 들고 카운터 옆에 서서 싱글벙글 웃고 있었어요. 둥글고 발그레한 얼굴 전체에 기쁨의 금빛 광채가 번져 나갔죠. 소중한 위스키의 마지막 한 방울을 찾으려는 듯 혀를 내밀어 하얀 콧수염을 핥는 모습도 보였어요.

이윽고 할아버지가 서서히 돌아서더니 다시 사람들을 헤치고 모자와 외투를 걸어 둔 곳으로 걸어가 모자를 쓰고 외투를 걸쳤어요. 그러고는 아무도 눈치채지 못할 만큼 너무나 태연하고 자연스럽게, 외투 걸이에 잔뜩 걸려 있는 젖은 우산들 중 하나를 빼 들고 가지 뭐예요.

엄마가 소리쳤어요.

"저거 봤니? 저 영감이 무슨 짓을 했는지 봤어?"

나는 소곤소곤 대답했어요.

"쉬! 할아버지가 나오고 있어!"

우리는 우산을 낮춰 우리 얼굴을 가리고 우산 밑으로 살짝 봤어요.

할아버지가 밖으로 나왔어요. 하지만 우리 쪽은 보지 않더라고요. 새 우산을 펴서 머리 위에 쓰고, 왔던 길로 다시 부리나케 걸어갔어요.

엄마가 말했어요.

"결국 저 영감의 못된 장난이었어!"

나는 감탄했죠.

"멋진걸. 굉장해."

우리는 할아버지를 따라갔어요. 우리가 할아버지를 처음 만났던 큰길로 돌아와서 보니, 할아버지는 아주 손쉽게 새 우산을 또 1파운드 지폐와 바꾸지 뭐예요. 이번에 걸린 상대는 외투도 입지 않고 모자도 쓰지 않은 홀쭉한 꺽다리 아저씨였어요. 그리고 거래가 성사되자마자 할아버지는 종종걸음으로 거리를 따라 내려가면서 사람들 사이로 사라졌어요. 하지만 이번에는 아까와 반대 방향이었답니다.

엄마도 감탄했어요.

“정말 영리한데! 절대로 한 술집에 두 번 가지 않아!”

나도 맞장구를 쳤죠.

“이런 식으로 밤새 마시겠는걸.”

“그래, 맞아. 아마 저 영감은 비 오는 날만 손꼽아 기다릴 거야.”

집사
The Butler

백만장자가 된 조지 클리버는 아내와 함께 소박한 교외 주택에서 런던의 크고 세련된 집으로 이사했다. 이들 부부는 무슈 에스트라공이라는 프랑스 셰프와 팁스라는 집사도 고용했는데, 둘 다 몸값이 엄청 비쌌다. 이 두 전문가의 도움으로 사교계의 사다리를 올라간 클리버 부부는 일주일에 몇 번씩 호화로운 디너파티를 열기 시작했다.

하지만 이런 만찬들이 전혀 효과가 없는 듯했다. 활기도 없고, 대화의 불꽃도 튀지 않고, 우아한 분위기도 없었다. 그래도 요리는 훌륭했으며, 접대도 흠잡을 데가 없었다.

클리버가 집사에게 물었다.

"도대체 우리 파티의 문제가 뭐야, 팁스? 어째서 다들 긴장을 풀고 즐기지 않는 거지?"

팁스는 고개를 한쪽으로 기울이고 천장을 바라보았다.

"괜찮으시다면 제가 작은 조언 하나를 해 드리겠습니다."

"뭔데?"

"와인이 문제입니다."

"와인이 뭐가 어때서?"

"무슈 에스트라공의 요리는 아주 훌륭합니다. 훌륭한 음식에는 훌륭한 와인을 곁들여야 하는 법이죠. 그런데 우리 파티의 와인은 몹시 불쾌한 싸구려 스페인 레드 와인입니다."

"제기랄, 그걸 왜 진작 말해 주지 않았어? 한심한 친구 같으니. 난 돈이 부족하지 않아. 그 인간들이 우라질 세계 최고의 와인을 원한다면 얼마든지 줄 수 있다고! 어떤 와인이 세계 최고지?"

집사가 대답했다.

"보르도 지방의 가장 훌륭한 포도원에서 생산되는 클라레 와인입니다. 라피트, 라투르, 오-브리옹, 마르고, 무통-로쉴드, 슈발 블랑. 그리고 포도 작황이 가장 좋았던 해의 와인이어야만 합니다. 제 생각으로는 1906년산, 1914년산, 1929년산, 1945년산이 최고입니다. 또한 슈발 블랑은 1895년산과 1921년산도 훌륭하고, 오-브리옹은 1906년산도 좋습니다."

클리버가 소리쳤다.

"전부 사! 그것들로 우라질 와인 저장고를 꽉꽉 채우라고!"

"알아보기는 하겠습니다만, 그런 와인들은 너무 귀해서 값이 어마어마합니다."

"아무리 비싸도 상관없어! 가서 사 오기나 해!"

그게 말처럼 쉬운 일이 아니었다. 팁스는 영국과 프랑스 어디에서도 1895년산이나 1906년산, 1921년산 와인을 찾지 못했다. 하지만 1929년산과 1945년산은 용케 손에 넣을 수 있었다. 이들 와인의 청구서에는 천문학적인 금액이 적혀 있었다. 어찌나 거액이던지 클리버조차 놀라서 들여다봤을 정도였다. 그리고 와인 지식이 사교계에서 매우 중요한 자산이라는 집사의 말을 듣고 곧바로 와인 공부에 열을 올렸다. 관련 서적을 잔뜩 사서 모조리 독파했다. 또한 팁스도 그에게 많은 것을 알려 주었는데, 그중에는 와인을 제대로 음미하는 요령도 있었다.

"우선 이렇게 코를 유리잔 안으로 살짝 넣어 길고 깊게 냄새를 맡아야 합니다. 그런 다음 한 모금 입에 머금고 입술을 살짝 벌린 채 공기를 들이마셔 와인과 섞이게 합니다. 제 시범을 보세요. 그러고는 입안의 와인을 맹렬히 굴립니다. 그리고 마지막으로 마십니다."

얼마 후 클리버는 와인 전문가 행세를 하기 시작했고, 아니나 다를까 엄청난 수다로 사람들을 질리게 했다. 만찬이 열릴 때면 자기 술잔을 쳐들고 이렇게 말했다.

"신사, 숙녀 여러분, 이 와인은 마르고 29년산입니다! 지난 한 세기 중 최고의 해였죠! 이 환상적인 풍미! 앵초꽃 같은 향기! 그리고 특히 희미한 타닌 성분이 남기는 놀랍도록 알싸한 뒷맛! 굉장하지 않습니까?"

손님들은 고개를 끄덕이고 술을 홀짝이며 칭찬의 말을 웅얼거렸지만 그게 다였다.

한동안 이런 일이 되풀이되자 클리버는 팁스에게 투덜거렸다.

"그 한심한 멍청이들은 대체 왜 그래? 훌륭한 와인을 알아보는 놈이 하나도 없는 거야?"

집사는 고개를 한쪽으로 기울이고 위를 쳐다보며 말했다.

"제대로 음미할 수 없으면 그 가치를 알지 못하겠죠."

"무슨 소리야? 음미할 수 없다니?"

"샐러드드레싱에 식초를 많이 넣으라고 무슈 에스트라공에게 지시하시지 않았습니까?"

"그게 어때서? 난 식초가 좋아."

"식초는 와인의 적입니다. 미각을 마비시키거든요. 따라서 드레싱에는 순수한 올리브기름과 약간의 레몬즙만 넣어야 합니다. 다른 건 안 됩니다."

클리버가 코웃음을 쳤다.

"터무니없는 소리!"

"좋을 대로 생각하십시오."

"다시 말하지, 팁스. 그건 헛소리야. 식초는 내 미각에 조금도 영향을 주지 않아."

"굉장히 운이 좋은 분이시군요."

집사가 나직이 대꾸하고 방에서 나갔다.

이날 만찬 때 집주인은 손님들 앞에서 집사를 조롱하기 시작했다.

"저희 집사 말로는 샐러드에 넣은 식초 때문에 제가 와인을 음미할 수 없다더군요. 맞지, 팁스?"

팁스는 근엄하게 대답했다.

"그렇습니다."

"그래서 저는 헛소리라고 했습니다. 맞지, 팁스?"

"네."

클리버는 자기 술잔을 쳐들며 말을 이었다.

"이 와인은 정확히 샤토 라피트 45년산 맛입니다. 그리고 실제로 샤토 라피트 45년산이죠."

사이드보드 옆에 꼿꼿이 서 있던 집사 팁스가 창백한 표정으로 한마디 했다.

"죄송한 말씀이지만 그건 라피트 45년산이 아닙니다."

클리버는 의자에서 몸을 돌려 집사를 노려보았다.

"무슨 뚱딴지같은 소리야? 자네 옆에 놓인 빈 병들이 증거잖아!"

팁스는 만찬이 시작되기 전에 늘 이 오래되고 침전물이 가득한 최고급 클라레를 우아한 무늬가 새겨진 디캔터(술병에 담긴 와인을 따라 놓는 유리병-옮긴이)에 따라 놓았다. 그리고 빈 술병은 사이드보드에 올려놓는 것이 관례였다. 지금 사이드보드에는 모두가 볼 수 있도록 45년산 라피트 빈 병 두 개가 놓여 있었다.

집사가 조용히 대답했다.

"지금 드시고 계신 와인은 실은 질 낮은 싸구려 스페인 레드 와인입니다."

클리버가 자기 술잔에 담긴 와인을 보고는 다시 집사에게 눈을 돌렸다. 이제 피가 끓어오른 그의 얼굴이 진홍색으로 변하기 시작했다.

"거짓말하지 마, 팁스!"

"거짓말이 아닙니다. 사실 저는 여기 온 이후 줄곧 스페인 와인만 내왔습니다. 여러분한테는 그게 딱 맞는 와인 같았거든요."

클리버는 손님들을 향해 소리쳤다.

"이자의 말은 믿을 수 없습니다! 단단히 미쳤어요!"

집사가 대꾸했다.

"훌륭한 와인은 경외심을 가지고 음미해야 마땅합니다. 식사 전에 여러분처럼 칵테일을 서너 잔씩 마시면 미각이 마비되기 마련이죠. 게다가 음식에 식초까지 뿌려 먹고 마시는 와인은 설거지물이나 다를 바 없습니다."

식탁에 둘러앉은 손님 열 명이 분노한 얼굴로 집사를 노려보았다. 그들은 너무 어이가 없어서 입도 벙긋하지 못했다.

집사는 빈 술병 하나를 사랑스럽게 손으로 잡고 말했다.

“45년산은 이게 마지막입니다. 29년산은 이미 다 마셔 버렸죠. 실로 훌륭한 와인이더군요. 무슈 에스트라공과 저에게 엄청난 기쁨을 주었습니다.”

허리 숙여 인사하고 아주 천천히 식당 밖으로 걸어 나간 그는 홀을 가로질러 현관문을 통해 거리로 나갔다. 길가에서는 무슈 에스트라공이 벌써 그들의 작은 차 트렁크에 여행 가방을 싣고 있었다.

아내 바꾸기

The Great Switcheroo

그날 저녁, 제리와 사만다의 칵테일파티에는 마흔 명 정도가 모였다. 여느 때처럼 복작이고, 불편하고, 지독히 시끄러웠다. 다들 어깨가 닿을 정도로 붙어 서야 했고, 소리를 지르지 않으면 옆 사람에게도 잘 안 들렸다. 하얀 이들 사이로 금니를 드러내고 싱글거리는 사람들이 많았다. 대부분 왼손에는 담배, 오른손에는 술을 들고 있었다.

내 아내 메리는 지인들과 함께 있었고, 나는 거기서 벗어나 멀리 구석에 있는 작은 바로 가서 등 없는 의자에 앉았다. 그리고 사람들 쪽으로 돌아앉았다. 여자들을 관찰하기 위해서였다. 나는 바 가장자리에 등을 기대고 스카치위스키를 홀짝이면서 술잔 너머로 여자들을 한 명 한 명 살펴보았다.

내가 관찰한 것은 몸매가 아니라 얼굴이었으며, 내 진짜 관심사는 얼굴 자체가 아니라 그 중앙에 있는 크고 빨간 입이었다. 그것도 입 전체가 아니라 아랫입술만. 최근에 나는 아랫입술이 그 사람을 가장 잘 드러낸다고 결론 내렸다. 아랫입술은 눈보다도 많은 것을 드러낸다. 눈에는 비밀이 감춰져 있다. 반면 아랫입술은 감출 수 있는 것이 거의 없다. 바로 내 옆에 서 있던 제이신스 윙클먼의 아랫입술을 예로 들어 보자. 그 입술의 주름을 보면, 평행인 것들도 있고 밖으로 퍼져 나가는 것들도 있었다. 입술 주름 모양은 사람마다 제각각이다. 이 사실을 이용하면 입술 주름으로 범인을 잡을 수도 있다. 지문처럼 입술 주름 모양이 신원 정보에 포함돼 있고, 그자가 범행 현장에서 술을 마셔 술잔에 입술 자국이 남았다면 말이다. 누구나 불안하면 아랫입술을 핥고 씹게 마련이다. 멀리서 남편을 지켜보는 마사 설리번이 지금 그러고 있었다. 그녀의 남편은 주디 마틴슨을 보며 군침을 흘리고 있었다. 욕정이 샘솟을 때도 사람은 아랫입술을 핥는다. 지니 로맥스가 테드 돌링 옆에 서서 그의 얼굴을 쳐다보며 혀끝으로 아랫입술을 핥는 모습이 보였다. 혀를 살며시 내밀어 아랫입술 전체를 천천히 핥는 것은 의도적인 행위였다. 테드 돌링은 지니의 혀를 보고 있었는데, 이는 그녀가 바라던 바였다.

방에 모인 사람들의 아랫입술을 차례차례 훑어보고 있노라니 오만, 탐욕, 폭식, 음탕 등등 인간이라는 동물의 모든 추악한 특성이 저 작은 진홍빛 살갗에 정말로 뚜렷이 드러난다는 생각이 들었다. 물론 그 의미를 읽어 낼 줄 알아야 한다. 흔히 도톰하고 볼록한 아랫입술은 호색을 뜻한다고 한다. 하지만 이는 남자에게는 반만 맞고, 여자에게는 전혀 맞지 않는다. 여자의 아랫입술에서 주목해야 할 것은 가느다란 선이다. 아래쪽 가장자리에 선명하게 그려진 입술 선. 그리고 진짜 색골은 아랫입술 중앙 위쪽의 살갗이 미세하지만 또렷하게 돋아 있다.

안주인 사만다가 그런 여자였다.

지금 사만다는 어디 있지?

아, 저기 있군. 그녀는 손님이 들고 있던 빈 술잔을 받아 다시 채워 주려고 내 쪽으로 오고 있었다.

그녀가 말했다.

"안녕, 빅터. 혼자 있어?"

사만다는 진짜 색정녀야. 나는 속으로 중얼거렸다. 하지만 그녀는 아주 드문 사례인데, 오로지 한 남자만 고집하기 때문이다. 둥지에서 영영 나올 생각이 없는 일부일처주의 색정녀인 셈이다.

하지만 사만다처럼 맛깔스러운 여자는 내 평생 동안 본 적이 없다.

"내가 해 줄게."

나는 자리에서 일어나 그녀의 손에서 술잔을 받아 들며 물었다.

"뭘 넣으면 되지?"

"보드카. 얼음 넣어서. 고마워, 빅터."

사만다가 길고 사랑스러운 하얀 팔을 바에 올려놓고 몸을 앞으로 기울이자, 그녀의 가슴이 바에 얹히면서 위로 쏠렸다. 나는 보드카를 술잔 밖으로 흘리고 말았다.

"어이쿠."

사만다는 커다란 갈색 눈으로 나를 보았지만 아무 말도 하지 않았다.

내가 말했다.

"괜찮아. 내가 치울게."

사만다는 다시 채운 술잔을 들고 사람들 쪽으로 걸어갔다. 나는 그녀의 뒷모습을 지켜보았다. 그녀는 검은 바지를 입고 있었는데, 엉덩이 부분이 워낙 꽉 끼어서 아주 작은 사마귀나 뾰루지만 났어도 도드라졌을 것이다. 하지만 사만다 레인보우의 엉덩이는 흠잡을 데 없이 매끈했다. 나도 모르게 아랫입술을 핥았다. 나는 속으로 중얼거렸다. 그래, 맞아. 나는 사만다를 원해. 저 여자를 갖고 싶어. 하지만 너무 위험한 짓이다. 저런 여자에게 집적대는 건 자살행위나 다름없다. 우선 사만다는 우리 옆집에 산다. 너무 가깝다. 둘째로, 이미 말했다시피, 사만다는 일부일처주의다. 셋째, 그녀와 내 아내 메리는 자매처럼 끈끈한 사이라 여자들만의 은밀한 이야기를 주고받는다. 넷째, 그녀의 남편 제리는 나의 오랜 친구이며, 비록 나

빅터 해먼드는 욕망에 몸부림치고 있지만, 오래전부터 알고 지낸 믿음직한 친구의 아내를 꼬실 마음은 추호도 없다.

그렇지만…….

바로 그때, 바 의자에 앉아 사만다 레인보우를 탐내던 내 머릿속 한복판으로 재미있는 생각 하나가 조용히 스며들기 시작했다. 그 생각이 점점 확장되는 동안, 나는 계속 앉아서 저만치 서 있는 사만다를 지켜보았다. 그리고 내 생각의 틀에 그녀를 끼워 맞추기 시작했다. 오, 사만다, 작고 찬란한 맛깔스러운 보석이여, 머지않아 널 갖고 말겠어.

하지만 그런 황당한 계략이 정말로 통하기를 기대할 수 있을까?

아니, 100만 년이 지나도 어림없다.

설령 제리가 응한다 해도 시도조차 하기 어렵다. 그딴 생각을 뭐하러 하나?

사만다는 5미터쯤 떨어진 곳에 서서 길버트 매케시와 이야기를 나누고 있었다. 길쭉한 술잔을 휘감은 그녀의 오른 손가락들이 길고 아주 날렵해 보였다.

제리가 재미 삼아 정말로 응했다고 치자. 그래도 여전히 어마어마한 문제가 따를 것이다. 예컨대 신체적 특징. 나는 제리가 클럽에서 테니스를 하고 나서 샤워할 때 그의 몸을 자주 봤지만, 지금은 필수적인 부분들이 하나도 기억나지 않는다. 사람들의 눈길을 끌 만한 몸은 아니었다. 대개 쳐다보지도 않았다.

어쨌든 제리에게 노골적으로 제안하는 건 미친 짓이다. 그 정도로 제리를 속속들이 알지도 못한다. 어쩌면 그 친구는 소스라치게 놀랄지도 모른다. 나를 죽이려 들지도 모른다. 흉한 꼴을 당할 수도 있다. 그러니 교묘한 방식으로 먼저 제리의 의중을 떠봐야 한다.

"자네 그거 알아? 재미있는 일이 있었어."

1시간쯤 뒤, 나는 제리와 함께 소파에 앉아 막잔을 들며 운을 뗐다. 손님들은 떠나고 있었고, 사만다는 현관에서 그들을 배웅하는 중이었다. 내 아내 메리는 발코니에서 밥 스웨인과 이야기하고 있었다. 열린 거실 유리문 너머로 똑똑히 보였다.

제리가 물었다.

"재미있는 일?"

"오늘 나랑 점심 먹은 친구가 엄청난 이야기를 들려줬어. 믿기 어려운 이야기였지."

"무슨 이야기인데?"

제리는 위스키 때문에 이미 졸린 눈치였다.

"나랑 점심 먹은 그 남자는 옆집에 사는 자기 친구 마누라한테 홀딱 반했어. 마찬가지로 그의 친구는 나랑 점심 먹은 남자의 아내 때문에 잔뜩 몸이 달았고. 무슨 뜻인지 알겠어?"

"가까이 사는 두 인간이 서로의 아내를 탐낸다는 거잖아."

"맞아."

"그럼 문제 될 거 없겠네."

나는 고개를 저었다.

"엄청 큰 문제가 있었어. 두 아내 모두 정조 관념이 투철했거든."

"사만다랑 똑같군. 다른 남자는 쳐다보지도 않지."

"메리도 그래. 훌륭한 아내야."

제리는 술잔을 비우고 소파 테이블에 조심스레 내려놓았다.

"그래서 그 친구들 어떻게 됐어? 추잡한 이야기 같은데."

"어떻게 됐느냐면, 그 두 색마가 일을 꾸며 서로의 아내를 가졌어. 두 아내 모르게 말이야. 믿을 수 있겠어?"

"마취제라도 먹였대?"

"전혀. 두 아내 모두 정신이 말짱했어."

"말도 안 돼. 그 작자가 자네한테 뻥을 쳤군."

"그렇지 않아. 아주 치밀하고 세세하게 설명한 걸 보면 지어낸 이야기는 아닌 듯해. 틀림없어. 게다가 딱 한 번만 한 게 아냐. 지난 몇 달 동안 2,3주에 한 번씩 그래 왔대!"

"마누라들은 모르고?"

"짐작도 못 해."

"자세히 듣고 싶군. 그 전에 한 잔 더 하세나."

우리는 바로 가서 술잔을 채운 뒤 다시 소파로 돌아왔다.

내가 말했다.

"사전에 엄청난 준비와 연습이 필요했다는 점을 명심해야 돼. 그리고 이 작전을 성공시키려고 수많은 사적인 정보를 교환해야 했지. 하지만 이 계략의 핵심적인 부분은 간단해.

그들은 거사 날을 정했어. 가령 토요일이라고 치자. 그날 밤 양쪽 부부는 여느 때처럼 침실로 올라갔어. 11시나 11시 30분 정도에.

그때부터는 일상적인 과정이야. 책 좀 보다가 잠시 이야기 나누고 불을 껐겠지.

불을 끄자마자 남편들은 돌아누워 자는 척했어. 그러자 아내들은 밤일을 할 의욕을 잃었고, 이제는 보채도 소용없겠구나 생각했지. 결국 잠들었어. 하지만 남편들은 계속 깨어 있었지. 여기까지는 어렵지 않아.

이윽고 정확히 새벽 1시, 아내들이 깊은 잠에 빠졌을 무렵에 두 남편은 조용히 침대에서 나와 침실 슬리퍼를 신고 잠옷 차림으로 살금살금 아래층으로 내려왔어. 현관문을 열고 어두컴컴한 밖으로 나가면서, 문이 잠기지 않도록 조심했지.

두 집은 길을 사이에 두고 마주 보고 있었어. 도시 근교의 조용한 동네라 그 시간에는 인적이 드물다더군. 그래서 잠옷 차림의 두 남자는 서로를 지나치면서 길을 건넜지. 각자 다른 집, 다른 침대, 다른 여자를 향해."

제리는 유심히 듣고 있었다. 술기운 탓에 눈은 조금 번들거렸지만, 내 말 한 마디 한 마디에 귀를 기울였다.

"두 남자는 그다음 단계를 아주 철저하게 준비했어. 둘 다

상대방의 집을 자기 집만큼 구석구석 다 알고 있었지. 덕분에 캄캄한 거실을 지나 위층 침실로 올라가면서도 가구에 부딪히지 않을 수 있었던 거야. 어디로 가면 층계가 있는지, 꼭대기까지 몇 계단인지, 어떤 계단이 삐걱거리는지도 다 알았어. 심지어 친구 아내가 위층 침실의 어느 쪽 침대에 누워 있는지도 말이야.

둘 다 계단 앞에 슬리퍼를 벗어 두고 잠옷 차림에 맨발로 살금살금 위층으로 올라갔어. 그 친구의 말에 따르면, 이때가 무척 흥분되었대. 어둡고 고요한 남의 집에서, 최소한 세 아이의 방들을 지나쳐 안방으로 가야 했거든. 그 방들은 항상 문이 살짝 열려 있다는 거야."

제리가 소리쳤다.

"맙소사! 애들 중 하나라도 깨서 '아빠야?'라고 물으면 어떻게 해?"

"그것도 다 고려했지. 그럴 때는 곧바로 비상조치에 들어가. 또 안방으로 들어갔을 때 친구 아내가 깨서 '여보, 무슨 일이야? 왜 돌아다녀?'라고 물을 때도 비상조치가 필요해."

"비상조치가 뭔데?"

"간단해. 잽싸게 아래층으로 뛰어 내려가 현관문 밖으로 나가서 길 건너 자기 집으로 달려가 초인종을 눌러. 이건 친구에게 보내는 신호야. 자기가 달려 나올 때 친구가 뭘 하고 있든 당장 전속력으로 아래층으로 내려와 현관문을 열어 안으로 들여보내 달라는 거지. 그리고 둘 다 재빨리 각자의 집으로 가는 거야."

"톡톡히 망신을 당하겠군."

"그럴 일 없어."

"초인종 소리에 온 가족이 깰 텐데?"

"물론이지. 그리고 잠옷을 입은 채 위층으로 돌아온 남편은 이렇게 말하면 그만이야. '이 야심한 시간에 어떤 놈이 초인종을 눌렀는지 보러 갔었어. 아무도 없더라고. 술 취한 놈이 그랬을 거야.'"

"다른 남자는? 그 친구 마누라나 아이가 물어보면, 아래층으로 뛰어 내려간 까닭을 뭐라고 변명해?"

"이렇게 말하면 되지. '밖에서 누가 어슬렁대는 소리가 들려 부리나케 내려가 봤더니 도망가더라고.' 아내가 걱정스럽게 묻겠지. '정말로 봤어?' 그러면 남편은 대답해. '봤고말고. 길 아래로 달아나던데. 너무 빨라서 쫓아가지는 못했지만.' 이 일로 용감한 남자라는 열렬한 칭찬도 듣게 될 거야."

제리는 고개를 끄덕였다.

"좋아. 그건 쉬운 부분이야. 여기까지는 계획을 잘 세우고 타이밍만 잘 잡으면 되니까. 하지만 그 발정 난 두 인간이 정말로 친구 아내가 있는 침대로 올라가면 어떻게 돼?"

"곧바로 시작하는 거지."

"아내들이 자고 있을 텐데."

“맞아. 그래서 아주 살살 하면서도 아주 능숙하게 재빨리 애무해야 돼. 그러면 아내들은 완전히 정신이 들 때쯤 이미 방울뱀처럼 잔뜩 흥분해 있어.”

“말은 하지 말아야겠군.”

“입도 벙긋하면 안 돼.”

“좋아, 마누라들이 깨면 손으로 남편을 만지겠지. 결국 시작부터 문제가 생겨. 몸집이 다를 테니까. 키가 더 크거나 작거나, 또는 더 뚱뚱하거나 날씬할 수도 있잖아? 설마 이 두 남자가 신체적으로 똑같다고 하진 않겠지?”

“물론 똑같지는 않지. 하지만 키와 몸집은 대충 비슷했어. 그게 중요해. 둘 다 깔끔하게 면도했고, 머리숱도 거의 똑같아. 이렇게 유사한 경우는 흔해. 예컨대 자네와 나를 봐. 우리도 키와 몸집이 비슷하잖아, 안 그래?”

“그런가?”

“자네 키가 몇이야?”

“정확히 183센티미터.”

“난 180센티미터. 자네와 고작 3센티미터 차이지. 몸무게는 얼마야?”

“85킬로그램.”

“난 84킬로그램. 고작 1킬로그램 차이잖아?”

잠시 침묵이 흘렀다. 제리는 거실 유리문 너머로 발코니에서 있는 내 아내 메리를 보고 있었다. 여전히 밥 스웨인과 이야기하고 있는 메리의 머리가 저녁 햇살을 받아 반짝거렸다. 제리의 입에서 혀가 나와 아랫입술을 훑는 것이 보였다.

그는 여전히 메리를 보면서 말했다.

"자네 말이 맞는 것 같아. 우린 몸집이 비슷하지."

다시 고개를 돌려 나를 바라본 그의 두 볼에는 작고 빨간 장미꽃이 피어 있었다.

"그 두 남자 얘기를 계속해 봐. 다른 차이점은 어떻게 해?"

"얼굴 말이야? 어둠 속에서는 보이지도 않아."

"얼굴 얘기가 아냐."

"그럼 뭐?"

"두 남자의 성기 말이야. 그게 제일 중요하잖아, 안 그래? 설마 그것도 괜찮다고는……."

내가 대답했다.

"괜찮고말고. 둘 다 포경을 했거나 둘 다 안 했다면 문제 될 게 전혀 없어."

"모든 남자의 성기 크기가 똑같다는 소리야? 에이, 그건 아니지."

"나도 알아."

"대물도 있고 땅콩도 있어."

"예외는 언제나 있지. 하지만 놀랍게도 대부분 남자들은 성기 크기가 거의 비슷해. 고작 1,2센티미터 차이야. 내 친구가 그러는데, 90퍼센트가 정상 범위래. 불과 10퍼센트만 유별나게 크거나 작다는 거야."

"못 믿겠는걸."

"나중에 확인해 봐. 경험 많은 여자한테 물어보든가."

제리는 위스키를 천천히 길게 마시면서 술잔 너머로 발코니에 있는 메리를 또 바라보았다.

"그 밖에 나머지는?"

"문제 될 거 없어."

"문제 될 거 없긴 개뿔. 어째서 이게 지어낸 이야기인지 말해 줄까?"

"해 봐."

"다들 알다시피 결혼 생활을 몇 년 한 부부는 나름의 잠자리 방식이 있어. 당연하잖아? 따라서 낯선 상대는 단박에 들통날 거야. 안 봐도 뻔하지. 난데없이 생뚱맞은 방식으로 잠자리를 하려 드는데 여자가 그걸 몰라? 아무리 흥분한다 해도 모를 리가 없어. 순식간에 알아차릴 거야!"

"그것도 흉내 내면 돼. 각자의 방식을 사전에 서로 자세히 알려 주는 거지."

"그건 좀 민망하지 않아?"

"애초에 죄다 민망한 일이야. 평소에 어떤 식으로 하는지 정확히 털어놔야 해. 하나도 빠짐없이. 전부 다. 밤일의 시작부터 끝까지 말이야."

"세상에나."

"두 남자 모두 새로운 역할에 익숙해져야 했어. 배우가 된 셈이지. 서로를 흉내 낸 거야."

"그게 말처럼 쉬워?"

"그 친구 말로는 전혀 어렵지 않다던데. 흥분을 못 참고 엉뚱한 짓만 하지 않으면 된댔어. 사전에 약속한 대로 아주 신중하게 규칙을 지켜야 해."

제리는 다시 술을 한 모금 마시더니, 발코니에 있는 메리를 또 힐긋거렸다. 그러고는 술잔을 든 채 소파에 등을 기댔다.

"그 두 인간들이 정말로 그랬다는 거야?"

"틀림없어. 지금도 하고 있다니까. 대략 3주에 한 번꼴로."

"끝내주는군. 물론 엄청 위험한 미친 짓이지만. 들키기라도 하면 어떤 지옥이 펼쳐질지 상상해 봐. 당장 이혼이야. 둘 다. 길을 사이에 두고 양쪽 집이 파탄 나는 거지. 그런 위험을 무릅쓸 수는 없어."

나는 고개를 끄덕였다.

"배짱이 두둑해야 돼."

"파티도 이젠 파장 분위기야. 다들 우라질 마누라들을 데리고 집에 가고 있군."

그 뒤로 나는 아무 말도 하지 않았다. 손님들이 현관으로 가는 동안 우리는 몇 분 정도 소파에 앉아서 술을 홀짝였다.

갑자기 제리가 물었다.

"재미있었대? 자네 친구 말이야."

"죽여줬다더군. 들킬지 모른다는 긴장감 때문에 평소의 쾌감이 배가됐다는 거야. 친구 마누라 모르게 남편인 척하며 하는 밤일만큼 짜릿한 건 없다며 떠벌리더라고."

그때 메리가 밥 스웨인과 함께 거실 유리문을 지나 안으로 들어왔다. 한 손에는 빈 술잔을 들고, 다른 손에는 새빨간 철쭉을 쥐고 있었다. 발코니에서 꺾은 철쭉이었다.

그녀가 마치 권총을 겨누듯 꽃으로 나를 가리키며 말했다.

"아까부터 당신을 지켜봤어. 마지막 10분 동안은 쉬지 않고 떠들던데. 제리, 이이가 무슨 이야기 했어?"

제리는 빙그레 웃으며 대답했다.

"음담패설."

"술만 마시면 그런다니까."

"재미있던데. 하지만 완전 허무맹랑해. 무슨 이야기인지 나중에 물어봐."

"난 음담패설 질색이야. 여보, 일어나. 갈 시간이야."

제리는 메리의 멋진 가슴에서 눈을 떼지 못하며 말했다.

"벌써 가? 그러지 말고 한 잔 더 해."

"아니, 됐어. 애들이 배고프다고 난리 치고 있을 거야. 오늘 즐거웠어."

"잘 자라고 키스 안 해 줄 거야?"

제리가 소파에서 일어서더니 메리의 입술에 키스하려 했다. 하지만 그녀가 재빨리 고개를 돌려서 겨우 볼에 입을 맞추었다.

"그만해, 제리. 당신 취했어."

"취하긴. 후끈 달아올랐을 뿐이지."

메리가 쏘아붙였다.

"부탁인데, 나한테는 달아오르지 마. 난 그런 말 싫어."

그녀는 풍만한 가슴을 당당하게 내밀고 씩씩하게 방을 가로질렀다.

내가 말했다.

"또 보세나, 제리. 멋진 파티였어."

메리는 잔뜩 찌푸린 표정으로 현관 앞에서 나를 기다리고 있었다. 사만다도 거기서 마지막 손님들에게 작별 인사를 하는 중이었다. 그녀의 날렵한 손가락들과 매끄러운 피부, 부드럽고 위험스러운 넓적다리가 내 눈길을 사로잡았다. 그녀는 하얀 이를 드러내고 내게 말했다.

"기운 내, 빅터. 잘 가."

천지창조의 새 아침에 탄생한 존재 같은 사만다. 그녀의 목소리가 내 오장육부를 휘저었다.

나는 메리를 따라서 밖으로 나왔다. 그녀가 물었다.

"당신 괜찮아?"

"그럼. 왜?"

"그렇게 퍼마시고 멀쩡할 리가 없잖아."

우리 집과 제리의 집 사이에는 덤불이 우거진 오래된 울타리가 있고, 그 중간에는 우리가 늘 사용하는 통로가 있었다. 메리와 나는 말없이 그 통로를 지나갔다. 집에 들어와서는 그녀가 잔뜩 만든 스크램블드에그와 베이컨을 아이들과 함께 먹었다.

식사를 마친 뒤, 나는 밖으로 나왔다. 여름날 저녁은 맑고 서늘했으며, 어차피 할 일도 없어서 앞마당 잔디를 깎기로 했다. 창고에서 잔디 깎는 기계를 꺼내 시동을 걸었다. 곧이어 기계를 몰고 마당을 왔다 갔다 하기 시작했다. 나는 잔디 깎기를 좋아한다. 마음이 편안해지기 때문이다. 그리고 앞마당에 있을 때면 늘 한쪽으로 가면서 사만다의 집을 보고, 반대쪽으로 돌아오면서 그녀를 생각했다.

그렇게 10분쯤 있었을 때, 울타리 통로로 제리가 설렁설렁 걸어왔다. 담배 파이프를 입에 물고 양손을 바지 주머니에 꽂은 채, 잔디밭 가장자리에 서서 나를 바라보았다. 나는 잔디 깎는 기계를 그의 앞에 세웠지만 시동을 끄지는 않았다.

제리가 말했다.

"어이, 친구. 좀 어때?"

"좌불안석이야. 자네도 그렇겠지."

"자네 마누라는 너무 고상한 척한단 말이야."

"그래, 나도 알아."

"아까 우리 집에서 나한테 신경질까지 내고."

"그 정도는 아냐."

제리는 음흉한 미소를 지었다.

"난 결심했어."

"무슨 결심?"

"나를 비난한 메리에게 가벼운 복수를 하기로. 그래서 말인데, 자네하고 점심 먹은 친구가 했다는 걸 우리도 해 보면 어떨까?"

그 순간 나는 엄청난 흥분에 휩싸였다. 심장이 터질 것만 같았다. 나는 잔디 깎는 기계의 손잡이를 움켜잡고 엔진의 회전 속도를 높였다.

제리가 물었다.

"내가 말도 안 되는 소릴 했나?"

나는 대답하지 않았다.

"이봐, 빅터. 내 제안이 언짢았다면 그냥 없던 일로 해. 나한테 화난 거 아니지?"

"그런 거 아냐, 제리. 단지 너무 뜻밖이라 그래. 한 번도 생각해 보지 않았거든."

"난 생각했어. 여건이 완벽하잖아. 우린 길을 건널 필요도 없어."

갑자기 그의 얼굴이 환해지고 두 눈이 별처럼 반짝였다.

"자, 어떻게 생각해, 빅터?"

"생각 중이야."

"자네는 사만다한테 끌리지 않나 보군."

"솔직히 잘 모르겠어."

"아주 재미있을 거야. 내 장담하지."

이때 우리 집 현관 밖으로 나오는 메리가 보였다. 내가 제리에게 말했다.

"아내가 애들을 찾고 있나 봐. 내일 다시 이야기해."

"그럼 할 거야?"

"할 수도 있어, 제리. 하지만 서둘지 않기로 약속해야 돼. 모든 걸 철저히 준비하고 나서 시작하고 싶거든. 맙소사, 이건 전혀 새로운 일이야! 간단한 문제가 아니라고."

"자네 친구는 쉽다고 했잖아? 즐거운 일이라면서."

"아, 물론 그렇지. 하지만 사람마다 여건이 달라."

나는 잔디 깎는 기계를 몰고 요란하게 마당을 가로질렀다. 집 앞에 다다라 뒤돌아보니, 제리는 이미 울타리 통로를 지나 자기 집 현관으로 올라가고 있었다.

그로부터 2주 동안 제리와 나는 치밀하게 음모를 꾸몄다. 술집이나 식당에서 몰래 만나 전략을 논의하고, 가끔은 제리가 퇴근 후 내 사무실에 들러 문을 닫고 안에서 함께 계획을 세웠다. 미심쩍은 점이 생각날 때마다 제리가 물었다.

"자네 친구는 어떻게 했대?"

그러면 나는 궁리하는 척하다 대답했다.

"나중에 그 친구한테 전화해서 물어볼게."

수차례 만나 논의한 끝에 우리는 다음 내용에 합의했다.

1. 실행일은 토요일로 한다.
2. 실행일 저녁에 양쪽 부부 넷이 함께 근사한 식당에서 외식을 한다.
3. 제리와 나는 일요일 새벽 1시 정각에 각자의 집에서 나와 울타리 통로를 지나간다.
4. 새벽 1시가 될 때까지 어둠 속에 누워 있지 말고, 아내가 잠들자마자 곧바로 조용히 아래층 부엌으로 내려와 커피를 마신다.
5. 위급 상황이 발생하면 현관 초인종 누르기 작전을 써먹는다.
6. 각자의 집으로 돌아가는 시각은 새벽 2시로 정한다.
7. 상대의 침대에 있는 동안 (혹시라도) 상대의 아내가 질문하면 입을 굳게 다물고 "으흠."이라고만 대꾸한다.
8. 나는 당장 궐련을 끊고 제리와 같은 냄새가 나도록 파이프 담배로 바꾼다.
9. 우리가 쓰는 모발유(毛髮油)를 즉시 같은 제품으로 통일한다.
10. 평소에 우리 둘 다 침대에서 손목시계를 차고, 모양도 거의 비슷하기 때문에 굳이 서로 바꾸지는 않기로 한다. 둘 다 반지는 끼지 않는다.
11. 상대의 아내에게 자기 남편이라는 확신을 심어 줄 뭔가를 둘 다 착용한다. 그래서 우리는 '반창고 작전'이

라는 것을 고안했다. 이런 식이었다. 실행일 저녁에 두 부부가 외식을 하고 각자 집으로 돌아오면, 두 남편은 부엌으로 가서 치즈 한 조각을 썬다. 그러면서 오른 검지 손톱에 큼지막한 반창고를 몰래 감은 다음, 검지를 들어 보이며 아내에게 "베였어. 별건 아니지만 살짝 피가 났어."라고 말한다. 이렇게 하면 나중에 두 남자가 상대의 침대에 누웠을 때, 두 아내 모두 반창고가 감겨 있는 검지를 똑똑히 의식하고(남편들은 그걸 느끼게 해 줘야 한다.) 자기 남편이라고 철석같이 믿을 터였다. 이는 중요한 심리적 장치이며, 두 여자의 마음에 스며들지 모를 아주 작은 의심까지 차단해 준다.

기본적인 계획은 이 정도였다. 다음에 할 일은 우리가 '내부 구조 익히기'라고 공책에 적은 것이었다. 우선 나부터 했다. 어느 일요일 오후 제리의 아내와 아이들이 외출하자, 그가 나를 자기 집으로 불러 3시간 동안 훈련시켰다. 제리 부부의 침실에 들어가 보기는 처음이었다. 화장대에 사만다의 향수와 빗을 비롯한 그녀의 온갖 물건이 놓여 있었다. 의자 등받이에는 스타킹 한 켤레가 걸쳐져 있고, 화장실 문 뒤에는 하얀색과 파란색이 어우러진 슬립이 걸려 있었다.

제리가 말했다.

“좋아. 여기 들어올 때는 칠흑같이 캄캄할 거야. 사만다는 이쪽에서 자니까 자네는 살금살금 침대를 돌아서 저쪽에 누워야 해. 내가 천으로 눈을 가려 줄 테니 연습해 봐.”

눈가리개를 하고 처음에는 술 취한 사람처럼 방을 이리저리 돌아다녔다. 하지만 1시간쯤 연습하자 방향을 똑바로 잡을 수 있게 되었다. 물론 현관문으로 들어와 거실을 가로질러 2층으로 올라온 뒤, 애들 방을 지나 안방으로 들어서서 사만다 옆자리에 정확히 눕는 과정은 만만치 않았다. 그것도 도둑처럼 소리 없이 해야만 했다. 결국 3시간 동안 힘겹게 연습한 끝에 가까스로 제리에게 합격을 받았다. 어쨌든 해낸 것이다.

다음 주 일요일 아침에 메리가 애들을 데리고 교회에 가자, 나는 제리를 우리 집으로 불러들여 똑같은 훈련을 시켰다. 그는 나보다 빨리 요령을 터득했다. 1시간도 안 돼서 한 번의 실수도 없이 눈가리개 시험을 통과했다.

이날 훈련하는 동안 우리는 침대로 올라가기 전에 여자 쪽 침대 등의 전원을 차단하기로 했다. 그래서 제리는 눈가리개를 한 채 침대 등 플러그를 찾아서 뽑는 연습을 했고, 그다음 주말에는 나도 제리의 집에서 같은 훈련을 했다.

이제 가장 중요한 준비를 할 차례였다. 우리는 그것을 ‘비밀 털어놓기’라고 불렀으며, 이 단계에서 서로에게 자신이 아내와 사랑 나누는 방식을 낱낱이 실토해야 했다. 어쩌다 할 수도 있는 색다른 행위는 신경 쓰지 않기로 했다. 가장 자주 하는 방식, 의심 살 일이 거의 없는 방식만 서로에게 알려 줄 생각이었다.

수요일 저녁 6시 정각에 내 사무실에서 했다. 다른 직원들은 퇴근하고 없었다. 처음에는 둘 다 조금 멋쩍어서 아무 말도 꺼내지 못했다. 그래서 나는 독한 위스키를 꺼내 제리와 함께 두 잔씩 마셨고, 긴장이 풀리자 은밀한 논의가 시작되었다. 제리가 이야기하면 나는 받아 적었고, 내가 말할 때는 제리가 메모했다. 다 끝나고 나서 보니, 제리와 내가 즐기는 방식의 유일한 차이는 속도뿐이었다. 하지만 이건 엄청난 차이였다! 정말인지는 모르겠지만, 제리는 아주 느긋하게 천천히 쾌락의 순간을 즐겼다. 내가 보기에는 시간을 너무 끄는 것 같았다. 사랑을 나누는 도중에 마누라가 잠들 때도 있지 않을까 싶었다. 하지만 내가 할 일은 평가가 아니라 따라 하기이므로 괜히 이러쿵저러쿵하지 않았다.

제리의 태도는 나와 딴판이었다. 내 잠자리 방식을 들은 그는 대놓고 이죽거렸다.

"진짜 그런 식으로 해?"

"무슨 소리야?"

"그렇게 빨리 끝내느냐고."

"이봐, 지금 자네가 훈계할 때야? 서로에 대해서 알려고 만난 거잖아."

"물론 그렇지. 하지만 자네 스타일대로 하면 좀 한심한 기분이 들 것 같아. 어휴, 시골 역을 쏜살같이 지나치는 특급 열차처럼 순식간에 끝내는 거잖아!"

나는 입을 딱 벌리고 그를 빤히 쳐다봤다. 제리가 말했다.

"그렇게 놀랄 필요 없어. 자네 말을 들으면 누구라도……."

"누구라도 뭐?"

"아냐, 됐어."

"고맙군."

화가 머리끝까지 났다. 내가 알기로 이 세상에서 내가 남보다 잘하는 것이 둘 있다. 하나는 운전이고, 또 하나는 밤일이다. 그런데 제리가 내 앞에 앉아서 뻔뻔하게도 내가 마누라와 제대로 못 한다고 비웃다니, 어이가 없었다. 뭘 모르는 쪽은 내가 아니라 제리였다. 가엾은 사만다. 그 오랜 세월을 참고 살았다니.

"괜한 소리를 했군. 미안하네."

제리는 우리 둘의 술잔에 위스키를 더 따르고 말을 이었다.

"짜릿한 거사를 위해 건배! 언제 할까?"

"오늘이 수요일이니까 이번 주 토요일 어때?"

"우아, 진짜?"

"모든 정보가 머릿속에 생생히 남아 있을 때 해야 돼. 기억해야 할 게 엄청 많잖아."

제리가 창가로 걸어가 거리를 오가는 차들을 내려다보더니, 이내 돌아서서 말했다.

"좋아. 이번 주 토요일에 하자!"

이윽고 우리는 각자 차를 몰고 집으로 갔다.

"제리와 내가 당신과 사만다를 토요일 저녁에 외식시켜 주기로 했어."

내가 메리에게 말했다. 우리는 부엌에 있었고, 메리는 애들 먹일 햄버거를 만드는 중이었다.

그녀가 한 손에는 프라이팬, 다른 손에는 숟가락을 들고 내 쪽으로 돌아서서 파란 눈으로 내 눈을 똑바로 보며 말했다.

"우리 낭군님은 참 자상하셔. 축하할 일이라도 있는 거야?"

나도 아내를 빤히 보며 대답했다.

"우리에게도 변화가 필요하다고 생각했어. 늘 같은 집에서 같은 사람들만 만나 왔잖아."

메리가 한 걸음 다가와 내 볼에 입을 맞추었다.

"당신 정말 좋은 남자야. 사랑해."

"보모에게 연락하는 거 잊지 마."

"물론이지. 오늘 밤에 전화할게."

목요일과 금요일은 눈 깜짝할 새 지나갔고, 금세 토요일이 되었다. 거사의 날이었다. 잠에서 깨자 걷잡을 수 없는 흥분이 밀려들었다. 아침을 먹고 나서는 가만히 있을 수가 없어 밖으로 나가 세차를 했다. 한창 그러고 있을 때, 제리가 담배 파이프를 물고 울타리 통로를 따라 걸어왔다.

"어이, 친구. 오늘이 그날이야."

"알아."

나도 담배 파이프를 물고 있었다. 어쩔 수 없이 피우고는 있었지만, 불이 자꾸만 꺼지고 연기가 너무 뜨거워서 혀가 데일 지경이었다.

제리가 물었다.

"기분 어때?"

"끝내줘. 자네는?"

"긴장돼."

"긴장하지 마, 제리."

"우린 지금 엄청난 일을 하려는 거야. 잘됐으면 좋겠어."

나는 차 앞 유리를 계속 닦았다. 제리가 이렇게 긴장하는 모습은 본 적이 없었다. 조금 걱정스러웠다.

그가 말했다.

"우리가 처음이 아니라서 다행이야. 만약 아무도 한 적이 없는 일이었다면 차마 엄두가 나지 않았을 테니까."

"맞아."

"자네 친구가 환상적으로 쉽다고 해서 그나마 마음이 놓여."

"식은 죽 먹기랬어. 하지만 제발 이따가 긴장하지 마, 제리. 그랬다가는 끝장이라고."

"걱정 마. 하지만 맙소사, 너무 설레지 않아?"

"설레고말고."

"오늘 저녁에는 과음하지 않는 게 좋겠어."

"좋은 생각이야. 이따 8시 30분에 봐."

약속한 시간에 나는 사만다, 제리, 메리와 함께 제리의 차를 타고 빌리 스테이크 하우스로 갔다. 이름은 촌스럽지만 실은 값비싼 고급 식당이어서, 거기 온 여자들은 하나같이 긴 드레스 차림이었다. 사만다가 입은 초록색 드레스는 앞부분이 훤히 파여 있었다. 나는 그렇게 사랑스러운 사만다의 모습을 본 적이 없었다. 우리 테이블에는 양초가 켜져 있었다. 내 맞은편에 앉은 사만다가 몸을 앞으로 내밀어 얼굴이 촛불에 가까워질 때마다, 아랫입술 위쪽에 살짝 솟은 부분이 내 눈에 띄었다. 그녀는 웨이터가 준 메뉴판을 받아 들며 중얼거렸다.

"자, 오늘은 뭘 먹을까."

나는 속으로 웃었다. 으하하, 새로운 걸 먹게 될 거야.

식당에서는 모든 것이 순조로웠고, 아내들은 즐거운 시간을 보냈다. 제리의 집으로 돌아온 시각은 11시 45분이었다. 사만다가 말했다.

"들어가서 가볍게 한잔해."

내가 대꾸했다.

"고맙지만 시간이 늦었어. 보모도 집에 태워다 줘야 하고."

결국 메리와 나는 우리 집으로 걸어갔다. 집 안으로 들어서면서 나는 속으로 중얼거렸다. 지금부터 카운트다운 시작이로군. 정신 바짝 차리고 아무것도 잊으면 안 돼.

메리가 보모에게 수고비를 주는 동안, 나는 냉장고로 가서 캐나다 체다 치즈 한 토막을 찾아냈다. 서랍에서 식칼을 꺼내고, 찬장에서 반창고 하나를 꺼냈다. 오른 검지 손톱에 반창고를 감고 메리가 돌아서길 기다렸다.

나는 손가락을 들어 보이며 말했다.

"베였어. 별거 아니지만 피가 좀 났어."

"저녁은 충분히 먹은 줄 알았는데."

메리는 그 말뿐이었다. 하지만 반창고는 확실히 눈도장을 찍었고, 나의 작은 첫 임무는 성공했다.

보모를 차에 태워 데려다주고 집에 돌아왔을 때는 자정 무렵이었다. 방에 올라가서 보니, 메리는 이미 불을 끄고 잠들어 있었다. 나는 내 쪽 침대 등을 끄고 화장실로 들어가 옷을 벗었다. 거기서 10분쯤 서성이다가 밖으로 나오니, 예상대로 메리는 완전히 곯아떨어져 있었다. 굳이 옆에 누울 필요는 없을 듯싶었다. 그래서 제리가 눕기 쉽도록 내 쪽 이불만 젖혀 놓은 다음, 슬리퍼를 신고 아래층으로 내려와 부엌에 가서 전기 주전자를 켰다. 이제 12시 17분. 출발 43분 전이었다.

12시 35분에 위층으로 올라가 메리와 아이들을 살펴보았다. 모두 곤히 잠들었다.

1시를 5분 앞둔 12시 55분에 다시 올라가 마지막으로 확인했다. 침대로 다가가 나직이 메리의 이름을 불렀다. 묵묵부답이었다. 좋아. 됐어! 가자!

잠옷 위에 갈색 레인코트를 걸쳤다. 부엌 등을 끄자 온 집

안이 캄캄해졌다. 현관문을 잠그지 않고 살짝 닫았다. 그리고 엄청난 흥분에 휩싸인 채 어둠 속으로 소리 없이 걸어 나갔다.

거리의 어둠을 밝혀 줄 가로등이 모두 꺼져 있었다. 달도 없고, 심지어 별빛 하나 없었다. 검디검은 밤이었다. 하지만 바람은 따사롭고, 어디선가 가볍게 바람이 불어오고 있었다.

울타리 통로 쪽으로 걸음을 옮겼다. 아주 가까워지고서야 울타리가 보이고 통로도 눈에 띄었다. 거기 멈춰 서서 기다렸다. 이윽고 내 쪽으로 오는 제리의 발소리가 들렸다. 그가 나직이 물었다.

"어이, 친구. 문제없지?"

나도 소곤소곤 대답했다.

"다 준비해 놨어."

제리가 나를 지나쳐 갔다. 슬리퍼 신은 발로 조용히 잔디밭을 가로질러 우리 집 쪽으로 걸어가는 소리가 들렸다. 나는 제리의 집으로 갔다.

현관문을 열었다. 안은 밖보다 훨씬 어두웠다. 조심조심 문을 닫았다. 레인코트를 벗어 문손잡이에 걸었다. 슬리퍼를 벗어 문 옆 벽에 기대어 놓았다. 정말로 눈앞의 손도 보이질 않았다. 모든 것을 감각에 맡겨야 했다.

맙소사, 제리 덕분에 눈가리개를 하고 오래 연습하길 잘했구나 싶었다. 지금은 발이 아니라 손이 나를 이끌었다. 왼손이나 오른손이 벽과 난간, 가구, 커튼에서 한순간도 떨어지지 않았다. 그리고 줄곧 내가 서 있는 위치를 정확히 알았다. 혹은 안다고 믿었다. 하지만 한밤중에 남의 집에 들어가 살금살금 걷는 기분은 정말 짜릿하고 으스스했다. 손을 더듬으며 위층으로 올라가는 동안, 지난겨울에 우리 집에 침입해 텔레비전을 훔쳐 간 도둑놈들이 생각났다. 다음 날 아침 찾아온 경찰들은 차고 밖 눈밭에 있는 커다란 똥을 가리켰다. 그중 한 명이 말했다.

"놈들은 늘 이럽니다. 어쩔 수가 없죠. 겁먹었으니까요."

계단 꼭대기에 다다랐다. 오른손 끝을 계속 벽에 대고 층계참을 가로질렀다. 복도를 따라 걷다가 멈칫했다. 첫 번째 아이 방의 문이 손에 닿은 것이다. 문이 조금 열려 있었다. 귀를 기울였다. 안에서 여덟 살배기 로버트 레인보우의 고른 숨소리가 들렸다. 나는 계속 걸었다. 두 번째 아이 방의 문이 나타났다. 이 방에는 여섯 살짜리 빌리와 세 살짜리 아만다가 있었다. 서서 유심히 들었다. 문제 될 것 없었다.

4미터쯤 떨어진 복도 끝에 안방이 있었다. 문으로 다가갔다. 계획대로 제리가 문을 열어 놓고 갔다. 안으로 들어갔다. 문간에 꼼짝 않고 서서 사만다가 잠에서 깨지는 않는지 귀를 기울였다. 쥐 죽은 듯 고요했다. 벽을 더듬으며 사만다가 누워 있는 쪽으로 갔다. 그리고 곧바로 방바닥에 꿇어앉아 침대등 플러그를 찾았다. 콘센트에서 플러그를 뽑아 카펫에 내려놓았다. 좋아. 이제 훨씬 안전해. 나는 일어섰다. 사만다가 보이지 않았다. 처음에는 아무 소리도 들리지 않았다. 침대로 몸을 숙였다. 그래, 사만다의 숨소리가 들리는군. 돌연 그녀가 저녁 내내 사용했던 짙은 사향 향수 냄새가 풍기자, 사타구니로 피가 쏠리는 느낌이 들었다. 손가락 두 개를 침대 가장자리에 살며시 댄 채로 재빨리 커다란 침대를 살금살금 돌아갔다.

이제 할 일은 이불 속으로 들어가는 것뿐이었다. 하지만 침대에 몸을 뉘는 동안, 매트리스 용수철들이 요란하게 끽끽거렸다. 마치 방에서 누가 엽총을 쏘는 것만 같았다. 나는 숨을 죽인 채 꼼짝 않고 누워 있었다. 목구멍에 엔진이 달려 있기라도 한 듯 심장이 쿵쾅거리는 소리가 들렸다. 사만다는 나를 등지고 있었다. 움직이지 않았다. 나는 이불을 가슴께로 끌어올리고 그녀 쪽으로 돌아누웠다. 그녀의 몸에서 빛이 나는 것 같았다. 그래, 시작하는 거야! 지금!

나는 스르르 손을 뻗어 사만다의 몸에 댔다. 그녀의 슬립은 따뜻하고 매끄러웠다. 그녀의 엉덩이에 살며시 손을 얹었다. 사만다는 여전히 움직이지 않았다. 나는 잠시 기다렸다가 엉덩이에 있던 손을 앞으로 뻗으며 탐험을 시작했다. 천천히, 신중하게, 아주 정확한 손놀림으로, 내 손가락들이 사만다의 몸을 달구기 시작했다.

사만다가 꿈틀거렸다. 몸을 돌렸다. 잠시 후 잠꼬대하듯 웅얼거렸다.

"아, 여보…… 오, 맙소사…… 세상에, 자기야!"

물론 나는 아무 말도 하지 않았다. 그냥 하던 일을 계속했다.

몇 분이 흘렀다.

사만다는 가만히 누워 있었다.

다시 1분이 흘렀다. 또 1분. 그녀는 꼼짝도 하지 않았다.

대체 얼마나 있어야 사만다가 달아오를지 궁금해지기 시작했다.

나는 참고 기다렸다.

왜 이리 조용하지? 왜 이렇게 얼어붙은 것처럼 옴짝달싹도 안 하는 걸까?

퍼뜩 생각이 떠올랐다. 제리에 대해 까맣게 잊고 있었잖아! 너무 후끈 달아오른 나머지 그 친구의 방식을 완전히 망각했어! 내 방식대로 하고 있었던 거야! 제리의 방식은 내 방식보다 훨씬 복잡했다. 어이없을 정도로 정교했다. 그렇게까지 할 필요는 없었다. 하지만 사만다는 그 방식에 익숙했다. 그리고 지금 그녀는 차이를 눈치채고 뭐가 어떻게 된 건지 의아해하고 있었다.

하지만 방향을 바꾸기엔 이미 늦었어. 이대로 계속해야 돼.

나는 계속했다. 내 옆에 누운 여자는 단단히 감긴 용수철 같았다. 살갗 밑의 근육이 팽팽해진 느낌이었다. 나는 땀이 나기 시작했다.

갑자기 그녀가 나직이 기묘한 신음 소리를 냈다.

더욱 섬뜩한 생각들이 내 머릿속으로 밀려들었다. 아픈 건가? 심장 마비라도 걸렸으면 어쩌지? 빨리 여길 빠져나가야 하나?

이번에는 사만다가 더 크게 신음했다. 그러다 별안간 소리를 질렀다.

"그래, 그래, 그래, 그래, 그래!"

천천히 타는 도화선의 불꽃이 다이너마이트에 닿아 폭탄이 터지듯, 사만다가 갑자기 살아났다. 그녀는 두 팔로 나를 끌어안고 믿기 어려울 정도로 광포하게 나를 탐했다. 호랑이가 나를 덮친 것 같았다.

암호랑이라고 해야겠지?

사만다가 내게 한 행위는 충격적이었다. 나는 여자가 그런 짓을 할 수 있으리라고는 상상도 못 했다. 그녀는 휘몰아치는 회오리바람이었다. 그 황홀한 광기의 질풍이 나를 뿌리째 뒤흔들고 빙빙 돌렸으며, 내가 꿈도 꾸지 못한 천상 낙원으로 나를 데려갔다.

나는 아무것도 하지 않았다. 뭘 할 수 있겠는가. 무력할 따름이었다. 천국에서 뱅글뱅글 도는 놀이 기구를 타고 있었으며, 호랑이의 발톱에 걸린 양 신세였다. 숨을 쉬는 것조차 힘들 지경이었다.

광포한 여인의 손에 몸을 맡기는 것은 실로 전율이었다. 그렇게 한동안 폭풍이 휘몰아쳤다. 10분이었는지, 20분이었는지, 아니면 30분이었는지는 알 수가 없다. 하지만 여기서 그런 망측한 이야기로 독자의 욕구에 부응할 마음은 전혀 없다. 나는 충격적인 사담을 공개적으로 떠벌리는 걸 좋아하지 않는다. 미안하지만 어쩔 수 없다. 나의 조심성 때문에 흥이 깨졌다면 유감스러운 일이다. 물론 내가 절정의 황홀경을 맛보았다는 점은 틀림없다. 활활 타오르는 마지막 폭발의 순간에, 온 동네 사람들이 깰 만큼 우렁찬 고함을 질렀다. 그러고는 무너졌다. 쪼그라든 와인 자루처럼 우그러졌다.

사만다는 마치 고작 물 한 잔 마신 사람처럼 태연히 돌아누워 곧바로 다시 잠들었다.

휴!

나는 가만히 누운 채 서서히 기력을 회복했다.

사만다의 아랫입술에 대한 나의 예측이 맞았던 것이다. 안 그런가?

생각해 보니 이 믿기 어려운 모험에 대한 거의 모든 짐작이 맞아떨어졌다. 대성공이다! 엄청난 안도감과 보람이 밀려들었다.

몇 시인지 궁금했다. 내 손목시계는 야광이 아니었다. 빨리 가는 편이 나았다. 침대 밖으로 살며시 나왔다. 이번에는 조금 덜 조심스럽게 침대를 돌아 벽을 더듬으며 방을 나섰다. 복도를 따라 아래층으로 내려가서 현관문으로 향했다. 레인코트와 슬리퍼를 찾았다. 그것들을 걸치고 신었다. 레인코트 호주머니에 라이터가 있었다. 그걸 켜고 시계를 보았다. 1시 52분이었다. 생각보다 시간이 늦었다. 현관문을 열고 캄캄한 어둠 속으로 들어갔다.

이제 내 관심은 제리에게 향했다. 별일 없을까? 성공했을까? 나는 어둠을 가르며 울타리 통로 쪽으로 걸어갔다.

내 옆에서 목소리가 들렸다.

"어이, 친구."

"제리!"

"잘됐어?"

"환상적이었어. 굉장했지. 자네는?"

"나 역시."

어둠 속에서 나를 향해 싱글거리는 제리의 하얀 이가 언뜻 보였다. 그가 내 팔을 잡고 속삭였다.

"해낸 거야, 빅터! 자네 말이 옳았어! 통했다고! 엄청난 일이야!"

나도 소곤소곤 대꾸했다.

"내일 보자고. 어서 집에 가."

우리는 헤어졌다. 나는 울타리를 지나 집 안으로 들어갔다. 3분 뒤, 무사히 침대로 돌아와 누웠다. 아내는 내 옆에서 곤히 자고 있었다.

일요일인 다음 날 아침, 나는 8시 30분에 일어나 잠옷과 가운 차림으로 아래층으로 내려왔다. 그리고 일요일에는 늘 그러듯 가족을 위해 아침밥을 차렸다. 메리는 더 자게 내버려 두었다. 두 아들 녀석들, 9살 빅터와 7살 윌리는 이미 내려와 있었다.

윌리가 말했다.

"안녕, 아빠."

"아빠가 맛있고 새로운 아침 식사를 준비할 거란다."

"뭔데요?"

두 아이가 동시에 물었다. 녀석들은 밖에 나가서 가져온 일요일 신문의 만화 코너를 읽고 있었다.

내가 대답했다.

"버터 바른 토스트에 오렌지 마멀레이드를 얹고, 그 위에 바삭하게 구운 베이컨을 올릴 거야."

큰아들이 소리쳤다.

"베이컨 좋아요! 오렌지 마멀레이드도!"

"좋고말고. 하지만 다 만들 때까지 기다리렴. 아주 맛있을 거야."

나는 자몽 주스를 꺼내 두 잔 마셨다. 아내가 내려왔을 때 마실 주스도 한 잔 따라서 식탁에 올려놓았다. 그런 다음 전기 주전자를 켜고 토스터에 빵을 넣은 뒤, 베이컨을 굽기 시작했다. 이때 메리가 부엌으로 들어왔다. 얇은 복숭아색 시폰 가운을 슬립 위에 걸치고 있었다.

나는 프라이팬을 쥔 채 고개를 돌려 아내에게 말했다.

“잘 잤어?”

메리는 대답하지 않았다. 말없이 식탁 의자에 앉아 주스를 홀짝이기 시작했다. 그녀는 나와 아이들에게 눈길을 주지 않았다. 나는 계속 베이컨을 구웠다.

월리가 말했다.

“안녕, 엄마.”

메리는 이번에도 대답이 없었다.

베이컨 기름 냄새에 내 배가 꼬르륵거렸다.

“커피 좀 줘.”

메리는 고개도 돌리지 않고 말했다. 목소리가 아주 이상하게 들렸다.

“금방 줄게.”

나는 프라이팬을 치우고 재빨리 인스턴트 블랙커피를 만들어 아내 앞에 커피 잔을 놓았다.

그녀가 아이들에게 말했다.

“애들아, 아침밥이 다 준비될 때까지 다른 방에 가서 신문 볼래?”

큰아들이 고개를 들었다.

“우리요? 왜요?”

“부탁이야.”

둘째가 물었다.

“우리가 무슨 잘못이라도 했나요?”

"아니, 그런 거 아냐. 그냥 잠깐 아빠랑 둘이 있고 싶어서 그래."

나는 온몸이 오그라드는 기분이었다. 도망치고 싶었다. 집 밖으로 뛰쳐나가 멀리멀리 달려가서 숨고만 싶었다.

"당신도 커피 가져와서 앉아, 여보."

아내의 목소리는 아주 담담했다. 성난 기미가 전혀 없었다. 아무런 낌새도 없었다. 그녀는 여전히 나를 보지 않고 있었다. 아이들이 신문을 들고 부엌에서 나갔다.

메리가 아이들에게 말했다.

"문 닫으렴."

나는 컵에 커피 가루를 한 스푼 넣고 뜨거운 물을 부었다. 우유와 설탕도 넣었다. 불안한 침묵이 흘렀다. 나는 식탁으로 가서 아내 맞은편 의자에 앉았다. 마치 전기의자에 앉아 있는 기분이었다.

메리가 커피 잔을 내려다보며 말했다.

"여보, 할 말이 있어. 지금이 아니면 다시는 용기를 못 낼 것 같아."

"맙소사, 대체 뭔데 그래? 무슨 일 있었어?"

"응, 있었지."

"뭔데?"

그녀의 얼굴은 창백하고 고요하고 꿈꾸는 듯한 표정이었다. 이곳이 부엌이라는 것도 잊은 것 같았다.

나는 대담하게 재촉했다.

"어서 털어놔 보라니까."

"당신은 썩 좋아하지 않을 거야."

그녀는 걱정 가득한 크고 파란 눈으로 잠시 내 얼굴을 보다 이내 시선을 돌렸다.

"내가 뭘 좋아하지 않을 거란 소리야?"

엄청난 두려움이 배 속을 휘젓기 시작했다. 전에 경찰이 말한, 똥 싸고 달아난 도둑들과 비슷한 심정이었다.

"당신도 알다시피 난 성생활과 관련된 이야기를 싫어해. 그래서 결혼한 뒤로 단 한 번도 당신한테 그런 이야기 안 했어."

"그랬지."

메리는 커피를 한 모금 마셨지만 맛을 음미하지는 않았다.

"요컨대 난 그걸 좋아한 적이 없어. 솔직히 줄곧 싫었어."

"뭐가 싫다는 거야?"

"섹스. 부부 관계 말이야."

"뭐라고? 세상에!"

"눈곱만큼도 즐거웠던 적이 없어."

이것만으로도 충분히 참담했지만, 진짜 결정타는 따로 있을 거라는 예감이 들었다.

그녀가 덧붙였다.

"놀랐다면 미안해."

나는 대꾸할 말이 떠오르지 않아 계속 입을 다물었다.

메리는 다시 커피 잔에서 고개를 들고 마치 뭔가를 계산하듯 내 눈을 뚫어져라 보더니 도로 고개를 숙였다.

"실은 말하지 않을 생각이었어. 어젯밤 일만 아니었다면 평생 말하지 않았을 거야."

나는 아주 천천히 물었다.

"어젯밤에 무슨 일이 있었는데?"

"어젯밤에 퍼뜩 깨달았어. 사람들이 왜 섹스를 하는지."

"그래?"

이제 메리는 활짝 핀 꽃 같은 얼굴로 나를 빤히 보았다.

"응. 확실히 알았어."

나는 움직이지 않았다.

"오, 내 사랑!"

아내가 소리를 지르며 벌떡 일어나더니 나한테 달려들어 키스를 퍼부었다.

"어젯밤에 정말 고마웠어! 당신 정말 대단했어! 나도 대단했지! 우리 둘 다 굉장했어! 너무 부끄러워하지 마, 여보! 스스로를 자랑스러워해야 돼! 당신 정말 환상적이었어! 사랑해! 정말이야! 진심으로!"

나는 그냥 앉아 있었다.

아내가 내 쪽으로 몸을 기울여 한 팔로 내 어깨를 안고 다정하게 말했다.

"이제 당신이…… 음, 뭐라고 하면 좋을까…… 내가 뭘 원하는지 깨달았으니, 앞으로 우리 삶은 행복으로 가득할 거야!"

나는 가만히 앉아 있었다. 아내가 천천히 자기 의자로 돌아갔다. 커다란 눈물방울이 그녀의 한쪽 볼을 따라 흘러내렸다. 나는 그 이유를 알 수가 없었다.

그녀가 눈물 어린 표정으로 빙그레 웃었다.

"당신한테 털어놓길 잘했지?"

"응. 그래, 잘했어."

나는 아내를 보지 않으려고 일어서서 가스레인지 쪽으로 걸어갔다. 부엌 창문 너머로 제리의 모습이 보였다. 일요일 신문을 겨드랑이에 끼운 채 마당을 가로지르고 있었다. 춤을 추듯 의기양양한 걸음걸이로 현관 계단에 다다른 그는 한 번에 두 계단씩 뛰어 올라갔다.

마지막 행위

The Last Act

애나가 부엌에서 보스턴 상추를 씻으며 저녁을 준비하고 있을 때 현관 초인종이 울렸다. 싱크대 바로 위 벽에 벨이 달려 있는데, 그 근처에 있을 때 누가 밖에서 초인종을 누르면 애나는 번번이 화들짝 놀랐다. 이 때문에 그녀의 남편과 아이들은 절대로 초인종을 누르지 않았다. 오늘은 유난히 시끄럽게 벨이 울려서 애나는 더욱 화들짝 놀랐다.

현관문을 열어 보니, 경관 두 명이 서 있었다. 그들은 창백한 납빛 얼굴로 그녀를 바라보았고, 애나도 그들을 보면서 무슨 일인지 말해 주길 기다렸다.

그녀가 계속 쳐다보는데도 두 경관은 말을 하거나 움직이지 않았다. 꼼짝도 않고 너무 빳빳하게 서 있어서 마치 누가 장난으로 밀랍 인형을 현관에 세워 놓은 것 같았다. 두 경관 모두 두 손을 앞으로 모아 헬멧을 들고 있었다.

애나가 물었다.

"어떻게 오셨죠?"

둘 다 젊었으며, 팔꿈치까지 오는 가죽 장갑을 끼고 있었다. 그들 뒤로 인도 가장자리에 세워 놓은 거대한 모터사이클들이 보였다. 그 주위로 떨어진 낙엽들이 인도를 따라 바람에 흩날렸고, 거리 전체가 맑고 바람 부는 9월 저녁의 노란 빛으로 눈부시게 물들어 있었다. 안절부절못하는 표정으로 머뭇거리던 키 큰 경관이 조용히 말했다.

"쿠퍼 부인이신가요?"

"네, 맞아요."

다른 경관이 물었다.

"남편분이 에드먼드 J. 쿠퍼 씨죠?"

"네."

어쩐지 이들은 하기 싫은 일을 마지못해 하는 인상을 풍겼다. 그렇지 않고서야 둘 중 아무도 용무를 밝히지 않고 이렇듯 쭈뼛거리겠는가.

"쿠퍼 부인."

한 경관이 입을 열었다. 마치 병든 아이를 위로하듯 다정하고 나직한 말투였다. 순간 애나는 그가 뭔가 끔찍한 이야기를 꺼내려 한다는 것을 알아차렸다. 거대한 두려움의 파도가 그녀를 덮쳤다.

"무슨 일이에요?"

"알려 드릴 게 있습니다, 쿠퍼 부인……."

경관이 또 머뭇거리자, 그를 지켜보던 애나는 온몸이 살갗 속으로 점점 더 졸아드는 기분이 들었다.

"부군께서 오늘 오후 5시 45분경에 허드슨 강 인근 도로에서 사고를 당해 병원으로 이송되던 중 구급차에서 숨을 거두셨습니다……."

비보를 전한 경관이 2년 전 애나가 남편에게 결혼 20주년 선물로 준 악어가죽 지갑을 내밀었다. 지갑을 받으려고 손을 내민 애나는 불과 얼마 전까지 남편의 가슴에 닿아 있던 지갑이 따뜻하지 않을까 생각했다.

경관이 말했다.

"저희가 도울 일이 있다면 뭐든 말씀하세요. 오시라고 연락할 분 없습니까? 친구분이나 친척분이라도……."

애나에게는 그의 목소리가 흐릿해지다가 이내 완전히 들리지 않게 되었다. 그때쯤부터 비명을 지르기 시작한 애나가 곧 미친 듯이 몸부림치자, 두 경관이 들러붙어 제지하려고 기를 썼다. 결국 40분 뒤 의사가 도착해 진정제를 투여하고 나서야 애나는 얌전해졌다.

하지만 이튿날 잠에서 깼을 때는 상황이 조금도 나아지지 않았다. 의사와 자녀들 모두 그녀를 달랠 재간이 없었고, 그로부터 며칠 동안 거의 지속적으로 진정제를 투여하지 않았다면 애나는 십중팔구 스스로 목숨을 끊었을 것이다. 잠시 약기운이 떨어질 때면 미친 사람처럼 남편의 이름을 불러 대면서 최대한 빨리 곁으로 가겠다고 중얼거렸다. 옆에서 듣고 있기 괴로웠다. 하지만 애나의 이런 행동에는 이유가 있었다. 그녀가 잃은 남자는 평범한 남편이 아니었다.

애나 그린우드와 에드 쿠퍼는 결혼 당시 둘 다 열여덟 살이었는데, 시간이 가면 갈수록 말로는 설명할 수 없을 만큼 점점 더 친밀하고 서로를 의지하는 사이가 되었다. 해가 거듭될수록 그들의 사랑은 더욱 뜨겁고 강렬해졌으며, 최근 들어서는 에드가 사무실로 출근하느라 하루 종일 떨어져 있는 것조차 못 견딜 만큼 어처구니없는 지경에 이르렀다. 그는 저녁에 귀가하면 곧장 아내를 찾아 집 안을 뛰어다녔고, 애나도 현관문이 닫히는 소리를 듣자마자 하던 일을 모두 멈추고 남편을 향해 달려갔으며, 두 사람은 계단 중간이나 층계참 또는 부엌과 거실 사이 통로에서 전속력으로 맞닥뜨리곤 했다. 그렇게 다시 만나면 남편이 아내를 두 팔로 안고 마치 어제 결혼한 색시에게 하듯 몇 분 동안 키스를 퍼부었다. 한마디로 천생연분이었다. 이렇듯 믿기 어려울 만큼 뜨겁게 사랑하던 부부였으니, 더 이상 남편이 존재하지 않는 세상에서 계속 살고픈 마음도 욕구도 없는 그녀의 심정도 충분히 이해가 갔다.

애나의 세 자녀인 앤절라(20살), 메리(19살), 빌리(17살)는 이 비극이 시작된 날부터 줄곧 어머니 곁을 지켰다. 어머니를 사랑하는 세 아이는 그녀가 자살하도록 내버려 둘 마음이 추호도 없었다. 여전히 인생은 살 가치가 있다고 필사적으로 어머니를 설득했다. 결국 그녀가 이 악몽에서 벗어나 서서히 정상적인 세상으로 되돌아온 것은 순전히 아이들 덕분이었다.

그 참담한 사건이 있고 4개월 뒤, 의사들은 애나가 '비교적 안정적'이라는 판정을 내렸다. 비록 조금 멍한 상태였지만, 이제 그녀는 예전처럼 일상으로 돌아와 집안일을 하고 쇼핑을 하면서 다 큰 아이들의 밥을 차려 줄 수 있게 되었다.

하지만 그 후 어떻게 됐을까?

그해 겨울의 눈이 녹기도 전에, 앤절라가 로드아일랜드 출신 청년과 결혼해 프로비던스(로드아일랜드 주의 주도-옮긴이) 교외로 이사를 갔다.

몇 달 뒤, 이번에는 메리가 미네소타 주의 슬레이턴이라는 마을에서 온 우람한 금발 청년과 결혼해 아주 멀리멀리 날아가 버렸다. 애나의 가슴은 또다시 갈가리 찢어졌지만, 그녀는 두 딸 모두 엄마의 심정을 조금도 눈치채지 못했다는 사실을 다행으로 여겼다.("엄마, 너무 근사해!" "그래, 얘야. 이렇게 아름다운 결혼식은 어디에도 없을 거야! 너보다 내가 더 흥분되는구나!" 이런 식이었다.)

그리고 얼마 후, 막 18살이 된 귀염둥이 막내 빌리가 예일 대학에 입학해 공부하러 떠나면서 마지막을 장식했다.

별안간 애나는 완전히 텅 빈 집에 홀로 사는 신세가 되었다.

끔찍한 기분이었다. 지난 23년간 가족과 함께 떠들썩하고 바쁘고 마술 같은 삶을 살았는데, 이제는 아침마다 혼자 밥을 먹으러 내려와 적막 속에 앉아서 커피를 홀짝이고 토스트를 우물거리며 앞으로 하루 종일 뭘 할지 고민해야 한다. 웃음소리가 가득했던 거실, 수없이 생일 파티가 열리고 수많은 크리스마스트리가 세워지고 수많은 선물을 열어 보았던 거실이 이제는 고요하고 묘하게 싸늘하다. 벽난로에 불을 피워 놓아 온도는 정상인데도, 거실에 있으면 여전히 으스스 춥다. 벽시계는 멈춰 있다. 그녀는 시계를 감아 본 적이 없기 때문이다. 한 의자에 앉아서 밑을 보니 다리가 휘어 있다. 왜 전에는 몰랐는지 의아하다. 그리고 다시 고개를 들면 문득 두려움이 밀려든다. 의자를 내려다보는 사이, 사방에서 벽이 아주 느릿느릿 다가들고 있었다.

처음에 그녀는 커피 잔을 들고 전화 앞으로 가서 친구들에게 전화를 걸곤 했다. 하지만 다들 남편과 자식이 있는 처지였고, 비록 언제나 최대한 상냥하고 다정하고 명랑하게 그녀를 대했지만, 아침 댓바람부터 길 건너에 홀로 사는 쓸쓸한 여편네 집에서 수다 떨 여유는 없었다. 결국 친구들을 포기한 애나는 출가한 딸들에게 전화하기 시작했다.

두 딸도 항상 어머니를 다정하고 친근하게 대했지만, 애나는 딸들의 태도가 미묘하게 변했다는 것을 금세 눈치챘다. 더 이상 그녀는 딸들의 삶에서 으뜸인 존재가 아니었다. 이제 그들은 각자 남편에게 온 신경을 쏟고 있었다. 부드러우면서도 단호하게 어머니를 뒤로 밀어내는 것이었다. 충격적이었다. 하지만 애나는 딸들이 옳다고 생각했다. 전적으로 옳았다. 더 이상 딸들의 인생에 짐이 될 수 없으며, 엄마를 나 몰라라 한다고 딸들을 원망할 자격도 없다고 생각했다.

애나는 담당 의사인 제이컵스 박사와 정기적으로 만났지만 별 도움이 되진 못했다. 박사는 애나에게 말을 시키려고 노력했고, 그녀도 최선을 다했다. 이따금 그는 성생활의 순기능 운운하며 알쏭달쏭한 이야기를 했다. 애나는 그 말의 의미를 정확히 이해하진 못했지만, 결국 새로운 남자를 만나야 한다는 소리 같았다.

그녀는 집 안을 돌아다니며 한때 남편의 물건이었던 것들을 만져 보는 버릇이 생겼다. 남편의 구두를 집어 들고 안에 손을 넣어 그의 발가락들 때문에 살짝 눌린 자리를 만져 보곤 했다. 구멍 난 양말 한 짝을 찾아 기울 때는 말로 설명할 수 없을 만큼 행복했다. 가끔은 남편이 바로 입을 수 있도록 셔츠와 넥타이, 정장을 침대에 가지런히 늘어놓았고, 어느 비 오는 일요일 아침에는 남편이 좋아하던 아이리시스튜(고기와 채소를 넣어 찌개처럼 끓인 요리-옮긴이)도 만들었다. 하지만…….

더 이상은 사는 게 무의미했다.

이번에는 수면제를 몇 알이나 먹어야 확실히 목숨을 끊을 수 있을까? 애나는 위층으로 올라가 비밀 보관함에 넣어 둔 수면제를 세어 보았다. 아홉 알뿐이었다. 이거면 되나? 모자랄 듯싶었다. 제기랄. 실패는 두 번 다시 경험하고 싶지 않았다. 그랬다가는 또 병원에 실려 가 위세척을 당하고, 페인 휘트니 퍼빌리언 병원 7층에서 심리 치료사들에게 둘러싸여 수치심에 시달릴 터였다. 상상만 해도 끔찍했다.

가장 확실한 방법은 면도날을 쓰는 것이다. 하지만 손목을 제대로 그어야 한다는 점이 문제였다. 그래서 면도날로 자살하려다 비참하게 실패한 사람이 많다. 사실 대부분 실패한다. 충분히 깊게 베지 않았기 때문이다. 굵은 동맥이 있는 곳까지 면도날이 들어가야만 한다. 정맥은 잘라 봐야 소용이 없다. 피투성이만 될 뿐 목적 달성에는 도움이 안 된다. 더구나 면도날은 손으로 잡고 누르기가 쉽지 않다. 아주아주 깊게 정확히 누르지 않으면 확실히 벨 수가 없다. 하지만 애나는 실패하지 않을 터였다. 자살에 실패한 자들은, 실은 실패하기를 바랐다. 애나는 성공하고 싶었다.

그녀는 화장실 벽장에서 면도날을 찾아 보았다. 하나도 없었다. 남편의 면도기는 여전히 있었고, 그녀의 것도 있었다. 하지만 둘 다 면도날은 들어 있지 않았고, 근처에 면도날 통도 없었다. 그럴 만도 했다. 애초에 그런 물건들은 집 안에서 치워졌기 때문이다. 하지만 문제없었다. 면도날은 누구나 살 수 있으니까.

다시 부엌으로 돌아온 애나는 벽에서 달력을 떼어 내 남편의 생일인 9월 23일을 골라 날짜 옆에 면도날(razor blade)을 의미하는 'r-b'를 적었다. 이렇게 한 날이 9월 9일이었으니, 주변을 정리할 시간이 정확히 2주 남은 셈이었다. 해야 할 일이 많았다. 각종 청구서를 처리하고, 유언장을 새로 작성하고, 집 안을 정돈하고, 향후 4년간 들어갈 빌리의 대학 학비를 준비하고, 자녀들과 부모님에게 편지를 쓰고, 시어머니에게도 편지를 보내는 등등 할 일이 산더미였다.

그런데 그렇게 바쁜데도 그 2주, 그 14일이 너무나 느리게 흘러가서 답답할 따름이었다. 애나는 하루빨리 면도날을 쓰고 싶어 아침마다 남은 날들을 세었다. 마치 크리스마스까지 며칠 남았나 세는 아이 같았다. 에드 쿠퍼가 죽어서 어디로 갔든, 설령 그곳이 무덤일 뿐이라 해도, 빨리 그이 곁으로 가고 싶어 조바심이 났다.

일주일쯤 지났을 때, 애나의 친구인 엘리자베스 파올레티가 아침 8시 30분에 찾아왔다. 마침 부엌에서 커피를 끓이고 있던 애나는 벨 소리에 깜짝 놀랐다. 그리고 길게 울리는 두 번째 벨 소리에 또 놀랐다.

집으로 들어온 엘리자베스는 여느 때처럼 숨도 안 쉬고 말했다.

"내 친구 애나, 지금 자기 도움이 필요해! 사무실 직원들이 죄다 독감으로 골골대고 있어. 자기가 좀 와 줘야겠어! 안 된다고 하지 마! 타자 칠 줄 알지? 어차피 집에서 맥없이 앉아 있는 것 말고는 할 일도 없잖아. 당장 모자랑 핸드백 들고 나랑 같이 가. 서둘러! 얼른! 벌써 늦었단 말이야!"

애나가 대꾸했다.

"그만 가 줘, 엘리자베스. 혼자 있고 싶어."

"택시가 기다리고 있다니까."

"제발 억지로 데려가려고 하지 마. 난 안 가."

"가야 돼. 기운 좀 내란 말이야. 영예로운 고행의 시절은 이제 끝났어."

애나는 계속 거부했지만 엘리자베스의 고집을 꺾을 재간이 없었다. 결국 몇 시간만 일해 주기로 하고 따라나섰다.

엘리자베스 파올레티는 뉴욕 시에서 가장 훌륭한 입양 단체의 책임자였다. 이날은 직원 아홉 명이 독감으로 몸져누워 그녀를 포함해 두 명만 출근했다. 엘리자베스가 택시에서 말했다.

"생소한 일이라 당황스럽겠지만, 할 수 있는 데까지만 도와주면 돼."

사무실은 한마디로 아수라장이었다. 전화 받는 것만으로도 애나는 돌아 버릴 지경이었다. 이 칸 저 칸 쉴 새 없이 뛰어다니며 알아듣지도 못하는 메시지를 받아 적었다. 그리고 돌처럼 굳은 창백한 얼굴로 대기실에 앉아 있는 젊은 여자들의 이름을 입양 신청서에 타자기로 기입하는 일까지 해야 했다.

"애 아빠 이름은요?"

"몰라요."

"전혀 몰라요?"

"아빠 이름이 무슨 상관이죠?"

"아가씨, 애 아빠가 있으면 엄마뿐만 아니라 아빠 동의도 있어야 애를 입양 보낼 수 있어요."

"그거 정말이에요?"

"맙소사, 내가 없는 말 하겠어요?"

점심시간에 누가 샌드위치를 가져다줬지만 먹을 시간이 없었다. 밤 9시에 퇴근할 때는 몹시 지치고 허기가 졌다. 이날 일하며 들은 몇몇 미혼모들의 사연은 꽤 충격적이었다. 비틀거리며 집으로 돌아온 애나는 독한 술을 한 잔 마시고 달걀과 베이컨을 요리해 먹은 다음 잠자리에 들었다.

퇴근 전에 엘리자베스가 말했었다.

"내일 아침 8시에 전화할게. 꼭 준비하고 있어."

애나는 일찌감치 준비를 마쳤다. 그 뒤로 계속 일을 나갔다.

이토록 간단한 것이었다.

애초부터 그녀에게 필요한 것은 힘들지만 보람된 일, 그리고 해결해야 할 수많은 문제, 즉 그녀 자신의 문제가 아니라 타인의 문제들이었다.

업무는 고되고 종종 참담할 정도로 정서적 고통이 컸지만, 애나는 시시각각 그 일에 매료되었다. 그리고 1년 반 만에 —중간 과정은 건너뛰겠다.— 어느 정도 다시 행복을 느끼기 시작했다. 이제는 남편의 모습을 생생히 떠올리기가 점점 더 어려워졌다. 그녀를 만나려고 계단을 뛰어 올라오던 모습도, 저녁 식탁 너머에 앉아 있던 모습도 흐릿해졌다. 남편의 목소리가 어땠는지 정확히 기억해 내기도 점점 어려워졌으며, 심지어 사진을 보지 않으면 그의 얼굴조차 더 이상 기억 속에 또렷이 각인되지 않았다. 여전히 늘 남편 생각을 했지만, 이제는 그런 생각을 해도 눈물을 쏟지 않았다. 그리고 1년여 전에 자신이 어떻게 행동했는지 돌아볼 때면 살짝 부끄러웠다. 이제 애나는 옷과 헤어스타일에 조금씩 신경을 썼으며, 예전처럼 립스틱을 바르고 면도기로 다리털도 손질했다. 음식도 만들어 먹고, 사람들이 자신을 보고 빙긋 웃으면 그녀도 진심을 담아 미소로 화답했다. 요컨대 다시 세상으로 돌아온 것이다. 이제는 삶이 즐거웠다.

이 무렵 애나는 댈러스로 출장을 가게 되었다.

본래 엘리자베스의 회사는 주 경계선 너머의 일에는 관여하지 않지만, 이번 경우에는 여기서 아기를 입양한 부부가 뉴욕에 살다가 텍사스로 이사를 갔다. 그로부터 5개월이 지났을 때, 그 아내가 더 이상 아이를 키우고 싶지 않다는 편지를 보내왔다. 텍사스로 이사하고 얼마 후 남편이 심장 마비로 사망했으며, 자신은 거의 곧바로 재혼했는데 새 남편이 '입양한 아기에게 도저히 적응하질 못한다.'라는 것이었다.

심각한 상황이었다. 아기의 복지 문제와 별개로 온갖 법적인 문제가 걸려 있었기 때문이다.

아침 일찍 비행기를 타고 뉴욕에서 댈러스로 날아간 애나는 아침 식사 전에 도착해 호텔 방을 잡았고, 그로부터 8시간 동안 이 사안의 관계자들과 입씨름을 벌였다. 이날 할 수 있는 일을 다 하고 나니 오후 4시 40분쯤 됐다. 완전히 녹초가 된 애나는 택시를 잡아타고 호텔로 돌아와 방으로 올라갔다. 엘리자베스에게 전화로 상황을 보고한 다음, 옷을 벗고 욕조에 들어가 따뜻한 물속에 한참 동안 누워 있었다. 그러고 나서 수건을 몸에 감고 침대에 드러누워 담배를 피웠다.

그 아이를 위해 노력했지만 지금까지는 아무 소득도 없었다. 이날 나온 변호사 두 명은 애나 앞에서 몹시 경멸적으로 굴었다. 정말 혐오스러운 인간들이었다. 어찌나 거만하던지. 더구나 그녀가 무슨 말을 해도 자신들의 고객은 꿈쩍도 안 할 거라는 뜻을 은근히 내비쳤다. 그중 한 명은 논의하는 내내 두 발을 탁자에 올려놓았고, 둘 다 뒤룩뒤룩 뱃살이 쪄서 군데군데 셔츠 밖으로 살이 삐져나와 혁대 위로 거대하게 접혀 있었다.

애나는 전에도 텍사스에 여러 차례 왔었지만, 혼자 온 건 이번이 처음이었다. 과거에는 늘 남편이 출장 갈 때 따라왔다. 그렇게 여행하는 동안 이들 부부는 종종 텍사스의 전반적인 인상에 대해 이야기하며 이곳 사람들을 몹시도 싫어했다. 천박한 속물근성쯤은 눈감아 줄 수 있었다. 문제는 그게 아니었다. 여전히 텍사스에는 몰인정한 자들이 많은 것 같았다. 용서할 수 없을 정도로 잔인하고 매몰차고 이기적인 인간들. 그들에게는 동정심도 연민도 다정함도 없었다. 그들에게 미덕이라 부를 만한 것은 일종의 직업적 호의뿐이었다. 그 얄팍한 미덕을 외지인 앞에서 끊임없이 과시했다. 가식이 얼굴에 덕지덕지 붙어 있고, 목소리와 웃음에서도 끈적끈적하게 묻어났다. 애나는 언짢았다. 가슴속이 몹시 싸늘해졌다.

그녀는 남편에게 묻곤 했다.

"어째서 이곳 사람들은 저토록 냉정하게 굴까?"

그러면 에드가 대답했다.

"애들이거든. 선조를 흉내 내며 돌아다니는 위험한 애들이야. 저들의 선조는 개척자였지. 하지만 저들은 아냐."

오늘날 텍사스 인들은 이기주의를 바탕으로 살면서, 서로 밀고 밀리는 것 같았다. 모두가 밀고 있었고, 모두가 밀리고 있었다. 그들 사이에 있는 외지인이라면 옆으로 비켜서서 '나는 밀지도 않고, 밀리지도 않겠다.'라고 단호하게 선언하는 것이 현명한 처사였다. 불가능했다. 특히 댈러스에서는 불가능한 일이었다. 애나는 텍사스의 모든 도시 중에서 댈러스가 가장 싫었다. 그녀가 보기에 댈러스는 너무나 사악한 도시였다. 탐욕스럽고 냉혹하며 악귀에 사로잡힌 도시. 오래전부터 돈에 미쳐 날뛰어 온 이곳은 제아무리 번지르르한 가짜 문화와 달콤한 말로 포장해도 그 거대한 황금빛 열매의 속이 썩었다는 사실을 감출 수 없었다.

애나는 목욕 수건을 몸에 감고 침대에 누워 있었다. 이번에는 댈러스에 그녀 혼자였다. 믿기 어려울 정도로 엄청난 힘과 사랑으로 그녀를 감싸 줄 남편이 지금은 없었다. 아마도 그래서 문득 조금 불안해지기 시작했을 것이다. 다시 담배를 피워 물고 마음이 진정되길 기다렸다. 불안감이 사라지질 않았다. 오히려 더 나빠졌다. 배 위에서 작고 딱딱하게 뭉친 두려움이 풀리지 않고 시시각각 점점 더 커져 갔다. 불쾌한 느낌이었다. 밤에 혼자 집에 있는데 옆방에서 발소리가 들리는, 혹은 들리는 것 같을 때 밀려드는 기분 나쁜 느낌.

이곳에서는 수많은 발소리가 또렷이 들려왔다.

애나는 침대 밖으로 나와 여전히 수건을 몸에 감은 채 창가로 다가갔다. 21층에 있는 그녀의 방은 창문이 열려 있었다. 거대한 도시가 저녁 햇살 속에서 부옇고 누르스름해 보였다. 창문 아래 거리는 차들로 붐볐다. 인도에는 사람들이 북적였다. 다들 밀고 밀리며 일터에서 집으로 바삐 돌아가고 있었다. 문득 친구가 그리웠다. 당장 누구라도 말 상대가 간절히 필요했다. 찾아갈 집이 있으면 좋겠구나 싶었다. 가족이 있는 집. 아내와 남편, 아이들 그리고 장난감 가득한 방들. 부부가 현관문에서 그녀를 얼싸안고 이렇게 외쳐 주면 좋을 텐데.

"애나! 정말 너무 반가워요! 여기 얼마나 있을 거예요? 일주일? 한 달? 일 년?"

이런 상황에서 종종 그러듯, 별안간 한 가지 기억이 떠올랐다. 애나는 소리쳤다.

"콘래드 크루거! 맙소사! 그 사람이 댈러스에 살잖아……. 적어도 전에는 그랬어……."

그녀가 콘래드를 마지막으로 본 것은 뉴욕에서 같은 고등학교를 다닐 때였다. 당시 둘 다 열일곱 살 정도였는데, 콘래드는 애나의 남자이자 애인이자 모든 것이었다. 1년이 넘도록 둘은 늘 함께였고, 서로에게 영원한 신뢰를 맹세하면서 머지않아 결혼하기로 약속했다. 그때 난데없이 애나의 삶에 에드 쿠퍼가 등장하자, 자연스럽게 콘래드와의 연애는 끝이 났다. 하지만 콘래드는 그녀와의 이별을 그렇게 심각하게는 받아들이지 않는 듯했다. 불과 한두 달 뒤에 같은 반의 다른 여학생과 사귀기 시작한 것을 보면 완전히 망가지지는 않았다는 걸 텐데…….

그 여자 이름이 뭐였더라?

몸집이 크고 얼굴이 예쁘고 가슴이 풍만했으며, 새빨간 머리에 이름이 특이한 여자였지. 아주 구식 이름이었어. 뭐였지? 애러벨라? 아니, 애러벨라는 아냐. 애러 뭐였는데. 애러민티? 그래! 애러민티였어! 더구나 1년도 못 돼 콘래드 크루거가 애러민티와 결혼해 자신의 고향인 댈러스로 데려갔어.

애나는 침대 옆 탁자로 다가가 전화번호부를 집어 들었다.

크루거, 콘래드 P., 의학 박사

그녀가 아는 콘래드가 맞았다. 과거에 그는 늘 의사가 되겠다고 말했다. 전화번호부에 병원 전화번호와 주소가 적혀 있었다.

전화해 볼까?

안 될 거 없잖아?

애나는 손목시계를 보았다. 5시 20분이었다. 수화기를 들고 병원 전화번호를 눌렀다.

"닥터 크루거 병원입니다."

여자 목소리였다.

"안녕하세요. 크루거 박사님 계신가요?"

"지금 바쁘신데요. 누구신지 여쭤 봐도 될까요?"

"애나 그린우드가 전화했다고 전해 주실래요?"

"누구요?"

"애나 그린우드."

"네, 알겠습니다. 약속 시간을 잡아 드릴까요?"

"아뇨, 괜찮아요."

"더 부탁하실 거 있나요?"

애나는 자기가 묵는 호텔 이름을 알려 주면서, 크루거 박사에게 전해 달라고 했다. 비서가 대답했다.

"네, 전해 드릴게요. 안녕히 계세요, 그린우드 부인."

"안녕히 계세요."

애나는 궁금했다. 과연 콘래드 P. 크루거 박사가 그 오랜 세월이 지난 지금 내 이름을 기억할까. 기억할 거라고 믿었다. 그녀는 다시 침대에 누워 콘래드가 어떻게 생겼는지 떠올리기 시작했다. 극도로 잘생긴 남자…… 훤칠하고…… 호리호리하고…… 딱 벌어진 어깨…… 거의 새까만 머리…… 놀라운 얼굴…… 페르세우스나 오디세우스 같은 그리스 영웅을 닮은 강인하고 조각 같은 얼굴. 무엇보다 그는 아주 다정한 남자였다. 진지하고, 예의 바르고, 조용하고, 다정한 남자. 그는 애나에게 제대로 키스한 적이 없었다. 저녁에 헤어질 때만 가볍게 입을 맞췄다. 그리고 여느 남자들과 달리 애무하려고 달려든 적도 없었다. 토요일 밤에 영화를 보고 애나를 집에 바래다줄 때면, 콘래드는 자신의 낡은 뷰익을 그녀의 집 앞에 세우고 차 안에서 그녀 옆에 앉아 자신과 그녀의 미래에 대해 계속 이야기만 했으며, 언젠가 유명한 의사가 돼서 댈러스로 돌아갈 거라고 했다. 이렇듯 애무는커녕 구질구질하게 집적대는 일조차 없는 그를 보며 애나는 한없이 감동했다. 그녀는 혼잣말하곤 했다. 콘래드는 나를 존중해. 나를 사랑해. 틀린 말은 아니었을 것이다. 어쨌든 그는 좋은 남자였으며, 착한 남자였다. 만약 에드 쿠퍼가 그토록 엄청나게 착하고 좋은 남자가 아니었다면, 틀림없이 애나는 콘래드 크루거와 결혼했을 것이다.

전화벨이 울렸다. 애나는 수화기를 들었다.

"여보세요."

"애나 그린우드?"

"콘래드 크루거!"

"맙소사, 애나! 이렇게 놀라울 수가! 세상에. 이게 대체 얼마만이야?"

"오래됐지."

"까마득해. 당신 목소리는 하나도 안 변했는걸."

"당신도."

"이 멋진 도시에는 어쩐 일이야? 오래 있을 거야?"

"아니, 내일 돌아가야 해. 내 전화가 부담스러웠던 건 아닌가 모르겠네."

"부담은 무슨. 엄청 반가웠는걸. 당신 잘 지내지?"

"응, 잘 지내. 지금은 괜찮아. 남편이 죽고 나서 잠시 힘들긴 했지만……."

"저런!"

"2년 반 전에 교통사고로 죽었어."

"오, 맙소사. 어떻게 그런 일이…… 너무 안타까워. 나로서는…… 도무지…… 뭐라고 해야 할지……."

"아무 말 안 해도 돼."

"지금은 괜찮아?"

"괜찮아. 노예처럼 일하느라 정신없어."

"잘했어……."

"음…… 애러민티는 어떻게 지내?"

"아, 잘 있어."

"애는 있고?"

"아들 하나. 당신은?"

"셋. 딸 둘에 아들 하나."

"그래그래, 그렇군! 애나. 내 말 들어 봐. 저기……."

"듣고 있어."

"내가 그 호텔에 가서 술 한잔 사고 싶은데 어때? 만나고 싶어. 아마 당신은 조금도 안 변했을 거야."

"많이 늙었어, 콘래드."

"거짓말."

"마음도 늙었고."

"좋은 의사를 소개해 줄까?"

"응. 아니, 아니. 필요 없어. 더 이상 의사는 만나고 싶지 않아. 지금 필요한 건…… 그러니까……."

"뭔데?"

"난 이 동네가 불안해, 콘래드. 친구가 있으면 좋겠어. 그뿐이야."

"진작 말하지. 환자 한 명만 더 보면 오늘 일은 끝이야. 30분쯤 뒤에 거기 호텔 바로 갈게. 이름이 뭐였더라. 어쨌든 6시에 거기서 만나. 괜찮겠어?"

"응. 좋아. 그리고…… 고마워, 콘래드."

애나는 수화기를 내려놓고 침대에서 일어나 옷을 입기 시작했다.

조금 당혹스러웠다. 남편이 죽은 이후로 남자와 단둘이 밖에서 술을 마신 적이 없었기 때문이다. 뉴욕으로 돌아가 제이컵스 박사에게 이 이야기를 하면 좋아할 것이다. 물론 열렬히 축하해 주지는 않겠지만, 틀림없이 기뻐할 터였다. 옳은 방향으로 나아가는 첫걸음이라고, 그 시작이라고 할 것이다. 애나는 요즘도 그를 정기적으로 만났는데, 이제는 그녀의 상태가 많이 좋아져서 박사도 한결 직설적으로 충고했다. 그녀의 울적한 기분과 자살 충동이 완전히 사라지려면 다른 남자로 에드를 실질적으로, 육체적으로 '대체'해야 한다는 말을 몇 번이나 했다.

지난번에 그 이야기를 들었을 때 애나는 거세게 반발했다.

"맙소사, 박사님. 사랑하던 이를 잊으려고 기분 전환 삼아 다른 사람을 만날 수는 없어요. 지난달에 크러믈린-브라운 부인의 잉꼬가 죽었어요. 남편이 아니라 잉꼬가 말이에요. 그런데도 부인은 너무 충격을 받아 다시는 새를 키우지 않겠다고 맹세했다고요!"

제이컵스 박사가 대꾸했다.

"쿠퍼 부인, 잉꼬와 성관계를 하는 사람은 없습니다."

"그야 그렇지만……."

"따라서 죽은 새는 대체할 필요가 없습니다. 하지만 남편이 죽은 경우는 다르죠. 여전히 팔팔하고 건강한 미망인은 가능한 한 3년 안에 반드시 다른 남자를 만나야 합니다. 물론 아내가 죽었을 경우도 마찬가지입니다."

섹스. 이 의사는 오로지 그 생각만 했다. 머릿속이 온통 섹스뿐이었다.

애나는 옷을 차려입은 다음 엘리베이터를 타고 밑으로 내려갔다. 6시 10분이었다. 그녀가 바로 들어서는 순간, 한쪽 테이블에서 남자가 일어섰다. 콘래드였다. 줄곧 문을 지켜보고 있었던 것 같았다. 그가 문까지 걸어와 그녀를 맞이했다. 긴장된 미소를 짓고 있었다. 애나도 멋쩍게 웃었다. 누군들 안 그러겠는가.

콘래드가 입을 열었다.

"아…… 그래…… 저…… 그러니까……."

애나는 그가 자연스럽게 볼에 입을 맞춰 주길 기대하며 여전히 미소를 머금고 그에게로 얼굴을 내밀었다. 하지만 그녀는 콘래드가 얼마나 격식을 차리는 남자인지 잊고 있었다. 그는 애나의 손을 잡고 흔들었을 뿐이다. 한 번.

그가 말했다.

"정말 뜻밖이야. 가서 앉자."

여느 호텔 바와 다를 바 없는 곳이었다. 흐릿한 조명이 군데군데 켜져 있고, 작은 테이블이 여러 개 있었다. 테이블마다 땅콩 접시가 놓여 있고, 벽을 따라 가죽 벤치가 달려 있었다. 웨이터들은 하얀 셔츠에 밤색 바지 차림이었다. 콘래드는 애나를 데리고 구석 테이블로 갔다. 둘이 마주 보고 앉자, 곧바로 웨이터가 다가와서 테이블 앞에 섰다.

콘래드가 물었다.

"뭐 마실래?"

"마티니 괜찮을까?"

"물론이지. 보드카 넣어서?"

"아니, 진이 좋겠어."

그가 웨이터에게 주문했다.

"진 마티니 한 잔. 아니, 두 잔 가져다줘요."

그러고는 다시 애나에게 말했다.

"당신도 기억하겠지만 난 술을 잘 못해. 그래도 오늘은 재회를 축하하는 기념으로 한잔해야겠어."

웨이터가 주문을 받고 갔다. 콘래드는 의자에 등을 기대고 애나를 유심히 살펴보았다.

"당신 아주 좋아 보이는걸."

"당신도 그래 보여, 콘래드."

실제로 그랬다. 놀랍게도 그는 25년 동안 거의 늙지 않았다. 예전과 다름없이 잘생기고 호리호리했다. 실은 전보다 더 멋졌다. 검은 머리는 여전히 까맣고 눈빛은 맑았으며, 기껏해야 서른 살 정도로 보였다.

콘래드가 물었다.

"당신이 나보다 연상이지?"

애나는 웃으며 대답했다.

"무슨 질문이 그래? 맞아, 콘래드. 내가 당신보다 한 살 위야. 마흔둘."

"그럴 줄 알았어."

콘래드는 여전히 애나를 아주 유심히 관찰하면서 그녀의 얼굴과 목과 어깨를 죽 훑어보았다. 애나는 얼굴이 빨개지는 것 같은 기분이 들었다.

그녀가 물었다.

"당신 엄청 성공한 의사야? 댈러스 최고의 의사?"

콘래드는 귀가 어깨에 닿을 정도로 고개를 옆으로 기울였다. 애나는 그 버릇을 늘 좋아했다.

"성공했느냐고? 요즘 의사들은 대도시에서 개업하면 누구나 성공하지. 금전적으로 말이야. 하지만 정말로 일류 의사인지 아닌지는 다른 문제야. 그러길 바라고 기도할 뿐이지."

술이 나오자 그는 술잔을 높이 들고 말했다.

"댈러스에 온 걸 환영해, 애나. 당신이 전화해 줘서 정말 기뻤어. 이렇게 다시 만나니 반갑군."

"나도 반가워, 콘래드."

진심이었다.

콘래드는 애나의 술잔을 바라보았다. 그녀가 크게 한 모금 마시자 술이 반이나 비었다. 그가 물었다.

"당신은 보드카보다 진을 좋아하지?"

"응, 맞아."

"바꿔야 해."

"어째서?"

"진은 여자한테 좋지 않아."

"진짜?"

"아주 나빠."

"그럼 남자한테도 나쁘겠네."

"안 그래. 남자한테는 여자한테만큼 나쁘지 않아."

"여자한테 왜 나쁜데?"

"그냥 나빠. 그렇게 만들어졌거든. 당신은 무슨 일 해, 애나? 무슨 일로 댈러스까지 온 거야? 당신 이야기 듣고 싶어."

애나는 빙그레 웃으며 물었다.

"진이 여자한테 왜 나쁜데?"

콘래드도 씩 웃으며 고개를 젓기만 할 뿐 대답하지 않았다.

"말해 봐."

"됐어. 신경 쓰지 마."

"무슨 이야기를 하다 말아? 감질나게. 이건 부당해."

잠시 후 그가 입을 열었다.

"정말 궁금하다면 말해 주지. 진에는 노간주나무 열매에서 짜낸 기름이 일정량 들어 있어. 향미를 내려고 넣는 거지."

"그게 무슨 작용을 하는데?"

"아주 많아."

"그래, 어떤 거?"

"끔찍한 작용."

"콘래드, 소심하게 굴지 마. 나도 이제 다 큰 여자라고."

애나는 그가 여전히 그 옛날 콘래드와 다름없이 수줍고, 조심스럽고, 내성적이구나 싶었다. 그 점이 마음에 들었다.

"이 술이 정말로 나한테 끔찍한 작용을 한다면, 그게 뭔지 말해 주지 않는 건 매정한 짓이야."

콘래드는 오른손 엄지와 검지로 자기 왼쪽 귓불을 살짝 꼬집고 말했다.

"음, 실은 노간주나무 기름이 자궁에 직접 염증을 일으킬 수 있어."

"에이, 설마!"

"농담 아냐."

"진이 여자 몸을 망친다는 말은 옛날 여편네들이나 하던 소리야."

"그렇지 않아."

"하지만 당신 얘기는 임산부에 대한 거잖아."

"모든 여자한테 해당돼, 애나."

이제 그는 웃지 않고 아주 심각하게 말했다. 애나의 건강을 걱정하는 눈치였다.

애나가 물었다.

"콘래드, 전공이 뭐야? 어느 분야지? 아직 말해 주지 않았잖아."

"산부인과."

"아하!"

"진을 오래전부터 마셨지?"

"응, 20년쯤 됐어."

"많이 마셨어?"

"어휴, 콘래드. 내 몸 걱정은 그만해. 마티니 한 잔 더 마시고 싶어."

"그럼, 마셔야지."

콘래드가 웨이터를 불러 주문했다.

"보드카 마티니 한 잔."

애나가 말했다.

"아니, 진으로 시켜."

그는 한숨을 쉬고 고개를 저으며 중얼거렸다.

"요즘은 아무도 의사 말을 안 듣는다니까."

"당신은 내 주치의가 아냐."

"그렇지. 난 당신 친구야."

"당신 아내 이야기나 들려줘. 지금도 여전히 아름다워?"

콘래드는 잠시 머뭇거리다 대답했다.

"실은 우린 이혼했어."

"어머, 저런!"

"결혼 생활은 고작 2년 만에 끝났어. 그거 버티기도 쉽지 않았지."

어째서인지 애나는 큰 충격을 받았다.

"하지만 굉장히 미인이었는데. 무슨 일 있었어?"

"온갖 일이 다 있었지. 상상할 수 있는 나쁜 일은 전부 다."

"그럼 애는?"

"아내가 데려갔어. 다들 그러잖아."

콘래드는 몹시 씁쓸한 표정으로 덧붙였다.

"아들을 데리고 도로 뉴욕으로 갔지. 아들 녀석은 해마다 여름에 한 번씩 날 만나러 와. 올해 스무 살이야. 프린스턴 대학에 다녀."

"착해?"

"멋진 녀석이야. 하지만 난 그 애를 잘 몰라. 안타까워."

"재혼은 안 했어?"

"응. 난 결혼은 한 번으로 족해. 당신 이야기가 듣고 싶어."

그는 애나의 건강과 남편의 사망 이후 그녀가 보낸 힘겨운 시절에 대해 천천히 다정하게 물었다. 애나는 굳이 감추고 싶지 않아서 거의 숨김없이 다 이야기했다.

"하지만 그 의사는 어째서 당신이 완치되지 않았다고 생각하지? 내가 보기에는 자살할 것 같지 않은데."

"내 생각도 그래. 다만 이따금, 자주는 아니지만, 간혹 우울

해질 때면 누가 살짝만 밀어도 벼랑 아래로 떨어질 것 같은 기분이 들어."

"그래서 어떻게 하는데?"

"화장실 벽장 쪽으로 걸어가기 시작하지."

"거기 뭐가 들어 있는데?"

"별거 없어. 여자가 다리털 밀 때 쓰는 일반적인 도구 따위."

"그렇군."

콘래드는 잠시 애나의 얼굴을 살펴보다가 말을 이었다.

"아까 나한테 전화할 때도 그런 기분이었어?"

"그건 아냐. 하지만 줄곧 에드 생각이 났어. 조금 위험한 징후지."

"당신이 전화해 줘서 기뻐."

"나도 그래."

애나는 두 번째 마티니를 거의 다 마셨다. 콘래드는 화제를 바꿔 자기 병원 이야기를 하기 시작했다. 애나는 듣는 둥 마는 둥 하면서 그를 지켜보았다. 기분 나쁠 정도로 잘생겨서 눈을 뗄 수가 없었다. 그녀는 담배 한 개비를 입에 물고 콘래드에게 담뱃갑을 내밀었다.

"고맙지만 됐어. 안 피우거든."

그는 테이블에 놓인 성냥을 집어 담뱃불을 붙여 준 다음, 성냥을 입으로 불어 끄고 말했다.

"그거 멘톨 담배지?"

"응, 맞아."

애나는 담배를 길게 빨아들였다가 공중으로 천천히 연기를 내뿜었다.

"이제 담배 때문에 내 자궁이 졸아들 거라고 말하지그래?"

콘래드는 웃으며 고개를 저었다.

"그럼 왜 물어봤어?"

"궁금해서. 그뿐이야."

"거짓말. 표정에 다 드러나. 당신은 골초의 폐암 발병률을 알려 주려던 거였어."

"폐암은 멘톨과 아무 상관이 없어, 애나."

그가 빙그레 웃더니 지금껏 거의 손대지 않은 마티니 첫 잔을 조금 홀짝였다. 그리고 술잔을 테이블에 조심스레 내려놓으며 말을 이었다.

"당신이 무슨 일을 하는지 아직 말 안 했어. 댈러스에 온 이유도."

"멘톨 이야기부터 해. 설령 노간주나무 열매 기름만큼 나쁘지 않다 해도 당장 알고 싶어. 궁금하단 말이야."

콘래드는 웃으며 고개를 저었다.

"제발!"

"됐어."

"콘래드, 이런 식으로 이야기를 꺼내 놓고 관두면 어떡해. 5분 사이에 벌써 두 번째잖아."

"따분한 의사처럼 굴기 싫은데."

"따분하지 않아. 오히려 흥미진진한걸. 어서 말해 줘! 감질나게 하지 말고!"

커다란 마티니 두 잔에 적당히 취해 이 점잖은 남자와 스스럼없이 대화를 나누며 앉아 있으니 기분이 좋았다. 조용하고 편안하고 점잖은 남자. 지금 그는 수줍어하지 않았다. 그것과는 거리가 멀었다. 평소처럼 신중하게 굴 뿐이었다.

애나가 물었다.

"충격적인 거야?"

"아니. 그 정도는 아냐."

"그럼 말해 봐."

콘래드는 애나 앞에 놓인 담뱃갑을 집어 들고 상표를 살펴보며 말했다.

"요점은 이거야. 멘톨을 흡입하면 혈관으로 흡수돼. 그건 좋지 않아, 애나. 몸에 변화가 생겨. 중추 신경계에 뚜렷한 영향을 끼치거든. 의사들은 요즘도 종종 환자에게 처방해."

"그건 나도 알아. 코 점적제나 흡입제 말이지?"

"그게 주요 용도는 아냐. 딴것도 알아?"

"감기에 걸렸을 때 가슴에 문지르기."

"그러는 사람도 있지만 별 효과는 없어."

"멘톨을 연고에 넣어 튼 입술에 바르면 좋다던데."

"그건 장뇌(방향성이 있는 흰색 고체-옮긴이)야."

"아, 그래?"

콘래드는 애나가 또 다른 대답을 하길 기다렸다.

"그냥 말해 줘."

"조금 놀랄지도 몰라."

"놀랄 준비됐어."

"멘톨은 성욕 감퇴제로 잘 알려져 있어."

"뭐라고?"

"성욕을 억누른단 말이야."

"당신이 지어낸 이야기 아냐?"

"맹세코 아냐."

"그걸 누가 쓰는데?"

"요즘은 거의 안 써. 향이 너무 강하거든. 질산 칼륨이 훨씬 낫지."

"아하. 질산 칼륨에 대해서는 나도 알아."

"뭘 아는데?"

"죄수한테 준다고 들었어. 아침마다 먹는 콘플레이크에 뿌려서 죄수들을 얌전하게 만든다던데."

"담배에도 들어가."

"죄수들이 피우는 담배?"

"모든 담배."

"말도 안 돼."

"과연 그럴까?"

"당연하지."

"누가 그러는데?"

"그런 걸 참을 사람이 어디 있어?"

"암에 걸린다는 건 다들 알면서도 담배 피우잖아."

"그건 다른 문제야, 콘래드. 담배에 질산 칼륨을 넣는다는 걸 당신이 어떻게 알아?"

"담배를 재떨이에 내려놔도 계속 타는 까닭이 뭔지 궁금한 적 없어? 담뱃잎은 스스로 타지 않아. 파이프 담배 피우는 사람이라면 누구나 아는 사실이야."

"특수한 화학 물질이 들어 있나 보군."

"맞아. 그게 질산 칼륨이야."

"질산 칼륨은 타?"

"타고말고. 질산 칼륨은 구식 화약의 주요 성분 중 하나였어. 도화선에도 사용되었고. 아주 좋은 도화선 재료지. 따라서 당신이 피우는 담배는 천천히 타는 고급 도화선인 셈이야. 안 그래?"

애나는 담배를 물끄러미 보았다. 2분 동안 빨지 않은 담배가 여전히 타고 있었으며, 가늘고 푸르스름한 잿빛 연기가 담배 끝에서 구불구불 피어오르고 있었다.

"그럼 이 담배에 멘톨과 질산 칼륨이 들어 있어?"

"물론이지."

"둘 다 성욕 감퇴제고?"

"그래. 두 배로 맞는 셈이지."

"말도 안 돼, 콘래드. 너무 적은 양이라 효과도 없을 거야."

콘래드는 씩 웃기만 할 뿐 대꾸하지 않았다. 애나가 한마디 덧붙였다.

"바퀴벌레 한 마리를 억제할 정도도 안 돼."

"좋을 대로 생각해. 하루에 몇 개비나 피워?"

"30개비쯤."

"그렇군. 물론 내가 상관할 바는 아니지."

콘래드는 잠시 후 말을 이었다.

"하지만 만약 그랬다면 지금 당신과 나는 훨씬 더 잘 살고 있을 거야."

"그랬다면이라니?"

"내가 상관할 바였다면 말이야."

"콘래드, 무슨 소리야?"

"그 옛날 당신이 갑자기 나를 버리지 않았다면, 우리 둘 모두에게 비참한 일들이 일어나지 않았을 거란 뜻이야. 변함없이 행복한 결혼 생활을 하고 있겠지."

별안간 그의 표정이 묘하고 날카롭게 변했다.

"내가 당신을 버렸다고?"

"엄청 충격이었어, 애나."

"맙소사, 그 나이엔 다들 사귀다 헤어지고 하는 법이잖아?"

"난 상상도 못 했어."

"설마 그 일로 여태 나한테 삐쳐 있는 건 아니지?"

"삐쳐? 맙소사, 애나! 삐치는 건 애들이 장난감 빼앗겼을 때 하는 거야! 나는 아내를 빼앗겼다고!"

애나는 할 말을 잃고 콘래드를 멍하니 보았다. 그가 계속 이야기했다.

"말해 봐. 그때 내가 어떤 기분이었을지 당신은 몰랐어?"

"하지만 콘래드, 당시 우린 너무 어렸어."

"난 망가졌어, 애나. 거의 망가져 버렸다고."

"하지만……."

"하지만 뭐?"

"그렇게 괴로웠다면 어떻게 불과 몇 주 만에 다른 여자를 사귈 수가 있었지?"

콘래드가 되물었다.

"반발심이라고 들어 본 적 없어?"

당황한 애나는 멀뚱멀뚱 보기만 했다.

"난 당신을 미친 듯이 사랑했어, 애나."

애나는 대꾸하지 않았다.

"미안해. 한심한 소리를 늘어놨군. 사과할게."

한동안 침묵이 흘렀다.

콘래드는 의자에 등을 기대고 멀찌감치 앉아 애나를 지켜보았다. 그녀는 다시 담뱃갑에서 담배 한 개비를 꺼내 불을 붙였다. 그러고는 성냥불을 입으로 불어 끄고 재떨이에 조심스레 내려놓았다. 고개를 들었을 때 여전히 콘래드가 빤히 보고 있었다. 뭔가 골똘히 딴생각을 하는 표정이었다.

애나가 물었다.

"무슨 생각 해?"

그는 대답하지 않았다.

"콘래드, 내가 한 일 때문에 아직도 날 원망하는 거야?"

"원망?"

"응. 어쩐지 그런 기분이 들어. 그토록 오랜 세월이 지났는데도 날 미워하는 것 같아."

"애나."

"응, 말해 봐."

콘래드는 의자를 테이블로 가까이 당기고 몸을 앞으로 내밀었다.

"혹시 당신 말이야……."

그는 더 이상 말을 잇지 않았다.

애나는 기다렸다.

그가 갑자기 너무 진지하게 뚫어져라 보자, 애나도 몸을 앞으로 내밀고 물었다.

"혹시 뭐?"

"그런 생각 안 들어? 당신과 나한테…… 우리 둘에게…… 아직 남은 인연이 있다는……."

애나는 콘래드를 빤히 보았다.

그도 별처럼 초롱초롱한 눈으로 애나를 보면서 말했다.

"너무 충격받지는 마, 제발."

"충격받아?"

"나랑 함께 창밖으로 뛰어내리자는 말을 들은 것 같은 표정이잖아."

이제 바가 손님으로 가득 차서 몹시 시끄러웠다. 마치 칵테일파티에 온 것 같았다. 소리를 질러야 들릴 지경이었다.

콘래드는 초조하고 간절한 눈으로 애나를 보며 기다렸다.

그녀가 말했다.

"마티니 한 잔 더 마실래."

"꼭 그래야겠어?"

"응. 마셔야겠어."

지금껏 애나는 평생 오직 한 남자, 자기 남편 에드하고만 사랑을 나누었다.

그리고 늘 만족스러웠다.

3,000번쯤 했나?

더 한 것 같았다. 훨씬 더 많았을 것이다. 누가 그걸 일일이 세겠는가.

하지만 기왕에 말이 나왔으니 정확히(진짜 정확한 수치는 따로 있겠지만) 3,680번이었다고 가정하면…….

그리고 매번 같은 남자와 같은 여자가 순수하고 열정적인 진짜 사랑을 나누었는데…….

전혀 새로운 남자, 애정도 없는 남자와 난데없이 3,681번째 사랑을 나누는 행위가 어떻게 용납될 수 있겠는가.

그는 침입자일 뿐이다.

모든 기억이 한꺼번에 되살아날 것이다. 그 기억에 짓눌려 숨이 막힐 것이다.

애나는 몇 달 전 제이컵스 박사와 상담할 때 바로 그 점을 지적했다. 그러자 박사가 말했다.

"기억 따위는 문제 되지 않습니다, 쿠퍼 부인. 다 잊게 될 겁니다. 오직 현재만이 존재할 테니까요."

그녀가 반박했다.

"하지만 어떻게 그럴 수 있죠? 어떻게 갑자기 용기를 내서 위층 침실로 올라가 낯선 남자 앞에서 옷을 벗느냐고요. 애정도 없이 싸늘한 기분으로……."

박사는 어이없다는 듯 소리쳤다.

"싸늘하다고요? 이보세요, 부인. 펄펄 끓을 겁니다!"

그리고 얼마 후 다시 말했다.

"어쨌든 저를 믿으려고 노력하세요, 쿠퍼 부인. 20년 넘게 성관계를 하다가 못 하게 된 여자라면 누구나 —제가 알기로 유난히 성관계가 잦았던 부인께서는 특히— 과거의 일상이 회복되기 전까지는 끊임없이 심리적 불안에 시달리실 겁니다. 요즘 많이 좋아지셨다는 건 압니다만, 의사로서 분명히 말씀드리자면 부인은 아직 완전히 정상으로 돌아오지 못했습니다."

애나가 콘래드에게 물었다.

"치료 차원에서 제안하는 건 아니지?"

"뭐?"

"치료를 위한 제안 말이야."

"대체 그게 무슨 소리야?"

"내 담당 의사가 요구하는 거랑 너무 똑같아서 그래."

"이봐, 애나."

이제 콘래드는 테이블로 몸을 기울이고 한 손가락 끝을 그녀의 왼손에 대고 말을 이었다.

"과거에 우리가 사귈 때, 난 너무 어리고 소심해서 같이 자고 싶다는 말을 못 했어. 물론 마음은 간절했지. 어차피 당시에는 서두를 필요가 없다고 생각했어. 앞으로 평생 함께할 줄 알았으니까. 당신이 날 버릴 줄은 상상도 못 했다고."

웨이터가 마티니를 가져왔다. 애나는 술잔을 들고 빠르게 마시기 시작했다. 술이 어떤 작용을 할지 똑똑히 알고 있었다. 그녀를 붕 뜨게 만들 터였다. 마티니 세 잔이면 늘 그랬다. 세 잔째 마티니를 마시면 몇 초 만에 온몸의 무게가 완전히 사라져 마치 공기처럼 방 안을 둥둥 떠다니곤 했다.

애나는 마치 성배인 양 술잔을 두 손으로 잡고 앉아 있었다. 다시 한 모금 마셨다. 이제 술이 별로 남지 않았다. 술잔 가장자리 너머로 콘래드가 보였다. 그녀가 술 마시는 모습을 못마땅하게 보고 있었다. 애나는 그를 향해 환히 미소 지으며 물었다.

"당신도 수술할 때 마취제 쓰지?"

"제발, 애나, 그런 식으로 말하지 마."

"붕 떠오르는 기분이야."

"알았어. 이제 그만 마시지그래?"

"뭐라고?"

"그만 마시라고."

"이유를 말해 줄까?"

"됐어."

콘래드가 술잔을 빼앗을 듯이 두 손을 앞으로 조금 내밀자, 애나는 재빨리 술잔을 입으로 가져가 높이 기울여 몇 초 동안 그 상태로 있으면서 마지막 한 방울까지 마셨다. 그녀가 다시 콘래드를 보았을 때, 그는 웨이터의 쟁반에 10달러 지폐를 놓아 주고 있었다. 웨이터가 말했다.

"감사합니다. 정말 감사합니다."

잠시 후 애나는 붕 뜬 기분으로 바를 나와 호텔 로비를 가로질렀다. 그사이 콘래드는 한 손으로 그녀의 한쪽 팔꿈치를 받쳐 주면서 엘리베이터 쪽으로 데려갔다. 21층으로 올라온 두 사람은 복도를 따라 그녀의 방으로 갔다. 애나는 핸드백에서 열쇠를 꺼내 문을 열고 안으로 들어갔다. 콘래드도 따라 들어오며 문을 닫았다. 그러고는 별안간 애나를 붙잡고 거대한 두 팔로 안아 들더니 몹시 열정적으로 키스하기 시작했다.

애나는 반항하지 않았다.

콘래드는 그녀의 입과 볼과 목 곳곳에 입을 맞추면서 사이사이 숨을 깊이 들이마셨다. 애나는 줄곧 눈을 뜬 채 묘하게 무덤덤한 태도로 그를 지켜보았다. 환자의 위쪽 어금니를 치료하는 치과 의사의 얼굴이 바로 눈앞에서 부옇게 보이는 것 같았다.

그때 갑자기 콘래드가 애나의 한쪽 귀에 혀를 넣었다. 전기가 흐른 것처럼 짜릿했다. 마치 220볼트 플러그가 소켓에 꽂히자 모든 불이 켜지고, 뼈가 녹아내리면서 그렇게 녹은 물이 팔다리로 흘러들어 가는 것 같았다. 순간 광적인 흥분이 솟구쳤다. 황홀하고, 음탕하고, 무모하고, 활활 타오르는 흥분. 그 옛날 에드는 가벼운 손길만으로도 번번이 그녀에게서 이런 흥분을 끌어냈다. 애나가 두 팔로 콘래드의 목을 휘감고는, 지금껏 그가 하던 것보다 훨씬 더 열정적으로 키스하기 시작했다. 처음에 콘래드는 그녀가 산 채로 잡아먹을 듯이 달려들어 흠칫 놀랐지만 금세 평정을 되찾았다.

너무 격렬하게 껴안고 키스하느라 그 자리에 얼마나 서 있었는지 짐작도 가지 않았다. 하지만 꽤 오래였던 건 틀림없다. 애나는 굉장히 행복했다. 마침내 자신감을 되찾은 기분이었다. 온몸을 휘감는 갑작스럽고 압도적인 자신감 덕분에 자기 옷을 찢고 방 한복판에서 콘래드를 위해 미친 듯이 춤추고 싶을 정도였다. 물론 그런 우스꽝스러운 짓은 하지 않았다. 그냥 침대로 가서 가장자리에 걸터앉아 숨결을 가다듬었다. 콘래드가 재빨리 그녀 옆에 앉았다. 온몸이 달아오른 애나는 그의 가슴에 머리를 기댔고, 콘래드는 그녀의 머리카락을 부드럽게 쓰다듬었다. 이윽고 애나가 그의 셔츠 단추 하나를 끄르고 한 손을 셔츠 속에 넣어 가슴에 댔다. 갈비뼈 밑에서 두근두근 뛰는 심장이 느껴졌다.

콘래드가 말했다.

"내가 지금 뭘 보는지 알아?"

"어디서 뭘 보는데, 자기야?"

"당신 두피. 당신도 이걸 봐야 해, 애나."

"나 대신 자기가 봐."

"농담 아냐. 이게 뭐 같은지 알아? 안드로젠 탈모증(남성 호르몬이 유발하는 탈모증-옮긴이)의 징후로 보여."

"멋지네."

"아니, 좋지 않아. 모낭에 염증이 생겨서 대머리가 되는 거거든. 중년 여자들한테 아주 흔한 증상이야."

애나가 그의 목에 입을 맞추고 대꾸했다.

"입 다물어, 콘래드. 내 머릿결은 더없이 훌륭해."

그녀는 고개를 들고 콘래드의 재킷을 벗겼다. 그러고는 넥타이를 풀어 방 저쪽으로 던졌다.

"내 드레스 뒤쪽에 작은 호크가 있어. 풀어 줘."

콘래드는 호크를 풀고 지퍼를 내린 다음, 애나가 드레스 벗는 것을 도와주었다. 그녀는 꽤 근사한 하늘색 슬립을 입고 있었다. 콘래드는 여느 의사들처럼 평범한 흰색 와이셔츠 차림이었지만, 지금은 목 부분이 끌러져 있었다. 잘 어울렸다. 목 양쪽에 세로로 억센 근육이 살짝 불거져 있고, 고개를 돌릴 때마다 살갗 밑에서 근육이 꿈틀거렸다. 애나는 그렇게 아름다운 목을 난생처음 보았다.

"우리 아주아주 천천히 해. 기대하면서 미쳐 보는 거야."

콘래드의 눈이 한순간 애나의 얼굴에 머물더니, 이내 그녀의 몸을 아래로 죽 훑어 내려갔다. 애나는 그가 빙그레 웃는 것을 보았다.

"아주 근사하고 호화롭게 해 볼까, 콘래드? 샴페인 한 병 주문해? 룸서비스로 가져오라고 하면 돼. 호텔 직원이 들어올 때 당신은 화장실에 숨어 있으면 되고."

"아니. 당신은 이미 많이 마셨어. 일어서 봐."

그의 차분한 말투에 애나는 곧바로 일어섰다.

"이리 와."

애나는 그에게 다가갔다. 여전히 침대에 앉아 있던 콘래드는 일어서지도 않고 팔을 뻗어 그녀의 나머지 옷을 벗기기 시작했다. 천천히 신중하게 벗겼다. 그의 얼굴은 어느새 창백해져 있었다.

애나가 말했다.

"어머, 자기 정말 굉장해! 그 유명한 게 자기한테 있잖아! 양쪽 귀에 털이 아주 북슬북슬하게 나 있어! 이게 뭘 뜻하는지 알지? 정력이 어마어마하다는 확실한 징표야!"

그녀는 몸을 숙여 그의 귀에 입을 맞췄다. 콘래드는 그녀의 옷을 계속 벗겼다. 브래지어, 구두, 거들, 팬티, 마지막으로 스타킹까지 벗겨 전부 방바닥에 한 무더기로 쌓아 놓았다. 그리고 마지막 스타킹을 벗겨 바닥에 떨어뜨리자마자 몸을 돌렸다. 마치 그녀가 존재하지 않는 것처럼 등지고 앉아 옷을 벗기 시작했다.

기분이 묘했다. 완전히 알몸으로 이토록 가까이 서 있는데도 콘래드는 그녀를 다시 보지도 않고 있었다. 하지만 남자들은 원래 이러는지도 모른다. 에드가 예외였을 수도 있다. 애나가 어찌 알겠는가. 콘래드는 우선 하얀 셔츠를 벗어 아주 신중하게 개킨 다음, 셔츠를 들고 일어서서 의자로 다가가 한쪽 팔걸이에 올려놓았다. 곧이어 다시 침대 가장자리에 앉더니 구두를 벗기 시작했다. 애나는 꼼짝도 않고 그를 지켜보았다. 갑자기 분위기를 바꿔 입을 다물고 옷 벗기에 열중하는 모습을 보니 살짝 두려웠다. 하지만 설레기도 했다. 마치 먹이를 향해 살금살금 다가가는 멋진 맹수처럼 은밀하면서도 위협적인 움직임이었다. 표범 같았다.

애나는 최면에 걸린 듯 그에게서 눈을 떼지 못했다. 그의 손가락들, 의사의 손가락들이 왼쪽 구두끈을 풀고 발에서 구두를 벗겨 침대 밑에 반듯이 내려놓았다. 이어서 오른쪽 구두를 벗겼다. 잠시 후 왼쪽 양말과 오른쪽 양말을 벗고 둘을 한꺼번에 접어 정확히 구두코 앞에 내려놓았다. 마지막으로 그 손가락들이 바지 꼭대기로 올라가 단추 하나를 끄르고 지퍼를 내리기 시작했다. 벗은 바지는 주름을 따라 개켜 의자에 가져다 놓았다. 이어서 속옷을 벗었다.

이제 벌거벗은 콘래드가 천천히 침대로 돌아와 가장자리에 앉았다. 그리고 마침내 고개를 돌려 애나를 보았다. 그녀는 서서 기다리며…… 떨고 있었다. 콘래드는 그녀를 위아래로 느릿느릿 훑어보았다. 그러다 별안간 손을 뻗어 애나의 손목을 잡고 세차게 끌어당겨 침대로 쓰러뜨렸다.

엄청난 안도감이 밀려들었다. 애나는 두 팔로 콘래드를 안고 단단히 매달렸다. 그가 가 버릴까 봐 두려워 꽉 매달렸다. 그가 가 버려 영영 돌아오지 않을까 봐 죽도록 무서웠다. 그렇게 함께 누운 채로 애나는 마치 그가 세상에 남은 유일한 존재인 양 매달렸으며, 이상하게 조용해진 콘래드는 애나를 뚫어져라 관찰하면서 천천히 그녀에게서 벗어나 전문의의 손가락으로 그녀의 몸을 구석구석 만지기 시작했다. 그러자 애나는 다시 흥분의 도가니에 빠졌다.

그때부터 잠깐 동안 콘래드가 애나에게 한 행위들은 엄청나게 강렬했다. 그는 애나를 준비시키고 있었을 뿐이다. 병원식으로 말하자면, 수술대에 올려놓는 과정이었을 뿐이다. 하지만 오, 맙소사, 지금껏 애나는 그런 행위와 조금이라도 비슷한 것을 경험한 적도, 들어 본 적도 없었다. 게다가 그 효과는 놀라울 정도로 빨랐다. 불과 몇 초도 지나지 않은 것 같은데, 애나는 이미 돌아올 수 없는 고통스러운 지점에 다다랐다. 이제 방 전체가 아주 작고 눈부신 빛의 점으로 압축되었고, 아주 살짝 건드리기만 해도 그 빛이 폭발해 산산이 조각날 지경이었다. 이 단계에서 콘래드는 재빠르고 탐욕스럽게 포물선을 그리며 그녀의 몸 위로 올라와 마지막 행위를 시작했다.

지금 애나는 온몸에서 열정과 흥분이 발산되는 기분이었다. 마치 살아 있는 긴 신경이 몸 밖으로 서서히 빠져나오는 것 같았다. 전기 히터의 기다란 열선이 뽑혀 나오는 것만 같았다. 그녀는 콘래드에게 계속하라고, 멈추지 말라고 소리쳤다. 한참 그러는 와중에 위쪽 어딘가에서 또 다른 목소리가 들려왔다. 그 목소리가 점점 더 커지고 점점 더 집요해지면서, 어서 귀를 기울이라고 재촉했다.

"못 들었어? 안에 뭘 넣었느냐고!"

"아, 자기야, 뭐라고?"

"계속 물었잖아. 안에 뭘 넣은 거야?"

"누구, 나?"

"안에 거치적거리는 게 있잖아. 다이어프램(여성용 피임 기구의 일종—옮긴이) 같은 기구를 넣었나 본데."

"절대 아냐, 자기야. 모든 게 만족스러워. 제발 아무 말도 하지 마."

"다 만족스럽지는 않아, 애나."

마치 영화의 한 장면처럼 방의 모습이 다시 눈에 들어왔다. 그 앞에 콘래드의 얼굴이 있었다. 벌거벗은 어깨 위의 얼굴이 그녀의 눈앞에 떠 있었다. 그의 눈이 그녀의 눈을 똑바로 보고 있었다. 입은 여전히 말을 하고 있었다.

"맙소사, 기구를 사용하려면 올바르게 삽입하는 방법부터 알아야지. 아무렇게나 넣으면 엄청 짜증 난다고. 다이어프램은 자궁 경관 바로 앞에 있어야 한단 말이야."

"하지만 난 아무것도 넣지 않았어!"

"정말? 음, 여전히 뭔가 거치적거리는데."

이제는 방뿐만 아니라 온 세상이 서서히 그녀 밑에서 펴져 나오는 것 같았다.

애나가 말했다.

"토할 것 같아."

"뭐라고?"

"토할 것 같다고."

"애처럼 굴지 마, 애나."

"콘래드, 그만 가 주면 좋겠어. 부탁이야. 당장."

"대체 무슨 소릴 하는 거야?"

"나한테서 떨어져, 콘래드!"

"말도 안 돼. 알았어, 미안해. 내가 괜한 말을 꺼냈어. 잊어버려."

애나가 고래고래 소리쳤다.

"가라고! 가란 말이야! 저리 가! 저리 가!"

그녀는 콘래드를 밀쳐 내려 했지만, 우람하고 억센 그에게 눌려 옴짝달싹하지 못했다.

"진정해. 흥분하지 마. 한창 하다가 이런 식으로 갑자기 마음을 바꿀 수는 없어. 그리고 제발 울지 마."

"날 좀 내버려 둬, 콘래드. 부탁이야."

콘래드는 온몸으로 —팔과 팔꿈치, 손과 손가락, 넓적다리와 무릎, 발목과 발로— 애나를 붙들고 있는 것 같았다. 마치 두꺼비처럼 그녀를 놓아주지 않았다. 거대한 두꺼비가 그녀를 단단히 붙잡고 놓아주지 않는 것 같았다. 애나는 두꺼비가 그러는 광경을 본 적이 있었다. 개울가 돌에서 개구리와 교미를 하고 있던 그 역겨운 두꺼비는 꿈짝 않고 앉아서 사악하고 노란 눈을 번득이며 억센 두 앞발로 개구리를 붙잡고 놓아주질 않았다.

"몸부림 좀 그만 쳐, 애나. 어린애가 발광하는 것 같잖아. 제기랄, 대체 뭐가 문제야?"

애나가 빽 소리 질렀다.

"당신 때문에 아파!"

"아파?"

"죽도록 아프다고!"

그를 떼어 내려고 한 말일 뿐이었다.

"왜 아픈지 알아?"

"콘래드! 제발!"

"잠깐만 기다려, 애나. 내가 설명해 줄 테니……."

"싫어! 설명 따위 필요 없어!"

"그러지 말고 일단……."

"싫다고!"

애나는 벗어나려고 필사적으로 몸부림쳤지만 여전히 옴짝달싹 못 했다.

콘래드가 말을 이었다.

"질에서 액체가 만들어지지 않아 아픈 거야. 점막이 너무 건조해서……."

"그만해!"

"정확한 명칭은 노령성 위축 질염이야. 나이가 들면 그래, 애나. 그래서 노령성 질염이라고 부르지. 딱히 고칠 방법이 없어……."

이때 애나가 비명을 지르기 시작했다. 아주 시끄럽지는 않았지만, 그래도 끔찍하고 고통스러운 비명이었다. 몇 초 동안 그 소리를 듣고 있던 콘래드가 갑자기 두 손으로 우아하게 한 번의 동작으로 애나를 옆으로 밀어 버렸다. 워낙 세게 밀어서 그녀는 방바닥에 떨어지고 말았다.

천천히 일어난 애나는 비틀비틀 화장실로 들어가며 기묘하게 애원하는 목소리로 울부짖었다.

"에드……! 에드……! 에드……!"

화장실 문이 닫혔다.

콘래드는 가만히 누운 채로 화장실에서 들려오는 소리에 귀를 기울였다. 처음에는 흐느끼는 소리만 들렸는데, 몇 초가 지나자 울음 사이로 벽장문이 철컥 열리는 날카로운 금속성 소리가 들렸다. 순간 그는 벌떡 일어나 침대에서 뛰어내리더니, 엄청난 속도로 옷을 입기 시작했다. 옷을 아주 가지런히 개켜 놓아서 바로 입을 수 있었기에 불과 2분 만에 다 입었다. 그리고 나서는 거울로 다가가 얼굴에 묻은 립스틱 자국을 손수건으로 닦아 냈다. 호주머니에서 빗을 꺼내 멋진 흑발을 빗었다. 그리고 침대 주변을 한 번 돌며 혹시 잊은 게 없나 살핀 뒤, 마치 아이가 잠든 방에서 살금살금 나가는 사람처럼 조심스럽게 복도로 나와 살며시 방문을 닫았다.

암캐
Bitch

나는 지금껏 오즈월드 숙부의 일기에서 단 하나의 일화만 발표했다. 기억하는 이들도 더러 있겠지만, 숙부가 시나이 사막에서 시리아 여자 문둥이와 성관계를 가진 이야기였다. 그로부터 6년이 지나도록 그 일로 문제를 제기한 사람은 한 명도 없었다. 이에 고무된 나는 숙부의 흥미진진한 글에서 두 번째 일화를 발표하기로 마음먹었다. 변호사는 출간에 반대했다. 등장하는 사람들 중 일부가 아직 생존해 있고, 그게 누군지 대번에 알 수 있다는 것이었다. 그는 내가 무자비한 고소에 시달릴 거라고 경고했다. 고소하라지 뭐. 나는 오즈월드 숙부가 자랑스럽다. 그분은 인생을 어떻게 살아야 하는지 알았다. 첫 번째 일화의 서문에서 나는 카사노바의 『회고록』도 오즈월드 숙부의 일기에 비하면 교회 잡지 수준이고, 그 대단한 색골도 숙부 앞에서는 명함도 못 내밀 거라고 장담했다. 그 생각은 지금도 변함이 없으며, 언젠가 그 증거를 온 세상에 선보일 것이다. 여기 소개하는 이야기는 XXIII권에 나오는 일화로, 오즈월드 숙부가 쓴 글을 그대로 옮긴 것이다.

*

프랑스 파리
수요일

10시에 아침 식사. 빵에 꿀을 발라 먹었다. 황수선화색이라고 불리는 예쁜 담황색 바탕의 초기 세브르(프랑스 세브르에서 생산되는 고급 도자기—옮긴이) 단지에 담아서 어제 누가 보낸 꿀이었다. 함께 온 쪽지에는 '수지로부터, 고마움을 담아'라고 적혀 있었다. 감사 인사를 받는 건 기분 좋은 일이다. 그리고 꿀도 흥미로웠다. 수지 졸리부아는 카사블랑카 남부에 작은 대마 농장을 갖고 있었으며, 벌을 좋아하는 여자였다. 그래서 농장 한복판에 벌통을 놓아두었고, 덕분에 벌들은 멀리 가지 않고 이곳에서만 꿀을 모았다. 그로 인해 언제나 행복한 상태인 벌들은 굳이 열심히 일하려 들지 않았다. 따라서 생산되는 꿀이 아주 적었다. 나는 그 꿀을 바른 토스트를 세 장이나 먹었다. 색이 거무스레하고 알싸한 냄새가 나는 꿀이었다. 전화벨이 울렸다. 수화기를 들어 귀에 대고 기다렸다. 나는 전화를 받을 때 먼저 말하는 법이 없다. 어차피 전화한 사람은 내가 아니니까. 상대가 전화하면 받아 줄 뿐이다.

"오즈월드 씨! 당신 맞죠?"

귀에 익은 목소리였다.

"그래요, 앙리. 오랜만이군요."

앙리는 흥분한 어조로 빠르게 말을 이었다.

"들어 보세요! 성공했습니다! 틀림없습니다! 숨찬 목소리라 죄송합니다. 하지만 방금 환상적인 경험을 했어요. 이제 괜찮습니다. 진정됐어요. 이쪽으로 건너와 주시겠습니까?"

"네, 그리로 가죠."

나는 수화기를 내려놓고 커피를 한 잔 더 따랐다. 정말로 앙리가 마침내 성공한 건가? 그렇다면 나도 가서 함께 재미를 만끽하고 싶었다.

여기서 잠시 내가 어떻게 앙리 비오트를 만났는지 이야기해야겠다. 3년 전쯤, 나는 차를 몰고 프로방스에 가서 어떤 여자와 함께 주말을 보냈다. 내가 그녀에게 흥미를 가진 이유는 간단했다. 다른 여자들에게는 근육이 전혀 없는 부위에 유달리 억센 근육이 있었기 때문이다. 거기 도착하고 1시간 뒤, 강가 풀밭을 혼자 거닐고 있을 때 작은 흑인 남자가 다가왔다. 손등에 시커먼 털이 무성한 남자였는데, 그가 살짝 고개 숙여 인사하고는 말했다.

"앙리 비오트라고 합니다. 저도 여기 손님으로 왔죠."
내가 인사했다.
"저는 오즈월드 코닐리어스입니다."
앙리 비오트는 염소처럼 털이 무성했다. 턱과 양 볼이 검고 뻣뻣한 털에 뒤덮여 있고, 굵은 코털이 콧구멍 밖으로 삐져나와 있었다.
"같이 걸어도 될까요?"
그는 내 옆에 서자마자 수다를 떨기 시작했다. 어찌나 말이 많던지! 쉽게 흥분하는 프랑스 인다웠다. 경망스럽게 폴짝거리듯 걸으면서, 바람을 사방으로 흩어 버리려는 듯 정신없이 손을 흔들었으며, 속사포처럼 내뱉는 말들은 흡사 폭죽 터지는 소리 같았다. 앙리는 자신이 벨기에 출신 화학자이며, 파리에서 일한다고 했다. 그는 후각 전문 화학자였다. 후각 연구에 평생을 바쳐 왔다는 것이었다.
내가 물었다.
"냄새 말입니까?"
그는 열정적으로 대답했다.
"네, 맞습니다! 바로 그겁니다! 냄새 전문가죠. 냄새에 대해 저보다 많이 아는 사람은 세상에 없습니다!"
나는 그를 진정시키려고 천천히 물었다.
"좋은 냄새요, 나쁜 냄새요?"
"좋은 냄새, 사랑스러운 냄새, 황홀한 냄새. 그런 걸 만들죠! 어떤 냄새든 만들 수 있답니다!”

앙리는 자신이 파리의 대형 양장점 중 한 곳에서 향수 제조 주임으로 일한다고 했다. 그러고는 털북숭이 손가락으로 코털이 삐져나온 자기 코를 가리키면서, 다른 사람들의 코랑 다를 바 없어 보이지 않느냐고 물었다. 나는 코털이 너무 무성해서 흡사 밀밭을 보는 듯하다고, 이발소에 가서 깎아 달라고 하지 그러느냐고 말하고 싶었지만, 예의상 특이한 점은 없어 보인다고 대답했다.

“물론 그렇겠죠. 하지만 사실 제 코는 어마어마하게 예민한 후각 기관이랍니다. 제라늄 기름 4.5리터에 들어 있는 인공 사향 한 방울도 두 번만 킁킁대면 냄새 맡을 수 있거든요.”

“굉장하군요.”

“폭이 넓은 상점가인 샹젤리제 거리에서도 제 코는 맞은편 인도에서 걸어가는 여자가 사용한 향수를 정확히 알아맞힐 수 있습니다.”

“도로에 차들이 다니는데도 말입니까?”

“아무리 차가 많아도 상관없습니다.”

앙리는 세계에서 가장 유명한 향수 두 가지의 이름을 알려 주면서, 둘 다 자신이 일하는 양장점에서 만들었다고 했다. 그는 겸손하게 말했다.

“저의 작품들이랍니다. 제가 직접 만들었죠. 그 양장점을 운영하는 유명한 할망구한테 떼돈을 벌어다 줬답니다.”

"당신한테는 아니고?"

"어이구! 저는 월급 받고 일하는 가엾고 비참한 일개 직원일 뿐입니다."

앙리는 두 손을 펴고 양어깨를 으쓱했다. 어깨를 어찌나 높이 들던지 귓불에 닿을 정도였다. 그가 말을 이었다.

"하지만 언젠가는 독립해서 제 꿈을 좇을 겁니다."

"꿈이 있어요?"

"엄청나게 화려하고 가슴 설레는 꿈이 있습죠!"

"그럼 당장 꿈을 좇지그래요?"

"곤란합니다. 우선 멀리 내다보는 눈과 넉넉한 재력으로 저를 후원해 줄 분을 찾아야 합니다."

아하, 문제는 그거였군. 나는 속으로 중얼거리며 대꾸했다.

"당신처럼 잘나가는 분이라면 그건 썩 어렵지 않겠네요."

"제가 원하는 부자는 찾기가 쉽지 않습니다. 기이한 것을 아주 좋아하고 도박적 성향을 가진 사람이어야 하거든요."

그건 나잖아, 이 교활한 자식 같으니. 나는 그에게 물었다.

"댁의 꿈이 뭡니까? 향수를 만드는 건가요?"

앙리는 탄식하듯 소리쳤다.

"평범한 향수는 누구나 만들 수 있죠! 제가 꿈꾸는 것은 아주 특별한 향수입니다."

"어떤 건데요?"

"그게 말이죠, 위험한 향수랍니다! 그걸 만들어 내면 세상을 지배하게 될 거예요!"

"대단하시군요."

"농담 아닙니다, 무슈 코닐리어스. 제 계획을 설명드려도 될까요?"

"말씀해 보십시오."

앙리는 벤치 쪽으로 걸음을 옮기며 말했다.

"괜찮으시다면 좀 앉겠습니다. 지난 4월에 심장 마비가 와서 무리하면 안 되거든요."

"저런, 조심해야겠군요."

"걱정 안 하셔도 됩니다. 무리하지만 않으면 아무 문제 없으니까요."

아름다운 오후였다. 우리는 강둑 근처 풀밭에 있는 벤치에 앉았다. 우리 옆에서 잔잔한 강이 깊고 느리게 흐르고 있었으며, 수면에 날벌레 무리가 작은 구름처럼 떠 있었다. 건너편 강기슭을 따라 늘어선 버드나무 뒤로는 노란 미나리아재비가 만발한 초록빛 들판이 펼쳐져 있고, 갈색과 흰색이 어우러진 암소 한 마리가 풀을 뜯고 있었다.

앙리가 말을 이었다.

"제가 어떤 향수를 만들고 싶은지 말씀드리죠. 하지만 그 전에 먼저 몇 가지 다른 것들을 설명해야겠습니다. 안 그러면 제대로 이해하지 못하실 테니까요. 그러니 잠시 참고 들어 주시기 바랍니다."

그는 한 손을 무릎에 내려놓았다. 털이 무성한 손등 때문에 검은 쥐처럼 보였다. 그는 다른 손으로 털을 살살 쓰다듬기 시작했다.

"우선 수캐가 발정 난 암캐를 만났을 때 어떤 일이 벌어지는지 생각해 봅시다. 엄청난 성욕에 사로잡힌 수캐는 모든 자제력을 상실합니다. 머릿속에는 오로지 한 가지 생각뿐이죠. 당장 교미하는 것. 누가 강제로 막지 않으면 반드시 그럴 겁니다. 그런데 그런 엄청난 성욕을 불러일으키는 것이 뭔지 아십니까?"

내가 대답했다.

"냄새."

"맞습니다, 무슈 코닐리어스. 특수한 형태의 냄새 분자들이 개의 콧구멍으로 들어가 말초 후각 신경을 자극합니다. 그러면 긴급 신호가 후각 신경구(神經球)로 전달되고, 곧이어 뇌 중심부로 보내집니다. 오로지 냄새만으로 그렇게 되죠. 만약 후각 신경을 끊으면 개는 교미에 관심이 없어질 겁니다. 이는 다른 수많은 포유류도 마찬가지인데, 사람만은 다릅니다. 냄새는 인간 남성의 성욕을 자극하지 않거든요. 눈에 보이는 형상과 촉감, 생생한 상상이 우리를 자극하죠. 냄새는 절대 그러지 못합니다."

"그럼 향수는?"

"소용없습니다! 작은 병에 담긴 온갖 값비싼 향수들, 제가 만드는 향수에는 남자의 성욕을 불러일으키는 효과가 전혀 없어요. 애초부터 향수의 목적은 다른 데 있었습니다. 옛날 여자들은 고약한 체취를 감추려고 뿌렸습니다. 오늘날에는 몸에서 악취가 나지 않는데도 순전히 자기만족 때문에 사용하죠. 자기 몸에서 나는 좋은 냄새를 즐기는 겁니다. 남자들은 그걸 잘 몰라요. 아마 선생도 그러실 겁니다."

"맞습니다."

"향수 냄새를 맡으면 흥분되십니까?"

"아뇨. 육체적으로는 아니지만 심미적으로는 설렙니다."

"향기를 즐기시는군요. 저도 마찬가지입니다. 하지만 더 좋은 냄새는 얼마든지 있죠. 고급 라피트 와인 향기나 코미스 배(서양배의 일종-옮긴이)의 향기, 또는 브르타뉴 해안으로 불어오는 바람 냄새 등등."

송어 한 마리가 강물 한복판에서 높이 튀어 오르자, 햇빛이 물고기 몸에 비쳐 반짝거렸다. 앙리가 계속 이야기했다.

"사향이나 용연향, 사향고양이의 고환 분비물 따위는 잊으세요. 요즘은 화학 물질로 향수를 만들어 낸답니다. 사향 냄새가 필요하면 에틸렌 세바스산염으로 만들 수 있죠. 페닐아세트산으로는 사향고양이 분비물 냄새를 만들고, 벤즈알데히드로는 아몬드 향을 만들 수 있습니다. 하지만 저는 이제 화학 물질로 향수 만드는 일에 신물이 났어요."

몇 분 동안 그의 코에서 서서히 흐른 콧물 때문에 검은 코털이 축축해졌다. 그걸 알아차린 앙리는 손수건을 꺼내 코를 풀고 닦았다.

"제 목적은 발정 난 암캐 냄새가 수캐를 흥분시키듯이 남자를 미치게 하는 향수를 만드는 것입니다! 한 번만 맡아도 뿅 가는 거죠! 자제력을 완전히 상실하게 됩니다. 정신없이 바지를 벗고 그 자리에서 여자를 덮칠 겁니다!"

"진풍경이 벌어지겠군요."

"이걸로 세상을 지배할 수 있습니다!"

"네. 하지만 방금 냄새는 남자의 성욕을 전혀 자극하지 못한다고 하셨잖아요?"

"지금은 그렇죠. 하지만 과거에는 달랐습니다. 인간이 지금보다 유인원에 훨씬 더 가까웠던 빙하기 이후 시대에는 남자가 유인원처럼 암내를 풍기며 지나가는 여자를 곧바로 덮쳤다는 증거가 있습니다. 그리고 훗날 구석기 시대와 신석기 시대에도 냄새로 성적 충동을 느꼈지만, 그 강도는 점점 약해졌죠. 기원전 만 년경, 이집트와 중국에서 고도의 문명이 발달할 무렵에는 인간이 한층 진화돼, 냄새로 성욕을 느끼는 능력이 완전히 억제되었습니다. 제 이야기가 따분한가요?"

"아닙니다. 하지만 궁금하군요. 남자의 후각 기관에 실질적인 변화가 생긴 겁니까?"

"절대 아니죠. 그랬다면 저는 아무것도 할 수 없을 겁니다. 우리 선조들에게 그 미세한 냄새를 맡게 해 준 작은 기관은 여전히 남아 있습니다. 틀림없어요. 혹시 귀를 움직일 수 있는 사람 본 적 있으십니까?"

"나도 할 수 있습니다."

나는 시범을 보여 주었다.

"보시다시피 귀를 움직이는 근육도 여전히 있습니다. 인간이 마치 개처럼 더 잘 들으려고 귀를 앞으로 젖힐 수 있었던 시절의 유산인 셈이죠. 10만 년이란 세월을 거치며 그 능력은 상실했지만 근육은 남아 있어요. 후각 기관도 마찬가지입니다. 그 은밀한 냄새를 맡는 장치는 여전히 있는데, 사용하는 능력을 상실한 거죠."

"지금도 남아 있다고 어떻게 확신합니까?"

앙리가 되물었다.

"후각 기관이 어떻게 작동하는지 아십니까?"

"잘 모릅니다."

"그렇다면 제가 말씀드리죠. 그래야 선생의 질문에 제대로 대답할 수 있으니까요. 잘 들으세요. 공기가 콧구멍 속으로 빨려 들어가면, 코 윗부분에 있는 선반 모양의 비갑개(鼻甲介) 세 개를 지납니다. 그러는 동안 공기가 점점 따뜻해지고 걸러집니다. 이렇게 따뜻해진 공기는 위로 올라가 후각 기관이 있는 두 개의 틈으로 들어갑니다. 이 기관들은 누르스름한 세포 조직으로, 크기가 모두 2.5제곱센티미터입니다. 이 세포 조직에는 신경 섬유와 말초 후각 신경이 들어 있고요. 이 말초 신경을 이루는 후각 세포에는 작은 털처럼 생긴 돌기가 있는데, 이것이 냄새를 받아들이는 기능을 하죠. 정확한 표현으로는 '수용체(受容體)'입니다. 냄새 분자들이 이 수용체를 건드리거나 자극하면, 곧바로 뇌에 신호가 보내집니다. 예컨대 아침에 식당으로 내려와 베이컨 굽는 냄새를 맡으면 냄새 분자가 콧속으로 들어와 수용체를 자극하고, 수용체는 후각 신경을 통해서 뇌에 신호를 보냅니다. 그리고 뇌는 그 신호를 가지고 냄새의 강도와 특성을 해석합니다. 그러면 이렇게 외치게 되죠. '아하, 아침은 베이컨이로군!'"

"난 아침에 베이컨을 먹지 않습니다."

앙리는 내 말을 무시하고 계속 이야기했다.

"문제는 작은 털처럼 생긴 돌기인 수용체입니다. 이제 그것이 어떻게 냄새 분자들을 구분하는지 궁금하실 겁니다. 이를테면 박하 냄새와 장뇌 냄새의 차이 말입니다."

"어떻게 구분하죠?"

이건 정말 궁금했다.

"이제 더욱 주의 깊게 들어 주세요. 각 수용체의 끝은 컵처럼 오목한데, 동그랗지는 않습니다. 여기가 '수용점'입니다. 끝에 컵처럼 생긴 수용점이 달린 이 작은 털 같은 돌기 수천 개가 흡사 말미잘 촉수처럼 한꺼번에 흔들거리면서, 근처를 지나가는 냄새 분자를 붙잡으려고 기다리는 광경을 상상해 보세요. 실제로 그런 일이 벌어집니다. 우리가 어떤 냄새를 맡으면, 그 냄새를 구성하는 물질의 분자들이 콧속을 날아다니다 그 작은 수용점에 붙들리는 겁니다. 여기서 꼭 기억해야 할 것이 있습니다. 분자는 크기와 모양이 다양하다는 점입니다. 마찬가지로 수용점도 그 형태가 제각각입니다. 따라서 냄새 분자는 모양이 일치하는 수용점에만 붙들립니다. 박하 냄새 분자는 특수한 박하 수용점에만 안착하죠. 모양이 딴판인 장뇌 냄새 분자도 특수한 장뇌 수용점에만 붙들리고, 나머지 분자들 역시 마찬가지입니다. 갖가지 모양의 조각들을 딱 맞는 구멍에 끼워야 하는 애들 장난감과 비슷한 셈이죠."

"내가 제대로 이해했는지 모르겠군요. 뇌가 박하 냄새를 인지하는 게 단순히 그 분자가 박하 수용점에 끼워졌기 때문이라는 뜻입니까?"

"그렇습니다."

"설마 세상 모든 냄새 분자에 맞는 서로 다른 모양의 수용점들이 있다는 말은 아니겠죠?"

"그건 아닙니다. 사실 인간에게는 일곱 가지 형태의 수용점만 있습니다."

"어째서 일곱 개뿐이죠?"

"우리의 후각은 '순수한 주요 냄새' 일곱 가지만 인식하거든요. 나머지 냄새는 이 주요 냄새들이 섞여 만들어진 '혼합 냄새'랍니다."

"확실합니까?"

"그럼요. 미각이 느끼는 맛은 더 적습니다. 네 가지밖에 없어요. 단맛, 신맛, 짠맛, 쓴맛! 나머지 맛들은 이 네 가지가 섞인 겁니다."

"주요 냄새 일곱 가지는 어떤 것들이죠?"

"그 이름은 중요하지 않아요. 논의의 초점만 흐려지죠."

"듣고 싶은데요."

"알겠습니다. 장뇌 냄새, 톡 쏘는 냄새, 사향 냄새, 에테르 냄새, 꽃 냄새, 박하 냄새, 썩는 냄새. 믿지 못하겠다는 표정이로군요. 이건 제가 발견한 사실이 아닙니다. 아주 박식한 과학자들이 오랜 세월 연구해 왔습니다. 그리고 그 결과는 아주 정확합니다. 다만 한 가지를 놓쳤죠."

"그게 뭔데요?"

"그들이 모르는 여덟 번째 순수한 주요 냄새가 있습니다. 그 냄새를 이루는 특이한 형태의 분자를 받아들이는 여덟 번째 수용체가 있는 거죠."

"아하! 무슨 뜻인지 감이 잡히네요."

"네. 그 여덟 번째 주요 냄새가 바로 수천 년 전 남자로 하여금 수캐처럼 행동하게 만든 성욕 자극제입니다. 아주 독특한 분자 구조를 갖고 있어요."

"그럼 댁은 그게 뭔지 압니까?"

"알다마다요."

"그리고 그 특이한 분자에 딱 맞는 수용점이 여전히 있다는 뜻입니까?"

"물론이죠."

"그 신비한 냄새가 요즘도 우리 주위에 있나요?"

"그럼요."

"우리가 그 냄새를 맡습니까? 인식하느냔 말입니다."

"아뇨."

"그 냄새 분자가 수용점에 붙들리지 않는다는 겁니까?"

"당연히 붙들리죠. 분명합니다. 하지만 아무 일도 일어나지 않아요. 뇌로 신호가 보내지지 않거든요. 전화선이 끊어진 상태죠. 귀를 움직이는 근육과 마찬가지입니다. 작동 구조는 남아 있지만, 제대로 사용하는 능력을 상실한 겁니다."

"그럼 그걸 어떻게 할 생각입니까?"

"재가동시켜야죠. 이건 근육이 아니라 신경의 문제입니다. 그리고 그 신경은 죽거나 손상된 것이 아니라 잠들어 있을 뿐입니다. 냄새의 강도를 1,000배쯤 높이고 촉매를 첨가하면 될 겁니다."

"자세히 설명해 보세요."

"설명은 이 정도로 충분합니다."

"더 듣고 싶어서 그럽니다."

"이런 말씀 드려 죄송합니다만, 무슈 코닐리어스, 선생께서는 후각의 특성을 잘 모르실 테니 더는 이해하기 어려울 겁니다. 설명은 이만하죠."

앙리 비오트는 우쭐한 표정으로 강가 벤치에 말없이 앉아서 자기 손등의 털을 다른 손으로 쓰다듬었다. 비죽 튀어나온 코털 때문에 우스꽝스러워 보였지만, 그건 일종의 위장이었다. 그는 위험하고 조심스러운 작은 짐승 같았다. 바위 뒤에 숨어서 매서운 눈으로 꼬리에 달린 독침을 겨눈 채, 홀로 지나가는 사람을 기다리는 전갈 같았다. 나는 슬며시 그의 얼굴을 살펴보았다. 입이 흥미로웠다. 입술에 자줏빛이 감돌았는데, 심장이 좋지 않아 그런 듯했다. 닭 볏처럼 생긴 아랫입술이 축 늘어져 덜렁거렸고, 가운데 부분이 불룩해서 흡사 작은 지갑 같았다. 동전을 넣고 다녀도 될 듯싶었다. 마치 바람을 넣은 것처럼 빵빵한 입술은 줄곧 축축했는데, 혀로 핥아서가 아니라 입속에 침이 너무 많기 때문이었다.

그리고 앙리 비오트는 벤치에 앉아 교활한 미소를 지으며 내 반응을 기다렸다. 몹시 엉큼한 자였다. 틀림없었다. 하지만 그건 나도 마찬가지였다. 또한 그는 교활한 자였는데, 솔직히 나는 내 교활함을 자랑으로 여기지는 않지만 타인의 교활함에는 참기 어려운 매력을 느낀다. 교활한 인간에게서는 그만의 빛이 난다. 문명화된 인간의 성적 습성을 50만 년 전으로 되돌리려는 이 남자는 악마적 광휘를 내뿜고 있었다.

그렇다. 나는 걸려들었다. 결국 그때 거기서, 옆에 강이 흐르는 프로방스 여자의 정원에 앉아 앙리에게 제안했다. 당장 지금 다니는 직장을 때려치우고 작은 연구실을 차리라고 했다. 대신 이 작은 모험에 드는 비용은 모두 내가 지불할 테고, 월급도 넉넉히 보전해 주겠다고. 계약 기간은 5년으로 하고, 발생하는 모든 수익은 50 대 50으로 나누자고 했다.

앙리는 몹시 흥분해 소리쳤다.

"정말입니까? 진심이세요?"

나는 한 손을 내밀어 악수를 청했다. 앙리는 두 손으로 내 손을 잡고 맹렬히 흔들었다. 마치 야크(중앙아시아에 사는 털이 많은 소–옮긴이)와 악수하는 기분이었다.

"우리는 인류를 지배할 겁니다! 지상의 신이 될 거예요!"

그는 두 팔을 벌려 나를 얼싸안고 양 볼에 번갈아 입을 맞추었다. 어휴, 프랑스 인의 끔찍한 입맞춤이었다. 내 살갗에 닿은 앙리의 아랫입술은 마치 두꺼비의 축축한 배때기 같았다. 나는 리넨 손수건으로 볼을 닦으며 말했다.

"축하는 나중에 합시다."

앙리 비오트는 집에 초대해 준 여주인에게 사과하고 양해를 구한 다음, 그날 밤 부랴부랴 파리로 돌아갔다. 그리고 일주일도 안 돼서 직장을 때려치우고 방 세 칸을 임대해 연구소를 차렸다. 센 강 왼쪽 라스파유 대로 근처 카세트 거리에 있는 건물 3층이었다. 앙리는 내가 준 거금으로 복잡한 기계를 사들여 연구실을 채웠고, 심지어 커다란 우리까지 구입해 암수 유인원 두 마리를 넣었다. 또한 자네트라는 젊고 똘똘한 여자를 조수로 채용했는데, 외모가 그럭저럭 봐줄 만했다. 모든 준비를 마치자 앙리는 연구에 착수했다.

사실 이 작은 모험이 내게는 썩 중요한 문제가 아니었다. 그것 말고도 관심사는 얼마든지 있었다. 그래서 진행 상황을 보려고 한 달에 두어 번 앙리의 연구실에 들렀을 뿐, 그 외에는 전혀 관여하지 않았다. 나는 앙리가 하는 일에 별 관심이 없었다. 그런 연구를 참고 기다려 줄 만큼 느긋하질 못했다. 그래서 결과가 빨리 나오지 않자 아예 흥미를 잃었다. 심지어 틈만 나면 교미하는 유인원 두 마리를 구경하는 것도 곧 시시해졌다.

앙리의 연구실에 들렀을 때 즐거웠던 적은 딱 한 번뿐이었다. 이제는 다들 알겠지만, 나는 그럭저럭 봐줄 만한 여자도 거부할 줄을 모른다. 그래서 비가 내리던 어느 목요일 오후, 앙리가 한쪽 방에서 개구리의 후각 기관에 전극을 꽂는 동안, 나는 다른 방에서 훨씬 더 근사한 것을 자네트에게 꽂았다. 물론 이 가벼운 놀이에서 뭔가 특별한 것을 기대하지는 않았다. 그냥 습관에 따라 행동했을 뿐이다. 그런데 맙소사, 그런 놀라운 경험을 하게 될 줄이야! 수수해 보이는 이 화학 연구원의 하얀 작업복 속에 탄탄하고 유연하며 엄청나게 날렵한 여체가 있었다. 그녀가 행한 실험들은 —처음에는 발진기로, 이어서 고속 원심 분리기로— 정말 숨 막히게 충격적이었다. 앙카라에서 만난 터키 출신 줄타기 곡예사(XXI권 참조) 이후로 그런 경험은 처음이었다. 이 모두가 여자들이 바다처럼 불가사의한 존재라는 사실을 끊임없이 보여 준다. 수심을 재 보기 전까지는 배 아래 물이 깊은지 얕은지 알 수 없는 법이다.

그날 이후로는 연구실을 다시 찾지 않았다. 그게 내 원칙이다. 나는 한 여자를 두 번 찾는 법이 없다. 어쨌든 나와 만난 여자들은 하나같이 첫 관계에 자신의 모든 것을 쏟아붓기 때문에, 두 번째 만남은 같은 바이올린으로 같은 곡을 연주하는 것에 불과하다. 그런 걸 누가 좋아하겠나. 난 싫다. 따라서 이날 아침 난데없이 수화기로 앙리의 다급한 목소리를 들었을 때는 그의 존재를 거의 잊은 상태였다.

나는 차를 몰고 복잡한 파리 시내를 지나 카세트 거리로 갔다. 차를 세워 둔 다음, 작은 엘리베이터를 타고 3층으로 올라갔다. 앙리가 연구실 문을 열고는 소리쳤다.

"움직이지 말아요! 거기 그대로 있어요!"

그가 부리나케 달려가더니 몇 초 뒤에 기름기 있는 빨간색 고무 물체 두 개가 놓인 작은 쟁반을 들고 돌아왔다.

"코마개입니다. 코에 끼우세요. 저처럼 말입니다. 냄새 분자가 못 들어오게 막는 겁니다. 어서 단단히 끼워요. 숨은 입으로 쉬어야 합니다. 괜찮으시죠?"

두 코마개 모두 뭉툭한 아랫부분에 짤막한 파란 끈이 달려 있었는데, 콧구멍에서 뺄 때 당기는 것인 듯했다. 앙리의 콧구멍 밑으로 늘어져 있는 파란 끈 두 개가 보였다. 나도 코마개를 끼웠다. 잘 끼워졌는지 앙리가 살펴보더니 엄지손가락으로 더 단단히 꽂았다. 그러고는 흥겨운 걸음걸이로 다시 연구실로 들어가 털투성이 손을 흔들며 내게 소리쳤다.

"이제 들어오세요, 오즈월드 씨! 들어와요, 어서! 흥분해서 죄송합니다. 하지만 오늘은 정말 뜻깊은 날이에요!"

코마개 때문에 마치 심한 감기에 걸린 것 같은 목소리였다. 명랑하게 벽장으로 걸어간 그는 그 안에서 작고 네모난 병들 중 하나를 꺼내 들었다. 아주 두꺼운 유리로 만든 병에는 향수 30시시 정도가 들어 있었다. 앙리는 내가 서 있는 곳으로 돌아와 마치 작은 새를 다루듯 두 손을 동그랗게 모아 병을 쥐고 나한테 내밀었다.

"보세요! 이겁니다! 온 세상에서 가장 귀한 액체죠!"

나는 이런 터무니없는 허풍을 극도로 혐오한다.

"그럼 성공했다는 겁니까?"

"틀림없습니다, 오즈월드 씨! 결국 해낸 거죠!"

"어떻게 된 건지 말해 봐요."

"설명이 쉽지는 않지만 해 보겠습니다."

앙리는 작은 유리병을 긴 의자에 살며시 내려놓고 말을 이었다.

"저는 이 특별한 1076번 혼합물을 밤새 증류기에 넣어 뒀습니다. 증류액이 30분 동안에 고작 한 방울씩 생산됐거든요. 증발되지 않도록 밀봉 비커에 방울방울 떨어지게 했죠. 극도로 휘발성이 강한 액체여서요. 그리고 오늘 아침 8시 30분에 여기 오자마자 1076번 혼합물이 담긴 비커의 뚜껑을 열고 조금 냄새를 맡았습니다. 아주 조금 한 번 맡았죠. 그런 다음 뚜껑을 도로 닫았습니다."

"그래서요?"

"맙소사, 기막힌 일이 벌어졌습니다! 저는 완전히 자제력을 상실했어요! 죽었다 깨어나도 절대로 안 할 짓을 하고 말았습니다!"

"뭘 했는데요?"

"말도 마세요. 완전히 미쳐 버렸다니까요! 야수 같았습니다! 인간이 아니었어요! 문명인의 모습이 깡그리 사라졌죠! 한마디로 원시인이었어요!"

"그래서 어떻게 했죠?"

"그다음은 또렷이 기억나지 않습니다. 너무 광포했고 또 순식간이었거든요. 하지만 상상할 수 없을 정도로 무시무시한 욕정에 사로잡혔습니다. 다른 건 죄다 머릿속에서 사라져 버렸죠. 온통 여자 생각뿐이었습니다. 당장 여자를 안지 않으면 폭발할 것만 같았어요."

나는 옆방 쪽을 바라보며 말했다.

"가엾은 자네트. 지금 그녀는 어때요?"

"자네트는 1년 전에 떠났습니다. 대신 시몬 고티에라는 젊고 영리한 화학자를 새로 들였습죠."

"그럼 시몬이 딱하게 됐군."

앙리가 소리쳤다.

"아뇨, 아닙니다! 그게 그렇지가 않아요! 때마침 시몬이 없었습니다! 하필 오늘 늦게 출근한 겁니다! 저는 미칠 지경이었습니다. 복도로 뛰쳐나가 계단을 달려 내려갔어요. 위험한 짐승 같았죠. 여자를 사냥하는 짐승. 그 어떤 여자라도 찾아야만 했어요!"

"그래서 찾았습니까?"

"다행히 아무 일도 없었습니다. 왜냐하면 갑자기 이성을 되찾았거든요. 향수의 효과가 사라진 겁니다. 순식간이었어요. 그때 저는 2층 층계참에 혼자 서 있었습니다. 문득 한기가 밀려들더군요. 하지만 어떻게 된 일인지 금세 깨달았습니다. 다시 3층으로 올라가 엄지와 검지로 콧구멍을 꽉 막고 연구실로 들어갔습니다. 그리고 곧장 코마개를 넣어 둔 서랍으로 달려갔죠. 이 연구를 시작한 이후로 줄곧 이런 일에 대비해 코마개를 준비해 놓았거든요. 그렇게 코를 막고 나서야 안전해졌습니다."

내가 물었다.

"냄새 분자가 입을 통해 코로 들어갈 수는 없습니까?"

"수용점에 닿지 못합니다. 그래서 입으로는 냄새를 못 맡죠. 저는 증류기로 다가가 전원을 껐습니다. 그러고는 비커에 고인 소량의 귀중한 액체를 이 튼튼한 밀봉 유리병으로 옮겼습니다. 이 안에는 1076번 혼합물이 정확히 11세제곱센티미터 담겨 있습니다."

"그다음에 나한테 연락했군요."

"곧바로는 아니었습니다. 때마침 시몬이 출근했거든요. 그녀는 저를 보자마자 비명을 지르며 옆방으로 뛰어 들어갔습니다."

"왜 그랬죠?"

"아이고, 오즈월드 씨. 제가 알몸으로 서 있었답니다. 까맣게 모르고 있었죠. 저도 모르게 옷을 홀랑 벗었던 겁니다!"

"그래서 어떻게 됐습니까?"

"다시 옷을 입고 옆방으로 가서 시몬에게 자초지종을 설명했습니다. 그 이야기를 듣자 시몬도 저만큼이나 흥분하더군요. 저희는 지금껏 1년이 넘도록 함께 연구해 왔거든요."

"시몬이 아직 여기 있습니까?"

"네. 옆방의 다른 연구실에 있습니다."

앙리의 이야기는 몹시 충격적이었다. 나는 그 작고 네모난 병을 집어 들고 불빛에 비추어 보았다. 두꺼운 유리를 통해 보니, 잘 익은 마르멜루(생김새가 모과와 비슷한 열매-옮긴이) 즙처럼 분홍빛이 감도는 연한 잿빛 액체가 2센티미터 정도 높이로 차 있었다.

앙리가 말했다.

"떨어뜨리면 안 됩니다. 내려놓으시는 게 좋겠네요."

내가 유리병을 내려놓자 앙리가 말을 이었다.

"이제 다음 단계는 과학적인 조건하에서 정확한 실험을 하는 것입니다. 그러려면 정량의 액체를 여자에게 뿌리고 남자가 다가가게 해야 합니다. 저는 가까이에서 그 실험 장면을 관찰해야 할 테고요."

나는 살짝 빈정거렸다.

"취미가 고상하시구먼."

앙리는 자랑스럽게 대꾸했다.

"저는 후각을 연구하는 화학자일 뿐입니다."

"내가 코마개를 하고 거리로 나가서 처음 마주치는 여자에게 이 향수를 뿌리면 어떨까요? 당신은 여기서 창밖으로 지켜보는 거죠. 재미있을 겁니다."

"물론 재미있겠죠. 하지만 별로 과학적이지는 못합니다. 실내에서 정해진 규칙에 따라 실험해야 합니다."

"그럼 내가 남자 역을 하겠습니다."

"안 됩니다, 오즈월드 씨."

"무슨 소리요, 안 된다니?"

앙리가 대답했다.

"설명해 드리죠. 여자가 있을 때 무슨 일이 벌어질지 우린 아직 모릅니다. 그리고 당신은 젊은 나이가 아닙니다. 이 실험은 아주 과격할 겁니다. 틀림없어요. 엄청나게 위험할 수도 있죠. 당신의 육체적 한계를 넘어설지도 모릅니다."

나는 발끈했다.

"내 몸은 여전히 건강합니다."

"과신하지 마세요. 괜한 위험을 무릅쓸 수는 없습니다. 그래서 제가 가장 강인하고 적합한 젊은이를 부른 겁니다."

"벌써 정했단 말입니까?"

"물론이죠. 흥분돼서 기다릴 수가 없었거든요. 당장 할 생각입니다. 곧 이곳으로 그 젊은이가 올 겁니다."

"누군데요?"

"프로 권투 선수입니다."

"맙소사."

"피에르 라카유라는 친구죠. 수고비로 1,000프랑을 주기로 했습니다."

"그런 사람을 어떻게 찾았습니까?"

"제가 보기보다 발이 넓답니다, 오즈월드 씨. 아는 사람 하나 없는 외톨이는 아니죠."

"뭐 하러 오는지 그 젊은이는 압니까?"

"섹스 심리학과 관련된 과학 실험에 참여할 거라고만 했습니다. 모르면 모를수록 좋으니까요."

"그럼 여자는? 누구한테 시킬 겁니까?"

"물론 시몬이죠. 그녀도 엄연히 과학자입니다. 남자가 어떻게 반응하는지 오히려 저보다도 더 가까이에서 보게 될 겁니다."

"그렇겠죠. 자기가 무슨 일을 당하게 될지는 압니까?"

"알다마다요. 설득하느라 고생 좀 했습니다. 인류 역사에 길이 남을 실험에 참여하는 일이라고 꼬셨죠. 앞으로 수백 년간 세간에 회자될 거라고요."

"터무니없는 소리."

"아닙니다. 지금도 잊히지 않는 위대한 과학적 발견의 순간들이 지난 수 세기 동안 여러 번 있었습니다. 1844년에 코네티컷 주 하트퍼드에서 호러스 웰스 박사가 자신의 이를 뽑은 사건도 그런 경우입니다."

"그게 왜 역사적인 일이죠?"

"웰스 박사는 이산화 질소 가스를 이용한 소기 마취(笑氣痲醉)를 개발한 치과 의사입니다. 어느 날 그는 이가 몹시 아팠습니다. 이를 뽑아야겠다고 생각한 그는 다른 치과 의사를 불러 발치를 부탁했죠. 하지만 먼저 그 의사에게 마스크를 쓰고 이산화 질소 가스를 틀어 놓으라고 했습니다. 박사가 의식을 잃자 의사는 이를 뽑았고, 잠시 후 박사는 아주 말짱하게 깨어났습니다. 세계 최초로 전신 마취 수술이 이루어진 겁니다. 엄청난 혁신의 시작이었죠. 우리가 하려는 일도 마찬가지입니다."

이때 초인종 소리가 들렸다. 앙리는 코마개 두 개를 집어 들고 문으로 걸어갔다. 문을 열자, 권투 선수 피에르가 서 있었다. 하지만 앙리는 그가 코마개로 콧구멍을 단단히 막은 다음에야 안으로 들어오게 했다. 아마 이 친구는 야릇한 영화에

출연하는 줄 알고 왔겠지만, 코마개를 끼우는 순간 그 환상이 깨졌을 것이다. 밴텀급으로 보이는 피에르 라카유는 체구는 작지만 탄탄한 근육질이었다. 얼굴은 판판하고 코는 휘어져 있었다. 나이는 스물두 살쯤인 듯했고, 별로 똑똑해 보이지는 않았다.

앙리는 그에게 나를 소개한 다음, 곧바로 시몬이 일하고 있는 옆방 연구실로 우리를 데려갔다. 그녀는 하얀 작업복 차림으로 실험대 옆에 서서 공책에 뭔가를 적고 있었다. 우리가 들어오자 그녀는 두꺼운 안경 너머로 우리를 바라보았다. 하얀 뿔테 안경이었다.

앙리가 말했다.

"시몬, 이쪽은 피에르 라카유 씨입니다."

시몬은 권투 선수를 힐긋 보았을 뿐 아무 말도 하지 않았다. 앙리는 굳이 나를 그녀에게 소개하지 않았다.

시몬은 나이가 서른 살 정도인 날씬한 여자로, 깨끗이 씻은 얼굴이 상쾌해 보였다. 머리카락은 뒤로 빗어 넘겨 쪽머리를 했다. 여기에 하얀 뿔테 안경과 하얀 작업복, 하얀 얼굴이 어우러져서 소독제 같은 기묘한 분위기를 풍겼다. 멸균실에서 30분 동안 소독하고 나온 사람 같았다. 그녀를 만지려면 먼저 고무장갑을 껴야 할 듯싶었다. 시몬은 커다란 갈색 눈으로 권투 선수를 물끄러미 보았다.

앙리가 말했다.

"시작합시다. 준비됐어요?"

권투 선수가 한마디 했다.

"뭘 하려는 건지는 모르겠지만, 어쨌든 난 준비됐습니다."

그는 뒤꿈치를 들고 춤을 추듯 살짝 건들거렸다.

앙리도 준비되어 있었다. 내가 오기 전에 이미 모든 계획을 세워 놓은 것이었다. 그는 연구실 한가운데 있는 평범한 나무 의자를 가리키며 말했다.

"시몬이 저 의자에 앉을 겁니다. 피에르, 자네는 코마개를 꽂은 채로 6미터 표시 지점에 서게나."

분필로 바닥에 그어 놓은 선에는 의자에서부터 피에르까지의 거리가 0.5미터부터 6미터까지 표시되어 있었다.

앙리가 권투 선수에게 계속 이야기했다.

"내가 이 여인의 목에 향수를 조금 뿌리면, 자네는 코마개를 빼고 여자 쪽으로 천천히 걸어와."

이번에는 그가 나한테 말했다.

"우선 향수의 효력 범위를 확인하려는 겁니다. 냄새 분자가 코에 닿는 정확한 거리 말입니다."

내가 물었다.

"옷을 입은 채로 시작합니까?"

"지금 모습 그대로요."

"그럼 여자는 협조합니까, 반항합니까?"

"둘 다 아닙니다. 완전히 수동적으로 남자의 손에 몸을 맡겨야 합니다."

시몬은 여전히 권투 선수를 보고 있었다. 나는 그녀의 혀끝이 입술을 천천히 핥는 모습을 보았다.

내가 앙리에게 말했다.

"이 향수가 여자에게도 효과가 있습니까?"

"전혀요. 그래서 스프레이를 준비하라고 지금 시몬을 보내는 겁니다."

시몬이 중앙 연구실로 들어가면서 문을 닫았다.

권투 선수가 물었다.

"당신이 저 여자한테 향수를 뿌리고 내가 여자한테 다가가면 어떤 일이 벌어집니까?"

앙리가 대답했다.

"지켜봐야 알 수 있다네. 설마 겁먹은 건 아니지?"

"겁먹어요? 내가? 여자 때문에?"

"믿음직하군."

앙리는 몹시 흥분하기 시작했다. 그는 연구실 한쪽 끝에서 다른 쪽 끝까지 걸어가면서 분필로 표시한 의자 위치를 몇 번이나 확인하고, 실험대에 놓인 유리 비커와 병, 시험관을 전부 높은 선반으로 옮겨 놓았다.

"이런 실험을 하기에 이상적인 장소는 아니지만 최대한 잘 활용해야죠."

그는 수술용 마스크로 코와 입을 가리고 나한테도 마스크를 건넸다.

"코마개를 못 믿는 겁니까?"

"추가적인 예방 조치일 뿐입니다. 쓰세요."

시몬이 자그마한 스테인리스 분무기를 갖고 돌아왔다. 그녀가 앙리에게 분무기를 줬다. 앙리는 호주머니에서 스톱워치를 꺼내며 말했다.

"이제 시작합시다. 피에르, 자네는 6미터 지점에 서게."

피에르는 시키는 대로 했다. 시몬도 의자에 앉았다. 팔걸이 없는 의자였다. 그녀는 새하얀 작업복 차림으로 두 손을 포개어 무릎에 올리고 두 무릎을 붙인 채 아주 얌전하게 꼿꼿이 앉아 있었다. 앙리는 시몬 뒤에 자리를 잡았다. 나는 방 한쪽에 섰다. 앙리가 소리쳤다.

"모두 준비됐습니까?"

"잠깐만요."

시몬이었다. 그녀가 처음으로 입을 연 것이다. 그녀는 자리에서 일어나 안경을 벗어 높은 선반에 올려놓고 도로 앉았다. 하얀 작업복의 넓적다리 부분을 손으로 쓸고 두 손을 맞잡은 다음 무릎에 다시 내려놓았다.

앙리가 물었다.

"이제 준비됐습니까?"

내가 말했다.

"시작합시다. 향수를 뿌려요."

앙리가 소형 분무기로 시몬의 귀밑 맨살을 겨누었다. 방아쇠를 당기자 나직이 칙 하는 소리와 함께 안개 같은 물보라가 분무기 노즐에서 뿜어져 나왔다.

"코마개 빼!"

앙리가 권투 선수에게 소리치고 시몬에게서 재빨리 물러나 내 옆에 섰다. 피에르가 콧구멍 밑으로 늘어진 끈을 잡아당겼다. 바셀린을 바른 코마개는 부드럽게 빠져나왔다.

앙리가 또 소리쳤다.

"자, 어서! 움직여! 코마개는 바닥에 버리고 천천히 앞으로 걸어가!"

권투 선수가 한 걸음 내딛자 앙리가 소리쳤다.

"너무 빨리 걷지 마! 천천히 해! 그래, 그렇게! 계속 걸어! 멈추지 말고!"

그는 미친 듯이 흥분했다. 솔직히 나도 점점 들뜨기 시작했다. 시몬을 힐긋 보니, 그녀는 권투 선수에게서 고작 몇 미터 떨어진 의자에 웅크리고 앉아 잔뜩 긴장한 채 꼼짝도 않고 상대의 움직임을 계속 주시하고 있었다. 문득 예전에 보았던 광경이 떠올랐다. 거대한 비단뱀과 함께 우리에 있던 하얀 암쥐. 그 비단뱀은 쥐를 잡아먹을 생각이었고, 쥐도 그걸 알았다. 그래서 쥐는 서서히 다가오는 뱀의 움직임에서 눈을 떼지 못하고 완전히 최면에 걸린 채 가만히 납작 웅크려 있었다.

권투 선수가 앞으로 나아갔다.

그가 5미터 지점을 지날 때, 시몬이 맞잡았던 두 손을 풀고 손바닥을 넓적다리에 댔다. 하지만 곧 마음을 바꾸고 두 손을 엉덩이 밑으로 내려 의자의 양쪽을 붙잡았다. 임박한 공격에 대비하는 눈치였다.

권투 선수가 2미터 지점을 막 지나쳤을 때, 향수 냄새가 그의 코에 닿았다. 그는 우뚝 멈춰 섰다. 눈빛이 이글거리고, 망치로 머리를 얻어맞은 사람처럼 흔들거렸다. 쓰러질 줄 알았는데 그러지는 않았다. 마치 술에 취한 것처럼 좌우로 살살 건들거리며 서 있었다. 갑자기 그의 코에서 킁킁대고 끙끙대는 소리가 났다. 돼지가 여물통에 주둥이를 처박고 내는 소리 같았다. 그러다 느닷없이 시몬에게 달려들었다. 피에르는 거칠게 여자의 겉옷을 찢고 속옷까지 벗겨 버렸다. 이후 벌어진 일은 실로 끔찍했다.

그렇게 몇 분 동안 일어난 상황을 자세히 설명할 필요는 없다. 어차피 대부분 상상할 수 있을 테니까. 물론 앙리가 특별히 다부지고 건강한 젊은이를 선택한 것이 옳은 판단이었다는 점은 나도 인정한다. 이런 말을 하긴 싫지만, 중년인 나의 몸으로는 그 권투 선수가 자기도 모르게 했던 엄청나게 광포한 체조를 감당할 수 없었을 것이다. 나는 관음증 환자가 아니다. 그런 짓을 혐오한다. 하지만 이번에는 꼼짝 않고 서서 눈을 떼지 못했다. 사나운 짐승 같은 사내의 모습은 두렵기까지 했다. 흡사 야수 같았다. 그리고 한창 일이 벌어지는 와중에 앙리가 흥미로운 행동을 했다. 그는 권총을 꺼내 들고 권투 선수에게 다가가 소리쳤다.

"여자에게서 떨어져! 내버려 두지 않으면 널 쏘겠어!"

권투 선수가 들은 척도 하지 않자, 앙리는 젊은이의 머리 바로 위로 총을 한 방 쏘고 고함을 질렀다.

"농담 아냐, 피에르! 멈추지 않으면 쏴 죽일 거야!"

권투 선수는 고개조차 들지 않았다.

앙리는 온 방을 깡충깡충 뛰어다니고 덩실거리며 외쳤다.

"환상적이야! 굉장해! 성공이야! 성공! 우리가 해낸 겁니다, 오즈월드 씨! 해냈다고요!"

시작될 때 그랬던 것처럼 순식간에 행위가 멈췄다. 권투 선수가 갑자기 여자를 놓아주고 일어서서 눈을 몇 번 끔뻑이고 말했다.

"대체 여긴 어디죠? 어떻게 된 겁니까?"

다행히 시몬은 골절된 곳 없이 멀쩡해 보였다. 그녀가 벌떡 일어나 주섬주섬 옷을 챙기고 옆방으로 달려갔다. 부리나케 지나쳐 가는 그녀를 보고 앙리가 말했다.

"고마워요, 마드무아젤."

신기하게도 권투 선수는 자신이 뭘 했는지 전혀 몰랐다. 알몸으로 서서 땀에 흠뻑 젖은 채 어리둥절한 표정으로 방을 둘러보며, 어쩌다 자신이 이런 꼴이 됐는지 궁리하는 눈치였다. 그가 물었다.

“내가 무슨 짓을 했죠? 여자는 어디 갔어요?”

앙리가 그에게 수건을 던져 주며 소리쳤다.

“자넨 훌륭했어! 아무 걱정 하지 마! 1,000프랑은 전부 자네 차지야!”

바로 그때 방문이 벌컥 열리더니, 여전히 벌거벗은 시몬이 다시 연구실로 달려 들어오며 외쳤다.

“다시 뿌려 줘요! 앙리 박사님, 제발 한 번만 더 뿌려 줘요!”

앙리가 대꾸했다.

“실험은 끝났습니다. 가서 옷이나 입어요.”

그는 시몬의 양어깨를 꽉 잡고 옆방으로 밀었다. 그러고는 문을 잠갔다.

30분 뒤, 앙리와 나는 길가의 작은 카페에서 우리의 성공을 자축했다. 우리는 커피와 위스키를 마셨다. 내가 물었다.

“효과가 얼마나 지속됐죠?”

앙리가 대답했다.

“6분 32초였습니다.”

나는 위스키를 홀짝이며 인도 위의 행인들을 지켜보았다.

“다음 단계는 뭡니까?”

“우선 실험 결과를 기록해야죠. 그러고 나서 향후 일정을 논의합시다.”

“그 향수 제조법을 아는 사람이 더 있습니까?”

“없습니다.”

"시몬은요?"

"그녀는 모릅니다."

"당신이 공책에 적어 놨을 텐데요?"

"저만 알아볼 수 있게 기록했죠. 내일 정리할 생각입니다."

"우선 그것부터 하세요. 나한테도 사본 하나 주고. 그 향수를 뭐라고 부를까요? 이름이 필요합니다."

"'암캐'라고 부릅시다."

앙리는 빙그레 웃으며 고개를 천천히 주억거렸다. 나는 위스키를 더 주문하고 말했다.

"폭동 진압에 효과적일 겁니다. 최루 가스보다 훨씬 낫죠. 성난 군중에게 뿌리면 어떤 광경이 벌어질지 상상해 봐요."

"훌륭합니다. 아주 좋아요."

"이걸로 할 수 있는 일이 또 있습니다. 아주 뚱뚱하고 부유한 여편네들한테 어마어마한 값으로 파는 겁니다."

"가능하죠."

"남성의 정력 감퇴도 치료할 수 있을까요?"

"물론입니다. 불감증은 완전히 사라질 겁니다."

"80대 노인도 성생활이 될까요?"

"그럼요. 물론 하다가 골로 가겠지만 말입니다."

"결혼 생활의 위기도 극복하게 해 줄까요?"

"오즈월드 씨, 이 향수의 가능성은 무궁무진합니다."

바로 그때, 생각의 씨앗 하나가 서서히 내 머릿속으로 들어왔다. 알다시피 나는 정치에 관심이 많다. 비록 난 영국인이지만, 미국의 정치에 가장 관심이 크다. 나는 늘 온갖 인종이 뒤섞인 이 막강한 나라가 인류의 운명을 좌우할 거라고 믿었다. 그리고 현재 미국 대통령은 도저히 봐줄 수가 없다. 악랄한 정책을 추구하는 사악한 인간이다. 더 큰 문제는 그가 유머 감각도 없고 매력도 없는 자라는 점이었다. 그러니 나 오즈월드 코닐리어스가 그자를 대통령 자리에서 물러나게 하면 어떨까?

흥미로운 생각이었다.

내가 앙리에게 물었다.

"지금 연구실에 '암캐'가 얼마나 있습니까?"

"정확히 10세제곱센티미터입니다."

"한 번에 얼마나 씁니까?"

"이번 실험에 1시시를 사용했습니다."

"난 그거면 됩니다. 1시시. 오늘 집에 가져가겠어요. 코마개 두 개도."

앙리는 반대했다.

"안 됩니다. 지금 단계에서 그걸로 장난을 치면 안 돼요. 너무 위험합니다."

"이건 내 재산입니다. 반은 내 것이죠. 우리 계약을 잊지 말아요."

결국 그는 단념할 수밖에 없었다. 하지만 영 못마땅한 눈치였다. 우리는 다시 연구실로 가서 코마개를 하고 안으로 들어갔다. 앙리는 작은 향수병에 '암캐'를 정확히 1시시 따르고 밀랍으로 뚜껑을 봉한 다음 향수병을 나한테 건네며 말했다.

"부디 경솔한 행동은 삼가세요. 이 향수는 우리 시대의 가장 중요한 과학적 발견입니다. 함부로 사용하면 안 됩니다."

나는 앙리의 연구실에서 나오자마자 곧장 차를 몰고 내 오랜 친구인 마르셀 브로솔레의 공방으로 갔다. 마르셀은 작고 정교한 과학 장비를 제작하는 발명가였다. 주로 외과 수술에 필요한 장비를 만들었는데, 새로운 종류의 심장 판막과 심박 조율기, 뇌수종 환자의 뇌압을 줄여 주는 소형 단방향 밸브를 개발했다.

내가 마르셀에게 말했다.

"정확히 액체 1시시를 담을 캡슐이 필요해. 거기에다가 미리 정해 놓은 시각에 캡슐이 쪼개져 액체가 기화되도록 하는 타이머를 붙여 줘. 전체 크기는 길이와 두께 모두 2센티미터 미만으로 해 주고. 작을수록 좋아. 만들 수 있겠어?"

마르셀이 대답했다.

"식은 죽 먹기지. 얇은 플라스틱 캡슐에 작은 면도날 조각과 용수철을 붙여서 미리 정해 놓은 시각에 면도날이 튕겨 캡슐을 자르게 하면 돼. 작동 시각은 여성용 손목시계에 쓰이는 초소형 알람 장치를 달아 설정하고. 캡슐에 뭔가를 넣을 거야?"

"응. 내가 그걸 넣고 밀봉할 수 있게 해 줘. 일주일 안에 만들 수 있겠나?"

"안 될 거 없지. 아주 단순한 장치니까."

이튿날 아침, 참담한 소식이 들려왔다. 그 음탕한 갈보 시몬이 연구실에 도착하자마자, 남은 '암캐' 향수 9시시 전부를 자기 몸에 뿌린 것이다! 그러고는 때마침 책상에 앉아 실험 기록을 정리하던 앙리 뒤로 몰래 다가갔다.

이후 무슨 일이 벌어졌는지는 굳이 설명하지 않겠다. 가장 큰 문제는 그 멍청한 아가씨가 앙리의 심장이 몹시 위태롭다는 점을 망각한 것이었다. 젠장, 앙리는 계단도 함부로 못 올라가는 상태였다. 결국 냄새 분자가 코로 들어가는 순간, 그 가엾은 친구는 끝장난 셈이었다. 채 1분도 지나지 않아 장렬히 전사했으며, 그걸로 끝이었다.

그 망할 년이 최소한 앙리가 제조법을 다 적을 때까지만 기다렸어도 좋았을 텐데. 하지만 앙리는 단 한 줄도 기록을 남기지 않았다. 그의 시신이 치워진 뒤, 연구실을 뒤졌지만 나는 아무것도 발견하지 못했다. 그래서 이 세상에 남은 유일한 '암캐' 향수 1시시를 뜻깊게 써야겠다는 결심이 더욱 강해졌다.

일주일 뒤, 나는 마르셀 브로솔레에게서 작고 아름다운 물건을 받았다. 내가 난생처음 보는 아주 작은 시계로 이루어진 타이머와 캡슐, 그 밖의 부품들이 넓이가 2제곱센티미터 정도인 작은 알루미늄 판에 고정되어 있었다. 마르셀은 캡슐에 내용물을 넣고 밀봉한 다음 타이머를 설정하는 요령을 알려주었다. 나는 고맙다고 말하고 비용을 지불했다.

그 후 최대한 빨리 뉴욕으로 날아갔다. 맨해튼에서는 플라자 호텔에 묵었다. 거기 도착한 시각은 오후 3시쯤이었다. 몸을 씻고 면도를 한 다음, 글렌리벳 위스키 한 병과 얼음 약간을 룸서비스로 주문했다. 편안한 가운 차림에 말끔해진 기분으로 진하고 향긋한 위스키를 술잔에 넉넉히 따른 다음, 이날 아침에 나온 〈뉴욕 타임스〉를 들고 의자에 깊숙이 앉았다. 센트럴 파크가 내려다보이는 내 방에서는 열린 창문을 통해 차들이 오가는 소리가 들렸고, 센트럴 파크 남쪽에서 요란한 택시 경적이 들려왔다. 문득 신문 1면의 작은 기사 제목들 중 하나가 눈길을 끌었다. '금일 저녁 대통령 텔레비전 출연'이었다. 기사를 읽었다.

오늘 저녁 월도프 애스토리아 호텔 대연회장에서 열리는 미국 애국 여성회 주최 만찬에서 대통령이 중요한 외교 정책을 발표할 예정이며…….

세상에, 이런 행운이 찾아오다니!

애초에 나는 이런 기회가 올 때까지 뉴욕에서 몇 주가 되건 기다릴 생각이었다. 미국 대통령이 여자들과 함께 텔레비전에 나오는 일은 흔치 않다. 그런데 내 작전이 통하려면 그런 상황이어야만 했다. 그자는 위기 때마다 요리조리 잘도 빠져나갔다. 지금껏 수없이 똥통에 빠졌다가 똥 구린내를 풍기며 나왔지만, 매번 그 악취가 자신이 아니라 다른 사람에게서 나는 것이라고 용케 국민을 속였다. 그래서 내가 생각해 낸 방법이 이것이다. 전국에서 시청자 2,000만이 지켜보는 가운데 여자를 강간한 자는 자신의 행위를 부정하기 어려울 터.

나는 기사를 계속 읽었다.

> 대통령은 밤 9시부터 대략 20분 동안 연설할 것이며, 주요 텔레비전 방송사 모두가 이 장면을 생중계할 예정이다. 이 자리에서 대통령을 소개할 엘비라 폰슨비 부인은 현재 미국 애국 여성회의 회장이다. 월도프 애스토리아 호텔 특실에서 인터뷰할 당시 폰슨비 부인의 말에 따르면…….

완벽해! 폰슨비 부인은 대통령 오른쪽에 앉을 것이다. 정확히 9시 10분, 대통령이 한창 연설을 하고 미국 국민의 절반이 시청하고 있을 때, 폰슨비 부인의 가슴 부위에 은밀히 자리 잡고 있던 작은 캡슐이 터지면서 '암캐' 1시시가 흘러나와 그녀의 금실 자수 드레스로 스며들 것이다. 잠시 후 대통령이 고개를 들고, 코를 킁킁대고, 눈이 휘둥그레지고, 코를 벌름거리면서 마치 발정 난 씨말처럼 거칠게 콧바람을 내뿜을 것이다. 그러다 별안간 오른쪽으로 돌아서서 폰손비 부인에게 달려들 것이다. 부인이 만찬 테이블로 나동그라지고 대통령이 그녀를 덮치면서 아이스크림 파이와 딸기 케이크가 사방으로 튈 것이다.

나는 의자에 등을 기대고 눈을 감은 채 그 흐뭇한 광경을 음미했다. 내일 조간신문 1면 머리기사 제목이 눈앞에 펼쳐졌다.

지금껏 대통령이 보여 준 최고의 쇼
국민 앞에 드러난 대통령의 비밀
대통령이 야동의 주인공이 되다

그런 것들의 연속이었다.

내일 대통령이 탄핵되면 나는 소리 없이 뉴욕을 빠져나가 다시 파리로 날아갈 것이다. 하루 만에 여기를 뜨는 셈이다!

시계를 보았다. 4시가 거의 다 됐다. 느긋하게 옷을 차려입었다. 엘리베이터를 타고 1층 로비로 내려가 메디슨 가로 설렁설렁 걸어갔다. 62번가 근처에서 근사한 꽃 가게를 발견했다. 거기서 커다란 난초 세 줄기를 묶은 코르사주를 샀다. 하얀색 점과 연보라색 점이 있는 양란이었다. 아주 천박해 보였다. 십중팔구 엘비라 폰손비 부인도 마찬가지일 터였다. 그 코르사주를 멋진 상자에 담아 금빛 끈으로 묶어 달라고 했다.

포장이 끝나자, 그 상자를 들고 플라자 호텔로 돌아와 내 방으로 올라갔다.

혹시라도 메이드가 침대를 정리하러 들어올지 몰라 복도로 통하는 모든 문을 잠갔다. 코마개를 빼고 조심스럽게 바셀린을 발랐다. 코마개를 다시 콧구멍에 꽂고 아주 단단히 끼웠다. 추가 예방책으로 앙리가 했던 것처럼 코와 입을 마스크로 가렸다. 이제 다음 단계로 돌입할 준비가 끝났다.

평범한 안약 점적기(點滴器)를 이용해 향수병에 담긴 소중한 '암캐'를 작은 캡슐로 옮겼다. 그러는 동안 점적기를 쥔 손이 조금 떨렸지만 무사히 잘 끝냈다. 캡슐을 밀봉한 다음, 거기 달린 작은 시계태엽을 감아 현재 시각에 맞췄다. 5시 3분. 마지막으로 9시 10분에 캡슐이 쪼개지도록 타이머를 설정했다.

코르사주는 폭이 3센티미터 정도인 하얀 리본으로 커다란 양란 꽃 세 줄기를 묶어 만든 것이었다. 그 리본을 풀고 작은 캡슐과 타이머를 난초 줄기에 실로 묶는 일은 어렵지 않았다. 그 작업이 끝나자 리본으로 줄기와 캡슐을 다시 감았다. 그런 다음 도로 나비매듭을 했다. 깔끔하게 잘되었다.

곧이어 월도프 호텔로 전화를 걸어 만찬 일정을 물었다. 시작은 8시 정각에 하지만, 손님들은 대통령이 오기 전에 7시 30분까지 대연회장에 모여야 한다고 했다.

7시 10분에 월도프 호텔 입구에 도착한 나는 택시비를 지불하고 건물로 걸어 들어갔다. 작은 로비를 지나 코르사주 상자를 프런트에 올려놓은 다음, 직원 쪽으로 최대한 가까이 몸을 기울인 채 살짝 미국식 억양으로 나직이 말했다.

"이 소포를 엘비라 폰슨비 부인께 전해야 합니다. 대통령께서 보내신 선물입니다."

직원은 미심쩍어하는 표정으로 나를 보았다.

내가 한마디 덧붙였다.

"오늘 저녁 대연회장에서 연설이 시작되기 전에 폰슨비 부인이 대통령을 소개할 겁니다. 대통령께서는 당장 이 코르사주를 부인께 전하라 하셨어요."

"여기 두고 가시면 제가 부인 방으로 올려 보내겠습니다."

"아뇨, 그건 곤란합니다. 직접 전하라는 지시를 받았거든요. 부인 방이 몇 호실입니까?"

직원은 놀란 눈치였다.

"폰슨비 부인은 501호실에 계십니다."

나는 고맙다고 말하고 엘리베이터를 탔다. 5층에서 내려 복도를 따라 걸어가는 동안, 엘리베이터 보이가 가만히 서서 나를 지켜보았다. 나는 501호 초인종을 눌렀다.

뚱뚱한 여자가 문을 열어 주었다. 그렇게 거대한 여자는 난생처음 보았다. 전에 서커스에서 거인 여자도 보았고, 여자 레슬러와 역도 선수도 보았다. 킬리만자로 아래 평원에서 거대한 마사이 부족 여자를 본 적도 있다. 하지만 이렇게 큰 키에 몸통이 넓고 굵은 여자는 한 번도 못 봤다. 게다가 그런 역겨운 여편네는 처음이었다. 자기 인생에 다시없을 행사를 위해 나름대로 열심히 꾸미고 차려입었지만, 그녀를 만나고 불과 2초 만에 나는 상대의 면면을 대부분 파악할 수 있었다. 금속처럼 푸르스름한 은발은 한 올 한 올 머리에 붙여 놓았고, 갈색 눈은 돼지 눈깔 같았으며, 길고 뾰족한 코는 지나치게 호기심이 많아 보였다. 꼬부라진 입술, 비죽 튀어나온 턱, 덕지덕지 바른 파우더, 진한 마스카라, 새빨간 립스틱, 무엇보다 끔찍한 것은 브래지어로 떠받쳐 마치 발코니처럼 앞으로 돌출된 거대한 젖가슴이었다. 그 무게 때문에 앞으로 고꾸라지지 않는 게 기적이었다. 그렇게 위태롭게 서 있는 가슴 거인은 목에서부터 발목까지 성조기의 별과 줄무늬로 싸여 있었다.

내가 조용히 물었다.

"엘비라 폰슨비 부인이신가요?"

그녀는 퉁명스레 대꾸했다.

"네, 맞아요. 무슨 일이죠? 나 지금 엄청 바쁜데."

"대통령께서 이걸 폰슨비 부인께 직접 가져다 드리라고 하셨습니다."

부인은 순식간에 태도가 누그러졌다.

"세상에! 정말 너무 멋진 분이라니까!"

거대한 손 두 개가 상자 쪽으로 뻗어 나왔다. 나는 그녀에게 상자를 주며 말했다.

"연회장에 가시기 전에 상자를 열어 보시는지 확인하라는 지시였습니다."

"당연히 열어 봐야죠. 당신 앞에서 해야 하나요?"

"괜찮으시다면."

"좋아요, 들어와요. 하지만 시간이 많지 않아요."

나는 부인을 따라 그 방의 거실로 들어갔다.

"애국 여성회 회장님에 대한 감사의 표시라고 말씀하셨습니다."

"아하! 다정하기도 하셔라! 정말 멋진 분이에요!"

부인은 상자의 금색 끈을 풀고 뚜껑을 들더니 감탄했다.

"내 짐작대로야! 난초예요! 너무나 아름다워요! 지금 꽂혀 있는 이 초라한 코르사주보다 훨씬 더 근사해요!"

나는 부인의 가슴께에 어지럽게 늘어선 별무늬들 때문에 난초 하나가 가슴 왼쪽에 꽂혀 있는 것을 미처 보지 못했다.

"당장 바꿔 꽂아야겠어요. 대통령께서는 내가 이 선물을 꽂고 오길 바라실 테니까요."

"물론입니다."

그녀의 가슴이 얼마나 앞으로 돌출되었느냐면, 코르사주를 떼려고 팔을 최대한 뻗어도 손끝이 가까스로 닿을 정도였다. 옷핀을 빼려고 한동안 낑낑댔지만, 잘 보이지가 않아서 도무지 뺄 수가 없었다. 부인이 말했다.

"이러다 이 우아한 드레스 찢어질까 봐 겁나요. 자, 당신이

해 봐요."

그녀가 빙글 돌아서서 거대한 상반신을 내 얼굴 쪽으로 들이밀었다. 내가 머뭇거리자 부인이 소리쳤다.

"어서요! 밤새 이러고 있을 거예요?"

나는 마지못해 손을 댔다. 그리고 마침내 가까스로 부인의 드레스에서 옷핀을 빼냈다.

부인이 말했다.

"이제 새 코르사주를 달아 줘요."

나는 난초 하나로 된 코르사주를 옆으로 치우고, 상자에서 내가 가져온 코르사주를 집어 들었다.

"그건 옷핀이 달려 있나요?"

"없는 것 같네요."

내가 옷핀을 깜빡한 것이다.

"상관없어요. 쓰던 걸 다시 달죠 뭐."

부인은 기존 코르사주에서 옷핀을 떼어 낸 다음, 내 손에서 코르사주를 빼앗더니 내가 미처 말리기도 전에 난초 줄기를 감은 하얀 리본을 옷핀으로 찔렀다. '암캐'가 담긴 작은 캡슐이 있는 지점을 거의 정확히 찔렀다. 옷핀이 뭔가 딱딱한 것에 닿자 더는 들어가지 않았다. 부인이 다시 찔렀다. 이번에도 금속에 부딪혔다. 그녀가 콧바람을 내뿜으며 투덜거렸다.

"대체 뭐에 걸린 거지?"

"제가 할게요!"

내가 소리쳤지만 이미 늦었다. 구멍 뚫린 캡슐에서 흘러나온 '암캐'가 이미 하얀 리본에 스며들어 얼룩이 번지기 시작했고, 눈 깜짝할 사이에 그 냄새가 나를 덮쳤다. 코 밑을 얻어맞은 기분이었다. 냄새 같지가 않았다. 원래 냄새는 만질 수가 없다. 느낄 수가 없다. 하지만 이 냄새는 달랐다. 형체가 느껴졌다. 마치 내 콧구멍 속으로 뜨거운 액체가 고압으로 분사된 것 같았다. 지독히 꺼림칙했다. 냄새가 점점 더 높이 밀려 올라가면서 비강 너머로 멀리 퍼지고, 이마 뒤쪽까지 올라가 뇌에 닿았다. 갑자기 폰슨비 부인의 드레스에 그려진 별과 줄무늬가 흔들리고 이리저리 튀기 시작하더니, 이내 방 전체가 흔들리면서 내 심장 뛰는 소리가 머릿속에까지 울렸다. 마취제가 온몸으로 퍼지는 기분이었다.

그 순간, 완전히 정신을 잃었던 것 같다. 불과 몇 초 동안이었다.

다시 정신이 들었을 때 나는 장밋빛 방에 발가벗고 서 있었다. 사타구니의 느낌이 이상해서 내려다보니, 내 사랑스러운 성기가 1미터 가까이 늘어났고 두께도 엄청 굵어져 있었다. 여전히 자라고 있었다. 엄청난 속도로 길어지면서 부풀었다. 그와 동시에 내 몸은 졸아들고 있었다. 점점 더 작아졌다. 반면 내 놀라운 성기는 점점 더 커졌으며, 그렇게 계속 거대해지더니, 맙소사, 결국 온몸을 휘감고 빨아들여 버렸다. 이제 나는 키가 2미터가 넘고 아주 잘생긴, 거대한 직립 성기였다.

나는 방을 깡충거리며 나의 새로운 몸 상태를 자축했다. 그러다 별무늬 드레스를 입은 처녀와 마주쳤다. 아주 커다란 처녀였다. 나는 최대한 꼿꼿이 서서 낭랑하게 외쳤다.

"여름 꽃은 여름의 향기일지니,
한여름의 폭염에도 만발한다네.
하지만 솔직히 말해 주오. 지금껏 한 번이라도
내 것처럼 거대한 성기를 본 적이 있소?"

처녀가 내게 달려들더니 두 팔을 최대한 뻗어 나를 안았다. 그러고는 소리쳤다.

"내가 그대를 여름날에 비유할까요?
내가…… 오, 무슨 말을 해야 좋을까요.
하지만 평생토록 나는 입 맞추고 싶었어요,
이토록 거대하게 설 수 있는 남자에게."

잠시 후 우리 둘은 지상에서 수백만 킬로미터 떨어진 우주에서 소나기처럼 쏟아지는 붉은색과 금색의 유성들 사이를 날아다녔다. 나는 벌거벗은 처녀의 등에 올라타 앞으로 몸을 숙인 채, 두 넓적다리로 그녀의 몸을 꽉 붙들었다. 그리고 길쭉한 박차로 그녀의 옆구리를 찌르며 소리쳤다.

"더 빨리! 더 빨리 가!"

처녀는 점점 더 빠르게 날면서 하늘 가장자리를 따라 질주하고 빙글빙글 돌았다. 그녀의 갈기가 햇살과 함께 흐르고, 그녀의 꼬리에서 눈발이 흩날렸다. 내 안에서 어마어마한 힘이 샘솟는 기분이었다. 나는 불멸의 신, 우주의 지배자였다. 행성들을 흩뿌리고 손으로 별들을 잡으면서, 그것들을 탁구공처럼 내던졌다.

오, 황홀한 무아지경! 예리코와 티루스와 시돈이여! 벽들은 무너져 내리고 창공은 갈라졌으며, 그 폭발의 연기와 불길 속에서 월도프 호텔 방 거실이 마치 비 오는 날처럼 서서히 내 의식 속으로 돌아왔다. 한마디로 아수라장이었다. 폭풍이 몰아쳤어도 이토록 난장판은 아니었으리라. 내 옷은 방바닥에 널려 있었다. 나는 부리나케 옷을 입기 시작했다. 다 입는 데 30초쯤 걸렸다. 그리고 문으로 달려가는 동안, 방 한쪽 구석에 뒤집혀 있는 탁자 뒤 어딘가에서 목소리가 들려온 것 같았다. 이런 말이었다.

"젊은 양반, 댁이 누군지는 모르지만 덕분에 너무너무 즐거웠수."

아, 삶의 달콤한 비밀이여

Ah, Sweet Mystery of Life

내가 키우는 암소가 새벽에 발정을 시작했다. 외양간이 창문 바로 아래 있어서 그 소리에 돌아 버릴 지경이었다. 결국 아침 일찍 옷을 입고 클로드의 주유소로 전화를 걸었다. 그리고 암소를 데리고 가파른 언덕을 내려가 길 건너 러민스의 농장에 가야 하니 도와 달라고 했다. 그 유명한 러민스의 씨소와 흘레붙이려는 것이었다.

5분 뒤에 클로드가 오자, 우리는 암소의 목에 밧줄을 묶고 길을 따라 내려가기 시작했다. 서늘한 9월 아침이었다. 길 양쪽으로 높은 울타리가 뻗어 있고, 개암나무 덤불에는 크고 잘 익은 개암들이 가득 달려 있었다.

클로드가 물었다.

"자네, 러민스가 소들을 흘레붙이는 거 본 적 있나?"

나는 수소와 암소를 공식적으로 교미시키는 광경을 한 번도 보지 못했다고 대답했다.

"러민스는 특별하게 해. 세상에 그처럼 흘레붙이는 사람은 없어."

"뭐가 그렇게 특별한데?"

"두고 봐. 멋진 경험을 하게 될 테니까."

"이 암소도 그러겠군."

"러민스가 흘레붙이는 방법이 세상에 알려지면 그는 세계적으로 유명해질 거야. 전 세계 낙농업에 일대 혁신이 일어나겠지."

"그럼 어째서 세상에 알리지 않는 거야?"

"러민스는 그럴 생각이 눈곱만큼도 없을걸. 그런 일로 고민하는 인간이 아니거든. 자기 낙농장이 이 근방 수 킬로미터 안에서 최고라는 사실에만 관심이 있지. 신문 기자들이 우르르 몰려와 성가시게 캐묻길 바라지 않아. 만약 그의 교미법이 알려지면 틀림없이 그렇게 될 거야."

"점점 궁금해지는군."

우리는 한동안 말없이 걸으며 암소를 끌고 갔다. 클로드가 입을 열었다.

"러민스가 그 씨소를 자네한테 빌려주겠다고 했다니 놀라운걸. 전에는 그런 적이 한 번도 없었는데 말이야."

비탈 아래 다다라 에일즈베리 길을 건너 맞은편 골짜기 언덕 위에 있는 농장으로 올라갔다. 그곳 어딘가에 수소가 있다는 걸 감지한 암소가 한층 더 힘차게 밧줄을 당기기 시작했다. 우리는 암소와 보조를 맞추려고 뛰다시피 했다.

농장 입구에는 문이 따로 없었다. 그냥 울타리 중간이 넓게 열려 있고, 그 뒤로 자갈 마당이 펼쳐졌다. 우유 통을 들고 가던 러민스가 농장으로 다가오는 우리를 보고 우유 통을 천천히 내려놨다. 그가 우리 쪽으로 걸어오며 말했다.

"자네 암소는 준비됐겠지?"

내가 대답했다.

"아침부터 줄곧 미친 듯이 울어 댔습니다."

러민스가 주위를 돌면서 내 암소를 유심히 살펴보았다. 그는 짜리몽땅하고 몸집이 다부져서 흡사 개구리 같았다. 개구리처럼 큰 입에 이가 깨진 데다 눈이 교활해 보였지만, 지난 수년간 나는 그의 지혜와 명석한 두뇌를 존경하게 되었다.

"그러면 되었네. 자네가 원하는 건 암송아지인가 수송아지인가?"

"고를 수 있나요?"

"그렇고말고."

나는 짐짓 태연한 표정으로 대꾸했다.

"그럼 암송아지로 하겠습니다. 쇠고기가 아니라 우유가 필요하니까요."

러민스가 소리쳤다.

"야, 버트! 와서 좀 거들어!"

외양간에서 버트가 나왔다. 러민스의 막내아들인 그는 키가 크고 뼈가 없는 사람처럼 흐느적거렸다. 늘 콧물을 흘리고, 한쪽 눈에 문제가 있었다. 삶은 생선 눈깔처럼 온통 희부연 잿빛인 데다, 나머지 눈과 완전히 따로 놀았다. 러민스가 말했다.

"밧줄 하나 더 가져와."

버트가 밧줄을 가져와 암소의 목에 감았다. 이제 암소는 버트의 밧줄과 내 밧줄에 붙들려 있게 됐다. 러민스가 아들에게 말했다.

"암송아지를 원한다니까 이 녀석이 해를 보게 해."

내가 물었다.

"해를 보라뇨? 지금은 해가 없는데요."

"해는 언제나 있어. 저 우라질 구름이 가린다고 해가 사라지진 않아. 자, 어서 당겨, 버트. 암소를 돌리라고. 해는 저쪽에 있어."

버트가 한쪽 밧줄을 잡고 클로드와 내가 나머지 밧줄을 잡고서, 해가 구름 뒤에 숨어 있는 하늘 쪽으로 암소의 머리를 향하게 했다.

클로드가 내게 속삭였다.

"내가 말했잖아. 특별하다고. 이제 곧 난생처음 보는 광경을 보게 될 거야."

러민스가 지시했다.

"이제 암소를 단단히 붙들어! 펄쩍거리지 못하게 해!"

그러고는 황급히 마당 끄트머리에 있는 외양간으로 들어가 씨소를 데리고 나왔다. 엄청나게 큰 짐승이었다. 흑백 얼룩무늬가 있는 프리슬란트 황소였는데, 다리가 짧고 몸통이 10톤 트럭 같았다. 러민스는 강철 코뚜레에 달린 사슬을 잡고 소를 끌어왔다.

클로드가 말했다.

"저놈 불알 좀 봐. 자네도 저런 불알이 달린 소는 본 적이 없을 거야."

"굉장하군."

마치 멜론 두 개가 담긴 자루 같았다. 황소는 불알을 땅바닥에 질질 끌다시피 하면서 뒤뚱뒤뚱 걸었다.

"밧줄은 나한테 맡기고 자네는 뒤로 물러서. 얼쩡거리면 방해만 돼."

클로드의 말에 나는 기꺼이 물러났다.

황소가 희고 위협적인 눈으로 암소를 노려보면서 느릿느릿 다가갔다. 잠시 후에는 거칠게 콧소리를 내면서 한쪽 앞발로 땅을 긁기 시작했다.

"꽉 잡아!"

러민스가 버트와 클로드에게 소리쳤다. 그들은 각자 밧줄을 잡고 뒤로 몸을 기울이며 버텼다. 암소에게 묶인 두 밧줄이 아주 팽팽하게 직각을 이루었다.

러민스가 황소에게 다정한 목소리로 속삭였다.

"자, 어서 해라. 망설일 것 없어."

그러자 황소가 놀랍도록 민첩하게 상체를 들어 암소의 등에 올렸다. 순간 언뜻 보인 기다란 진홍색 성기는 펜싱 칼처럼 가늘고 빳빳했다. 곧이어 성기가 암소 몸속으로 들어가더니 암소가 비틀거렸고, 수소가 몸을 들썩이며 거친 숨소리를 냈다. 그렇게 30초 만에 모든 일이 끝났다. 수소가 다시 천천히 내려와 가만히 서서 아주 만족스러운 표정을 지었다.

러민스가 입을 열었다.

"수소 중에는 성기를 어디에다 넣어야 하는지 모르는 놈들도 있지. 하지만 이 녀석은 달라. 저 좆으로 바느질도 할 수 있다네."

나는 고개를 끄덕였다.

"놀랍네요. 명사수가 따로 없군요."

"아무렴 그렇고말고. 명사수지."

러민스가 황소에게 말했다.

"자, 이제 가자. 오늘 네 할 일은 다했으니까."

그러고는 황소를 다시 외양간으로 데려가 안에 몰아넣고 돌아왔다. 나는 그에게 고맙다고 말한 다음, 정말로 암소가 교미하는 동안 해를 보고 있으면 암송아지를 낳는다고 믿느냐고 물었다.

"어리석기 짝이 없는 질문이로군. 당연히 믿지. 사실은 사실이라네."

"그게 무슨 뜻이죠?"

"내 말이 사실이란 뜻이야. 틀림없어. 안 그러냐, 버트?"

"그럼 해를 등지면 수송아지가 나옵니까?"

"백발백중이지."

내가 씩 웃자, 러민스가 그런 나를 보고 물었다.

"자네, 내 말을 믿지 않는군?"

"그렇습니다."

"날 따라오게나. 뭘 좀 보여 주지. 그걸 보고 나면 자네도 믿지 않을 수 없을 거야."

러민스가 클로드와 버트에게 말했다.

"둘은 여기서 저 암소를 지켜보고 있어."

그러고는 나를 데리고 자기 집으로 갔다. 우리가 들어간 방은 어둡고 비좁고 지저분했다. 그가 작은 탁자에 딸린 서랍에서 얇은 공책 한 무더기를 꺼냈다. 애들이 학교에서 쓰는 공책 같았다. 러민스가 말했다.

"분만 기록부라네. 32년 전에 처음 시작한 이후 이 농장에서 이루어진 모든 교미를 기록해 놓았지."

그가 공책 중간쯤을 펼쳐 나한테 보여 주었다. 페이지마다 네 가지 항목이 적혀 있었다.

암소 이름, 교미 날짜, 분만 날짜, 송아지 성별

나는 성별 항목을 죽 훑어보았다.

암컷, 암컷, 암컷, 암컷, 암컷, 암컷.

러민스가 자랑스럽게 말했다.
"이곳에는 수송아지가 필요 없어. 낙농장에서 수송아지는 없느니만 못하지."
다음 페이지도 마찬가지였다.

암컷, 암컷, 암컷, 암컷, 암컷, 암컷.

내가 한마디 했다.
"아, 여기 수컷이 있는데요."
"물론 그렇지. 거기 교미 날짜에 내가 뭐라고 적었는지 한 번 보게나."
나는 두 번째 항목을 보았다. '암소가 펄쩍거림.'이라고 적혀 있었다. 러민스가 말을 이었다.
"성질부리는 암소는 가만히 있질 못하거든. 결국 뒤돌아서고 말지. 수송아지가 나온 건 그때뿐이었다네."
나는 공책을 훌훌 넘기며 감탄했다.

"정말 굉장합니다."

"굉장하고말고. 온 세상을 통틀어 제일 굉장한 일 중 하나지. 자네, 이 농장의 암송아지 분만율이 얼마인지 아나? 해마다 98퍼센트가 암송아지라네! 직접 확인해 봐. 계속 읽어 보라고. 말리지 않을 테니까."

"꼭 확인해 보고 싶습니다. 앉아도 될까요?"

"얼마든지. 난 할 일이 있어서 나가 보겠네."

나는 연필과 종이를 찾아서 작은 공책 서른두 권을 하나하나 아주 신중하게 읽으며 계산했다. 1915년부터 1946년까지 1년에 공책 한 권씩이었다. 이 농장에서는 송아지가 해마다 대략 여든 마리 태어났다. 32년 동안의 기록을 합산한 결과는 다음과 같았다.

암송아지 2,516

수송아지 56

태어난 송아지 총합(사산된 송아지 포함) 2,572

나는 밖으로 나가서 러민스를 찾았다. 클로드는 온데간데없었다. 내 암소를 데리고 집으로 간 모양이었다. 러민스는 착유실에서 우유를 크림 분리기에 붓고 있었다. 나는 그에게 물었다.

"지금껏 이걸 아무한테도 말하지 않았습니까?"

"물론이지."

"어째서요?"

"남들이 상관할 바가 아니니까."

"하지만 이 사실이 알려지면 전 세계 낙농업에 일대 혁신이 일어날 겁니다."

"그렇겠지. 그러고도 남을 거야. 쇠고기업계에도 해될 것이 없다네. 그들은 수송아지만 나오게 하면 되니까."

"처음에 이걸 어떻게 아셨습니까?"

"선친께서 알려 주셨지. 내가 열여덟 살 때 그 양반이 이렇게 말씀하셨어. '너를 부자로 만들어 줄 비밀을 알려 주마.' 그게 이거였다네."

"그래서 부자가 되셨습니까?"

"이 정도면 충분히 부자 아닌가?"

"혹시 그 원리에 대한 설명도 들으셨나요?"

러민스는 엄지와 검지로 콧구멍 가장자리를 만지작거리며 대답했다.

"선친은 굉장히 영리한 분이셨어. 정말 영리하셨다네. 당연히 원리를 말씀해 주셨지."

"뭐라고 하셨습니까?"

"그 양반 설명에 따르면, 암소는 송아지의 성별 결정과 아무 상관이 없어. 난자만 갖고 있을 뿐이지. 성별을 결정하는 건 수소야. 수소의 정자 말일세."

"계속하세요."

"선친 말씀으로는, 수소에게는 정자가 두 가지 있다더군. 암컷 정자와 수컷 정자. 여기까지 이해하겠나?"

"네. 계속 말씀하세요."

"수소가 암소 몸속으로 정자를 분출하면, 암컷 정자와 수컷 정자는 난자에 먼저 도착하려고 일종의 수영 시합을 벌인다네. 만약 암컷 정자가 이기면 암송아지가 나오게 되지."

"그런데 그게 해와 무슨 상관이죠?"

"이제 그 이야기를 할 테니 잘 듣게나. 암소처럼 네 발로 서 있는 짐승의 머리를 해 쪽으로 돌려놓으면, 정자도 난자에 도달하려고 해를 향해 움직이게 돼. 암소를 반대로 돌려놓으면 정자는 해에서 멀어지려 할 테고."

"그러니까 해가 암컷 정자에게 어떤 인력을 끼쳐 수컷 정자보다 더 빨리 헤엄치게 한다는 말씀이로군요."

러민스가 소리쳤다.

"그렇지! 바로 그거야! 해가 인력을 끼치는 거지! 암컷 정자를 끌어당겨! 그래서 암컷 정자가 항상 이기는 거라네! 그리고 암소를 반대 방향으로 돌리면 해의 인력이 뒤에서 작용하기 때문에 수컷 정자가 이기게 돼."

"흥미로운 이론이군요. 하지만 수백만 킬로미터나 떨어져 있는 해가 암소 몸속의 정자 무리에 인력을 끼치기는 어려울 듯싶은데요."

"허튼소리! 정말 어처구니가 없군! 달의 인력이 바다에 영향을 끼쳐 조수가 생기지 않나? 누구나 아는 사실이지. 따라서 해도 얼마든지 암컷 정자에 인력을 끼치지 않겠나?"

"일리 있는 말씀입니다."

갑자기 러민스가 흥미를 잃었는지 돌아서며 말했다.

"어쨌든 자네 암소는 틀림없이 암송아지를 낳을 거야. 걱정 안 해도 돼."

"러민스 씨, 궁금한 게 있습니다."

"뭔가?"

"이 방식이 사람한테도 통할까요?"

"통하지 않을 까닭이 없지. 방향을 정확히 잡아야 한다는 점만 명심한다면 말이야. 자네도 알다시피 암소는 눕지 않아. 네 발로 서 있지."

"무슨 뜻인지 알겠습니다."

"그리고 밤에 하면 효과가 없어. 해가 지구에 가려서 아무런 영향을 끼칠 수 없으니까."

"그렇겠죠. 그런데 사람한테 통한다는 무슨 증거라도 있습니까?"

러민스가 고개를 한쪽으로 기울이고 깨진 이를 드러낸 채 길고 교활한 미소를 지으며 대답했다.

"나한테 아들이 넷이라는 거 자네도 알지?"

"알죠."

"성가신 계집애들은 이곳에서 아무 쓸모가 없어. 농장에는 사내 녀석들이 필요하지. 나한테 그런 아들놈이 무려 넷이야. 알겠나?"

"네. 확실히 알겠습니다."

서적상
The Bookseller

그 시절에는 트래펄가 광장에서 채링 크로스 거리로 걸어 올라가면, 몇 분 뒤 오른쪽 길가에서 가게 하나가 눈에 띄었다. 거기 진열창에는 '윌리엄 버기지 – 희귀 서적 전문'이라고 적혀 있었다.

진열창을 들여다보면 모든 벽이 바닥에서 천장까지 책으로 가득 차 있었으며, 문을 열고 안으로 들어가면 런던의 모든 중고 서점 내부에 퍼져 있는 오래된 마분지 냄새와 찻잎 냄새가 희미하게 코를 찔렀다. 거의 언제나 손님이 두세 명 있었는데, 코트 차림에 중절모를 쓰고 말 없는 그림자처럼 매장을 돌아다니며 제인 오스틴이나 트롤럽, 디킨스, 조지 엘리엇의 초판본을 찾는 이들이었다.

그런 손님을 감시하려고 어슬렁거리는 직원은 한 명도 없는 듯했다. 그리고 책을 슬쩍해 말없이 걸어 나가지 않고 돈 내고 사려는 사람은 가게 안쪽에 있는 '사무실-계산은 여기서'라고 쓰인 문을 밀고 들어가야 했다. 그 사무실에는 윌리엄 버기지와 그의 조수 뮤리엘 토틀이 있었는데, 두 사람은 각자 자기 책상에 앉아 뭔가에 굉장히 몰두해 있었다.

버기지는 서랍이 앞뒤로 달린 커다란 18세기 마호가니 책상에, 토틀은 거기서 몇 발짝 떨어진 섭정 시대풍 책상에 앉아 있었다. 크기는 좀 작지만 버기지의 책상 못지않게 우아한 이 책상에는 색이 바랜 녹색 가죽이 덮여 있었다. 버기지의 책상에는 당일 나온 〈런던 타임스〉, 〈데일리 텔레그래프〉, 〈맨체스터 가디언〉, 〈웨스턴 메일〉, 〈글래스고 헤럴드〉가 늘 한 부씩 놓여 있었다. 또한 두툼하고 손때가 묻은 빨간색 최신 인명사전도 가까이 있었다. 토틀의 책상에는 전자식 타자기와 더불어 편지지와 편지 봉투, 다량의 종이 클립과 스테이플러 등등 각종 비서용품이 담긴 고급 상자도 놓여 있었다.

자주는 아니지만 이따금 손님이 사무실로 들어와 자신이 고른 책을 토틀에게 내밀면, 그녀는 면지에 연필로 적어 놓은 가격을 확인하고 돈을 받은 다음, 거스름돈을 줘야 할 경우 책상 왼쪽 서랍에서 돈을 꺼내 손님에게 주었다. 버기지는 사무실 드나드는 사람들을 쳐다보지도 않았으며, 누가 질문이라도 하면 대답하는 쪽은 언제나 토틀이었다.

버기지와 토틀은 매장 업무에 눈곱만큼도 관심이 없는 눈치였다. 사실 버기지는 누가 책을 훔치려 든다면 알아서 잘해 보라는 주의였다. 값나가는 초판본이 단 한 권도 서가에 없다는 사실을 잘 알기 때문이었다. 경매로 사들인 잡동사니 중에 존 골즈워디나 초기 에벌린 워의 비교적 희귀한 책이 딸려 왔을 수도 있고, 제임스 보즈웰과 월터 스콧과 로버트 루이스 스티븐슨 등 일부 작가들의 몇몇 훌륭한 선집은 확실히 있었다. 그런 책은 절반이나 혹은 전체가 송아지 가죽으로 장정되어 있었다. 하지만 코트 주머니에 몰래 넣어 숨길 수 있는 크기가 아니었다. 설령 대여섯 권을 들고 나가는 나쁜 놈이 있다 해도, 버기지는 그 일로 잠을 설칠 까닭이 없었다. 이 서점의 1년 매출이 뒷방 사무실에서 이틀 동안 버는 돈에도 미치지 못하니 그럴 수밖에. 그의 관심사는 뒷방에서 하는 일뿐이었다.

2월의 어느 날 아침, 궂은 날씨에 허연 진눈깨비가 날려 사무실 유리창을 적시고 있었다. 버기지와 토틀은 여느 때처럼 각자 자리에서 뭔가에 홀린 사람들처럼 자기 일에 몰두했다. 버기지는 금빛 파커 펜을 쥐고 〈타임스〉를 읽으며 메모지에 열심히 뭔가를 적고 있었다. 이따금 인명사전을 들춰 보고 계속 메모지에 적었다.

우편물을 뜯어 수표를 확인하고 합산하던 토틀이 말했다.

"오늘은 세 건이네요."

버기지가 고개도 들지 않고 물었다.

"전부 얼마야?"

"1,600파운드요."

"체스터에 있는 주교 집에서는 아무 소식도 없지?"

"주교가 사는 곳은 집이 아니라 궁이에요, 빌리."

"어디 살든 상관없어. 그런 인간이 빨리 대답하지 않아서 좀 초조할 뿐이야."

토틀이 고개를 저었다.

"실은 오늘 아침에 답신이 왔어요."

"제대로 토해 냈어?"

"전부 다요."

"그거 다행이로군. 주교를 상대로 한 건 이번이 처음이잖아. 과연 잘한 짓인지 모르겠어."

"수표는 사무 변호사들이 가져다줬어요."

그 말에 버기지가 고개를 획 쳐들고 물었다.

"편지도 있었어?"

"네."

"읽어 봐."

토틀은 편지를 찾아 읽기 시작했다.

"'귀하께서 이달 4일에 보낸 서신에 대하여, 이 안에 합의금 537파운드 전액을 동봉합니다. 스미스슨, 브리그스, 엘리스 배상.'"

그녀는 잠시 사이를 두고 덧붙였다.

"문제없는 것 같은데요?"

버기지가 대꾸했다.

"이번에는 괜찮을 거야. 하지만 앞으로는 변호사가 끼면 곤란해. 더 이상 주교는 건드리지 말자고."

"맞아요. 주교는 내버려 둬요. 그렇지만 설마 모든 귀족들까지 배제하지는 않겠죠?"

"귀족 출신은 괜찮아. 지금껏 한 번도 말썽이 없었으니까. 자작이나 남작, 백작은 문제없어. 그리고 공작도 한 번 상대했었지?"

토틀이 대답했다.

"도싯 공작 말이로군요. 작년이었어요. 1,000파운드 넘게 뜯어냈죠."

"아주 잘했어. 내가 직접 신문 1면에서 그자를 골랐던 일이 생각나는군."

버기지는 새끼손가락 손톱으로 두 앞니 사이에 낀 음식 찌꺼기를 파내느라 잠시 말을 멈췄다가 다시 이었다.

"내 생각을 말해 줄까? 지위가 높은 귀족일수록 더 멍청해. 사실 이름에 작위가 붙은 자들은 십중팔구 얼간이야."

토틀이 반박했다.

"꼭 그렇진 않아요, 빌리. 아주 뛰어난 일을 해서 작위를 받은 사람들도 있잖아요. 이를테면 페니실린을 발명했거나 에베레스트 산을 정복했거나."

"내가 말한 건 작위를 물려받은 자들이야. 날 때부터 귀족인 놈은 죄다 바보라고. 안 봐도 뻔해."

"그건 당신 말이 맞아요. 여태 귀족을 상대하면서 아주 사소한 문제조차 일어난 적이 없으니까요."

버기지는 의자에 등을 기대고 근엄하게 토틀을 바라보며 대꾸했다.

"그거 알아? 요즘 같으면 왕족까지 상대해도 되겠어."

"어머머, 그거 좋죠. 제대로 한탕 하겠네요."

버기지는 토틀의 얼굴을 계속 쳐다보았다. 그러는 동안 그의 눈에 살짝 음탕한 빛이 번득였다. 솔직히 토틀의 외모는 가장 높은 기준으로 평가하면 실망스러운 수준이었다. 실은 그 어떤 기준으로 평가해도 여전히 실망스러웠다. 그녀의 얼굴은 길쭉한 말상이었고, 역시나 조금 긴 치아는 유황처럼 누리끼리했다. 피부도 마찬가지였다. 그나마 좋게 봐줄 수 있는 건 풍만한 가슴인데, 그마저도 흠이 있었다. 마치 두 유방을 단단히 묶어 놓은 것처럼 가로로 길고 불룩했다. 처음에 언뜻 보면 유방 둘 대신 크고 길쭉한 식빵 한 덩이가 몸에서 자란 것 같았다.

하지만 버기지 자신도 남의 외모를 까다롭게 품평할 처지는 아니었다. 그를 처음 보는 순간 머릿속에 떠오르는 단어는 '꼴사납다'였다. 땅딸막한 체구, 불룩한 올챙이배, 휑한 대머리, 늘어진 살, 그리고 울창한 수풀처럼 무성하고 살짝 곱실

거리는 검은 털에 얼굴 대부분이 덮여서 그 생김새를 어렴풋이 짐작만 할 수 있었다. 요즘 너무 흔해 빠진 이 스타일은 한심하기 짝이 없으며, 결코 깔끔하지도 않다. 어째서 그토록 많은 남자들이 얼굴의 특징을 가리려 하는지 보통 사람은 이해하기 어렵다. 만약 코와 볼과 눈에도 털이 자란다면 그들은 거기에도 털을 기를 테고, 결국에는 얼굴이 완전히 가려져 음탕하고 징그러운 털 덩어리만 남을 것이다. 이런 수염투성이 남자를 보고 내릴 수 있는 결론은 하나뿐이다. 뭔가 흉측하거나 볼썽사나운 걸 가리려고 마치 연막을 피우듯 털을 기른다는 것.

버기지는 십중팔구 그런 경우였으며, 따라서 그가 수염을 기른 것은 우리 모두에게, 특히 토틀에게 다행이었다. 버기지는 여전히 자신의 조수를 탐스러운 듯이 바라보고 있었다. 이윽고 그가 입을 열었다.

"자, 예쁜이. 얼른 수표들을 우편으로 부쳐. 그 일 끝내면 내가 작은 제안을 하나 할 테니까."

토틀이 어깨 너머로 버기지를 돌아보고 누르스름한 이의 가장자리를 드러내며 씩 웃었다. 버기지가 그녀를 '예쁜이'라고 부르는 건 그의 가슴뿐만 아니라 다른 모든 부위에서 성욕이 끓어오르기 시작한다는 뚜렷한 신호였다.

"지금 말해 줘요, 자기."

"수표부터 처리해."

이따금 버기지는 아주 명령조로 말했는데, 토틀에게는 그게 매력적으로 느껴졌다.

이제 그녀는 이른바 '일일 결산'을 하기 시작했다. 버기지의 모든 은행 계좌와 그녀 자신의 모든 은행 계좌를 확인하고, 당일 들어온 수표를 어느 계좌로 입금할지 정하는 일이었다. 이날까지 버기지는 자기 명의 은행 계좌를 정확히 예순여섯 개 갖고 있었고, 토틀은 스물두 개였다. 이들 계좌는 3대 은행인 바클리, 로이드, 내셔널 웨스트민스터의 다양한 지점에 분산되어 있었는데, 이 지점들은 런던 전역을 비롯해 일부 교외 지역에 있었다. 이는 법적으로 아무런 문제가 없었다. 그리고 사업이 성공 가도를 달리는 동안, 둘 중 한 사람이 그런 은행 지점으로 걸어 들어가 초입금 몇 백 파운드를 내고 당좌 예금을 개설하는 것은 별로 어렵지 않았다. 그런 다음 수표책과 입금장을 받고, 매달 월차 계산서를 보낸다는 설명만 들으면 그만이었다.

일찌감치 버기지는 한 명의로 여러 은행 계좌를 가져도, 심지어 한 은행의 다양한 지점에 계좌를 만들어도, 은행에서 결코 문제를 제기하지 않는다는 사실을 알아냈다. 각 지점은 자기 고객들을 엄격히 관리하기 때문에 다른 지점이나 본사에 고객 명단을 보여 주지 않는다. 요즘처럼 업무가 전산화된 시대에도 말이다.

하지만 은행들은 저축 예금 계좌에 1,000파운드 이상 갖고 있는 모든 고객의 명단을 내국세 세무청에 알려야 할 법적 의무가 있다. 그런 계좌의 이자 소득액 또한 보고해야 한다. 하지만 무이자로 운용되는 당좌 예금은 그 법에 의해 규제를 받지 않는다. 돈을 초과 인출하거나, 드문 일이긴 하지만 어이없을 정도로 잔고가 많은 경우가 아니면 당좌 예금은 아무도 신경 쓰지 않는다. 예를 들어 잔액이 10만 파운드인 당좌 예금은 은행원들의 눈길을 끌 테고, 지점장은 그 고객에게 정중한 서신을 보내 잔액 일부를 저축 계좌로 옮겨 이자를 받으라고 권할 것이다. 하지만 버기지는 이자에 전혀 관심이 없었으며, 남의 시선을 끌고 싶지도 않았다. 그래서 그와 토틀이 은행 계좌를 여든여덟 개나 개설한 것이다. 각 계좌 잔고가 2만 파운드를 넘지 않게 관리하는 것은 토틀의 몫이었다. 버기지는 잔액이 그 이상 쌓이면 눈에 띌 거라고 생각했다. 특히 몇 달이나 몇 년간 손대지 않고 놔둔 당좌 예금이라면 말이다. 이들 두 동업자는 사업 수익의 75퍼센트를 버기지가 갖고, 25퍼센트를 토틀이 챙기기로 합의했다.

토틀의 일일 결산은 여든여덟 개 계좌 잔고를 빠짐없이 적어 놓은 목록을 확인하고 당일 들어온 수표를 어느 계좌로 입금할지 정하는 것이었다. 그녀의 서류함에는 각 은행 계좌에 대한 서류철 여든여덟 개와 서로 다른 수표책 여든여덟 개, 서로 다른 입금장 여든여덟 개가 들어 있었다. 토틀이 하는 작업은 복잡하지는 않지만, 뒤죽박죽이 되지 않으려면 정신을 바짝 차려야 했다. 지난주만 해도 새로운 지점 네 곳에서 새로운 계좌 넷을 새로 개설했다. 그중 셋은 버기지의 계좌였고, 하나는 토틀의 계좌였다. 당시 버기지가 토틀에게 말했다.

"우리 명의 계좌가 머지않아 100개가 넘겠는걸."

토틀이 대꾸했다.

"200개면 또 어때요?"

"언젠가는 이 지역에 있는 은행을 다 이용해 선덜랜드나 뉴캐슬까지 가서 새로운 계좌를 터야 할 거야."

지금 토틀은 일일 결산으로 바빴다. 그녀는 마지막 수표와 입금지를 편지 봉투에 넣으며 말했다.

"끝났어요."

버기지가 그녀에게 물었다.

"지금 우리 계좌 잔고가 총 얼마지?"

토틀은 자물쇠 달린 책상 중간 서랍을 열고 평범한 공책 한 권을 꺼냈다. 공책 표지에 '학창 시절 산수 공책'이라고 적혀 있었다. 엉뚱한 사람의 손에 들어가도 수상한 낌새를 채지 못하도록 그녀 나름대로 꾀를 낸 것이었다.

"오늘 것만 합산하면 돼요."

그녀는 해당 페이지를 찾아서 금액을 적기 시작했다.

"됐어요. 오늘까지 당신 계좌에 모인 액수는 132만 643파운드예요. 지난 며칠 동안 따로 예금하지 않았다면요."

버기지가 대꾸했다.

"안 했어. 당신 잔고는 얼마야?"

"나는…… 43만 725파운드예요."

"아주 좋아. 코딱지만큼 모았군. 그거 모으는 데 얼마나 걸렸지?"

"딱 11년 걸렸어요. 그런데 아까 나한테 하겠다던 제안은 뭐죠, 자기?"

"아, 그거."

버기지는 금빛 펜을 내려놓고 의자에 기댄 채 부옇고 음탕한 눈으로 다시 토틀을 빤히 보며 말을 이었다.

"생각해 봤는데……, 그러니까 내가 무슨 생각을 했느냐면 말이지……. 나 같은 백만장자가 어째서 이런 춥고 궂은 날씨에 여기 앉아 있느냐는 거야. 호화로운 수영장에서 당신처럼 근사한 여자와 함께 누워, 몇 분마다 웨이터가 술잔에 따라 가져다주는 차가운 샴페인을 마시며 노닥거릴 수 있는데."

토틀은 활짝 웃으며 소리쳤다.

"맞아요!"

"그 책 가져와. 우리가 안 가 본 곳이 어딘지 보자고."

토틀이 맞은편 벽에 달린 선반으로 다가가 『르네 르클레르가 추천하는 세계 최고의 호텔 300선』이라는 제목의 두툼한 책을 뽑았다. 그러고는 자기 자리로 돌아와서 말했다.

"이번에는 어디 갈까요, 자기?"

버기지가 대답했다.

"북아프리카 쪽. 지금은 2월이라 정말 따뜻한 데 가고 싶으면 최소한 북아프리카는 돼야 해. 이탈리아는 아직 쌀쌀하고, 스페인도 마찬가지거든. 그리고 서인도 제도는 지긋지긋해. 거긴 갈 만큼 갔어. 북아프리카에서 우리가 안 가 본 호텔이 어디지?"

토틀은 책을 훌훌 넘기며 중얼거렸다.

"찾기가 쉽지 않아요……. 페스(모로코 북부의 도시-옮긴이)에 있는 팔레 자마이 호텔은 갔고……, 타루단트(모로코 남부의 도시-옮긴이)의 가젤 도르 호텔도 다녀왔고……, 튀니스(튀니지의 수도-옮긴이)의 튀니스 힐튼 호텔도 가 봤죠. 거기는 별로였고……."

"지금까지 우리가 그 책에 나온 곳을 몇 군데나 갔지?"

"지난번에 세었을 때 마흔여덟 곳이었던 것 같아요."

"난 죽기 전에 그 300곳을 전부 가 볼 참이야. 그게 내 원대한 꿈이지. 지금껏 아무도 성공하지 못했을걸."

"르네 르클레르는 했을 거예요."

"그게 누군데?"

"이 책을 쓴 사람이잖아요."

"그 양반은 빼야지."

버기지는 앉은 채 옆으로 몸을 기울이고 골똘한 표정으로 왼쪽 엉덩이를 느릿느릿 긁기 시작했다.

"그리고 어차피 그 사람도 다 가 보진 않았을 거야. 이런 여행 안내자들은 직접 가지 않고 다른 사람을 보내는 법이거든."

토틀이 소리쳤다.

"여기 하나 있어요! 마라케시(모로코 서부의 도시-옮긴이)의 라마무니아 호텔."

"그게 어딘데?"

"모로코요. 아프리카 북단 왼쪽 끄트머리에 있어요."

"더 이야기해 봐. 뭐라고 나와 있어?"

"이렇게 적혀 있어요. '윈스턴 처칠이 즐겨 찾던 곳으로, 그는 이 호텔 발코니에서 대서양의 일몰을 자주 그렸다.'"

버기지가 콧방귀를 뀌었다.

"난 그림 안 그려. 다른 설명은 더 없어?"

토틀이 계속 읽었다.

"'제복 차림의 무어 인 하인을 따라 타일과 기둥으로 이루어진 격자무늬 정원에 들어서면, 『천일야화』의 한 장면으로 들어온 기분이 든다.'"

"그건 괜찮군. 더 읽어 봐."

"'숙박료를 지불하고 떠날 때쯤이면 다시 현실로 돌아오게 된다.'"

"우리 같은 백만장자와는 상관없는 소리군. 내일 출발하자고. 당장 여행사에 전화해서 1등석으로 예약해. 가게는 열흘 동안 닫아 놔."

"오늘은 편지 안 보내요?"

"됐어. 우린 오늘부터 휴가야. 빨리 여행사에 연락이나 해."

버기지는 다른 쪽으로 몸을 기울이고 오른손으로 오른쪽 엉덩이를 긁기 시작했다. 토틀이 그를 빤히 쳐다보았다. 버기지는 그걸 알면서도 신경 쓰지 않고 다시 말했다.

"여행사에 전화하라니까."

토틀이 대꾸했다.

"그럼 여행자 수표가 필요하겠네요."

"5,000파운드는 있어야 해. 이번 여행 경비는 내가 내지. 가장 가까운 은행에 가서 수표책 받아 와. 그리고 당신이 말한 그 호텔에 전화해서 가장 큰 방을 달라고 해. 그런 방은 예약되어 있는 법이 없으니까."

24시간 뒤, 버기지와 토틀은 마라케시의 라 마무니아 호텔 수영장에서 일광욕을 즐기며 샴페인을 마시고 있었다.

토틀이 말했다.

"진짜 살맛 나네요. 차라리 은퇴하고 이런 따뜻한 곳에 저택을 구입하는 게 어때요?"

버기지가 대꾸했다.

"뭐하러 은퇴해? 런던에서 제일 잘나가는 사업을 하는데. 더구나 개인적으로 난 그 일이 재미있어."

수영장 건너편에서는 열 명 남짓 한 모로코 하인이 손님들을 위해 근사한 뷔페를 준비하고 있었다. 거대한 바닷가재와 큼지막한 분홍색 햄, 아주 작은 닭고기 구이, 다양한 쌀 요리, 샐러드 열 가지 정도. 한 요리사는 숯불에 스테이크를 굽고 있었다. 손님들이 의자와 매트리스에서 일어나 접시를 들고 뷔페로 몰려들기 시작했다. 수영복 차림인 사람도 있고, 가벼운 여름옷을 입은 사람도 있었으며, 대부분 밀짚모자를 썼다. 버기지는 그들을 지켜보고 있었다. 거의 예외 없이 아주 부유한 영국인들이었다. 세련되고, 매너 좋고, 과체중에, 목소리 크고, 지독히 따분한 자들이었다. 버기지는 그런 인간들을 자메이카나 바베이도스 같은 휴양지에서 자주 보았다. 십중팔구 그들 상당수가 서로를 알았다. 영국에서 같은 계층에 속한 자들이기 때문이었다. 하지만 서로 알건 모르건 간에, 이들은 상대를 무조건 인정했다. 그들 모두가 이름 없는 배타적인 클럽의 회원이기 때문이었다. 이 클럽의 회원은 누구나 교묘한 사교적 안목으로 동료 회원을 한눈에 알아볼 수 있었다. 그래, 저 남자는 우리 일원이야. 저 여자는 우리 편이야. 이런 식으로 중얼거린다. 버기지는 그들의 동료가 아니었다. 그 클럽의 회원이 아니었으며, 앞으로도 영영 그럴 일이 없었다. 버기지는 졸부였다. 따라서 그가 아무리 백만장자라 해도 받아들여질 수 없었다. 또한 그는 지독한 속물이었으며, 이 점 역시 받아들여질 수 없었다. 다른 갑부들도 버기지 못지않게 속물이거나 오히려 더 심할 수도 있었지만, 그들은 다른 방식으로 속물적이었다.

버기지가 수영장 건너편 손님들을 바라보며 말했다.

"저기 우리 밥줄이자 봉이 있군. 훗날 우리의 고객이 될 수 있는 자들이지.”

토틀이 맞장구쳤다.

“암요, 그렇고말고요.”

버기지는 파란색, 빨간색, 초록색 줄이 어우러진 매트리스에 누워 한쪽 팔꿈치로 상체를 세우고 손님들을 뚫어져라 보았다. 겹겹이 접힌 그의 배는 수영복 바지 위로 불룩 튀어나와 있었고, 통통한 뱃살이 접힌 자리에서는 땀방울이 흘러내렸다. 이제 그는 눈을 돌려 옆자리에 누워 있는 토틀의 몸을 응시했다. 식빵 같은 그녀의 젖가슴은 진홍색 비키니에 덮여 있었다. 비키니 하의는 대담하게 짧고 너무 작아서 허벅지 위쪽으로 거뭇한 털들이 언뜻언뜻 보였다.

“이제 우리도 점심 먹고 방으로 가서 잠깐 한숨 자는 거야. 어때, 예쁜이?”

토틀은 누리끼리한 이를 드러내고 고개를 주억거렸다.

“자고 나면 편지를 몇 통 써야겠어.”

“뭐라고요? 난 편지 쓰기 싫어요! 우리 휴가 온 거 아니었어요?”

“휴가 맞아. 하지만 이 좋은 사업을 방치할 수는 없어. 타자기는 호텔에서 빌리면 돼. 이미 알아봤어. 그리고 인명사전도 빌려줄 거야. 전 세계의 모든 고급 호텔에는 영어로 된 인명사전이 구비되어 있지. 누가 중요 인사인지 알아야 그들에게 알랑거릴 수 있거든.”

토틀이 살짝 토라진 얼굴로 대꾸했다.

"거기에 당신은 없을 거예요."

"물론 그렇겠지. 하지만 그 책에서 나보다 돈 많은 사람도 찾기 어려울 거야. 이 세상에서 중요한 건 내가 누구냐가 아니야. 내가 누굴 아는지도 중요하지 않아. 얼마나 부자냐가 문제지."

"지금껏 휴가 와서 편지 쓴 적 없잖아요."

"모든 일에는 다 처음이 있는 법이야, 예쁜이."

"신문도 없이 어떻게 편지를 써요?"

"이런 호텔은 항공 우편으로 영국 신문을 받는다는 거 당신도 잘 알잖아. 여기 도착할 때 로비에서 〈타임스〉를 한 부 샀어. 어제 사무실에서 일하던 상황과 다를 바 없는 셈이야. 그래서 이미 숙제를 대부분 해 놨지. 저기 있는 바닷가재 먹음직스러운걸. 저렇게 큰 바닷가재 본 적 있어?"

"하지만 여기서 편지를 부칠 생각은 아니겠죠?"

"물론 아니지. 날짜 안 적고 뒀다 집에 돌아가는 대로 써서 부칠 거야. 일 다 해 놓고 홀가분하게 돌아가는 거지."

토틀은 수영장 건너편 탁자에 쌓여 있는 바닷가재를 보다가, 이내 거기 몰려드는 사람들에게로 눈을 돌렸다. 잠시 후 손을 뻗어 버기지의 수영복 바지 아래 허벅지에 대고, 털이 무성한 허벅지를 쓰다듬으며 말했다.

"빌리, 우리 예전에 휴가 오면 늘 그랬듯이 편지는 잠시 잊어요, 네?"

"날마다 1,000파운드가량 벌 수 있는데 포기하자는 거야? 그중 4분의 1은 당신 몫이라는 점을 명심해."

"우리 회사 편지지도 없잖아요. 그렇다고 호텔 메모지를 쓸 수도 없고."

버기지가 의기양양하게 대꾸했다.

"내가 가져왔지. 한 통 다. 편지 봉투까지 말이야."

토틀은 체념한 눈치였다.

"어휴, 알았어요. 저 바닷가재나 좀 가져다줄래요, 자기?"

"같이 가."

버기지가 일어서더니, 무릎까지 내려오는 수영복 바지 차림으로 뒤뚱뒤뚱 걸으며 수영장을 돌아가기 시작했다. 2년 전 호놀룰루에서 사 온 그 수영복은 초록색과 노란색과 하얀색 꽃무늬가 그려져 있었다. 토틀도 자리에서 일어나 그를 따라갔다.

버기지가 열심히 뷔페 음식을 접시에 담고 있을 때, 뒤에서 남자 목소리가 들려왔다.

"피오나, 당신과 스미스-스위딘 부인은 초면일 거야. 그리고 이쪽은 헤지콕 부인."

곧이어 인사를 나누는 소리가 들렸다.

"안녕하세요."

"반가워요."

버기지는 그 사람들을 힐긋 돌아보았다. 수영복 차림의 남녀 한 쌍과 무명 드레스를 입은 나이 든 여자 둘이었다. 그는 속으로 중얼거렸다. 귀에 익은 이름들이야. 전에 들은 적이 있는데…… 스미스-스위딘…… 헤지콕 부인. 하지만 곧 어깨를 으쓱하고 계속 접시에 음식을 담았다.

몇 분 뒤, 버기지와 토틀은 파라솔 아래 작은 탁자에 앉아서 커다란 바닷가재를 반 토막씩 먹기 시작했다. 버기지가 입에 음식을 가득 물고 말했다.

"혹시 헤지콕 부인이라는 이름 들어 봤어?"

"헤지콕 부인? 우리 고객 중 한 명이잖아요. 적어도 한때 그랬어요. 그런 특이한 이름은 잊기 어렵죠. 왜요?"

"그럼 스미스-스미딘 부인은? 그것도 들어 봤어?"

"물론이죠. 둘 다 익숙한 이름이에요. 뜬금없이 그건 왜 물어요?"

"둘 다 여기 있거든."

"맙소사! 그걸 당신이 어떻게 알아요?"

"게다가 둘이 같이 있어! 친구 사이야!"

"에이, 설마요!"

"정말이라니까!"

버기지는 자신이 어떻게 알게 됐는지 설명한 다음, 노란 마요네즈가 묻은 포크로 사람들을 가리키며 말했다.

"저기 있어. 키 큰 남자와 여자 보이지? 저들과 이야기하고 있는 늙고 뚱뚱한 두 여편네 말이야."

토틀은 신기해하는 표정으로 그들을 쳐다보았다.

"지금껏 수년간 이 일을 해 오면서 우리 고객을 직접 보기는 처음이에요."

"나도 마찬가지야. 한 가지는 분명해. 내가 목표물을 제대로 골랐어, 안 그래? 엄청 부자잖아. 한눈에 봐도 알 수 있지. 게다가 멍청해. 그건 더 확실하지."

"둘이 서로 아는 사이면 우리가 위험할 수도 있지 않아요, 빌리?"

버기지는 콧방귀를 뀌었다.

"묘한 우연일 뿐이야. 위험할 거 없어. 둘 다 입도 벙긋하지 못해. 그게 우리 사업의 매력이지."

"당신 말이 맞겠네요."

"한 가지 가능성은 있어. 만약 저들이 숙박부에서 내 이름을 본다면 난리가 날 거야. 나도 저들처럼 흔치 않은 이름을 가졌으니까. 대번에 알아보겠지."

토틀이 대꾸했다.

"숙박부는 손님에게 안 보여 줘요."

"그래, 맞아. 신경 쓸 거 전혀 없어. 지금껏 그랬고 앞으로도 그럴 거야."

"이 바닷가재 진짜 맛있네요."

버기지가 바닷가재를 계속 먹으며 말했다.

"바닷가재는 정력 식품이야."

"에이, 그건 생굴이겠죠."

"물론 생굴도 정력 식품이지만 바닷가재가 더 강력해. 어떤 이들은 바닷가재 한 접시면 후끈 달아오르지."

"당신처럼 말이죠?"

토틀이 앉은 채로 엉덩이를 씰룩거렸다.

"그럴 수도 있지. 두고 보면 알 거야. 안 그래, 예쁜이?"

"네."

"바닷가재가 비싼 음식이라 다행이야. 만약 개나 소나 다 사 먹을 수 있다면, 온 세상이 색골로 우글거릴 테니까."

"어서 먹기나 해요."

점심을 먹은 뒤, 두 사람은 방으로 올라가 거대한 침대에서 잠깐 동안 꼴사납게 뒹굴었다. 그러고는 낮잠을 잤다.

이제 그들은 알몸에 가운만 걸치고 응접실에 앉아 있었다. 버기지는 진자주색 실크 가운, 토틀은 연분홍색과 연두색이 어우러진 가운이었다. 버기지는 전날 나온 〈타임스〉를 무릎에 놓고 인명사전을 커피 테이블에 올린 채 소파에 기대어 앉아 있었다.

토틀은 책상에 앉아 호텔에서 빌린 타자기를 앞에 놓고 한 손에는 공책을 들었다. 두 사람 모두 또 샴페인을 마시고 있었다.

버기지가 말했다.

“이 양반이 좋겠군. 에드워드 리슈먼 경. 부고 첫머리에 실렸어. 기사 내용은 이래. ‘공기 역학 기술 협회장 역임. 당대의 대표적 기업가 중 한 사람.’”

“좋네요. 마누라가 살아 있는지 확인해요.”

버기지는 계속 읽었다.

“‘유족으로 부인과 세 자녀가 있다.’ 그리고…… 잠깐만…… 인명사전에는 이렇게 적혀 있어. ‘취미 활동 : 산책과 낚시. 클럽 활동 : 화이트 클럽과 리폼 클럽.(두 클럽 모두 런던의 남성 친목회-옮긴이)’”

토틀이 물었다.

“주소는요?”

“윌트셔 앤도버, 레드하우스.”

“리슈먼의 철자가 어떻게 되죠?”

버기지가 철자를 알려 주자 토틀이 다시 물었다.

“얼마나 요구할까요?”

“많이. 부자거든. 900파운드 정도로 해.”

“『노련한 낚시꾼』을 넣는 게 좋겠죠? 낚시를 좋아한다고 했으니까요.”

“그래. 420파운드짜리 초판본. 나머지 책들은 당신이 암기하고 있을 테니 알아서 적어. 서둘러. 나는 또 좋은 표적이 있나 살펴봐야겠어.”

토틀은 종이 한 장을 타자기에 끼우고 빠르게 자판을 두드리기 시작했다. 그녀는 지난 수년간 이런 편지를 수천 통 써 온 터라 단어 하나도 머뭇거리지 않았다. 심지어 900파운드건 350파운드건 520파운드건 목표 금액에 맞게 책들을 조합하는 요령도 알고 있었다. 고객이 받아들일 만한 액수를 버기지가 정하면 그게 얼마든 토틀이 맞춰 놓았다. 이 특별한 사업의 비결 중 하나는 결코 과욕을 부리지 않는 것이었다. 상대가 누구든, 설령 잘 알려진 백만장자라 해도 절대 1,000파운드 이상 요구하지 않았다.

토틀이 타자기로 작성한 편지는 다음과 같았다.

윌리엄 버기지 – 희귀 서적 전문

런던 채링 크로스 거리 27a

친애하는 리슈먼 부인

부군과 사별하신 참담한 시기에 이런 일로 연락드려 대단히 송구스럽지만, 유감스럽게도 저로서는 다른 방법이 없는 상황입니다.

저는 오래전부터 지금은 고인이 되신 부군께서 요청한 책들을 구해 드렸으며, 항상 화이트 클럽 이름으로 그분께 청구서를 보냈습니다. 또한 그분이 열정적으로 수집하신 책들도 대부분 작은 소포로 그렇게 보냈습니다.

부군께서는 항상 신속히 결제해 주시는 아주 유쾌한 신사였습니다. 아래 열거한 목록은 그분이 최근 구입하신 책들인데, 안타깝게도 돌아가시기 전에 주문한 것이며 여느 때와 다름없이 저희가 받아 놓았습니다.

이런 종류의 서적은 대개 아주 희귀해서 가격이 꽤 비싸다는 점을 말씀드려야겠습니다. 개인적으로 인쇄된 것들도 있고, 영국에서 금서로 지정된 것들도 있는데, 그런 책들은 훨씬 더 비쌉니다.

저는 항상 엄격한 비밀 유지를 바탕으로 장사하니 걱정하지 않으셔도 됩니다. 이 업계에서 오랫동안 좋은 평판을 얻었다는 점이 제 신용의 보증 수표입니다. 따라서 책값을 지불하시면 이 문제가 다시 거론되는 일은 없을 겁니다. 물론 고인이 되신 부군께서 수집한 에로 서적들을 보실 의향이 있으시다면 기꺼이 부인께 보내 드리겠습니다.

주문하신 서적 목록 :

『노련한 낚시꾼』, 아이작 월튼, 초판. 깨끗하고 양호한 상태. 가장자리 손때 약간. 희귀본. 420파운드

『모피를 입은 비너스』, 레오폴트 폰 자허마조흐, 1920년판. 슬립 커버 있음. 75파운드

『섹스의 비술』, 네덜란드 어 번역. 40파운드

『60살 넘은 남자가 젊은 여자를 만족시키는 요령』, 삽화

있음. 파리에서 개인 인쇄. 95파운드

『체벌의 기교-막대와 끈, 채찍』, 독일어 번역. 영국에서 금서. 115파운드

『세 명의 음탕한 수녀들』, 깨끗하고 양호한 상태. 60파운드

『구속 도구-족쇄와 실크 끈』, 삽화 있음. 80파운드

『왜 10대 소녀들은 나이 많은 남자를 좋아할까』, 삽화 있음. 미국 서적. 90파운드

『런던의 콜걸과 접대부 안내서』, 최신판. 20파운드

합계 995파운드

윌리엄 버기지 배상

토틀이 타자기에서 종이를 빼며 말했다.

"자, 이건 됐어요. 하지만 여기엔 내 '경전'이 없어요. 영국에 돌아가서 이름들을 확인한 뒤에 편지를 부쳐야겠어요."

버기지가 고개를 끄덕였다.

"그렇게 해."

토틀이 '경전'이라고 한 것은 이 사업이 시작된 이래 줄곧 기록해 놓은 모든 고객의 이름과 주소가 담긴 거대한 색인 카드 파일이었다. 한 집안의 두 미망인이 버기지의 청구서를 받는 일이 생기지 않게 하려는 목적이었다. 만약 그런 일이 벌어지

면 두 여자가 서신을 비교할 위험이 늘 있었다. 또한 첫 남편이 사망하고 청구서를 받은 여자가 두 번째 남편이 죽었을 때 또 청구서를 받는 일도 방지해 주었다. 그랬다가는 당연히 비밀이 뽀록날 테니 말이다. 물론 미망인이 재혼하면 성이 바뀌기 때문에 그런 위험천만한 실수를 완벽하게 방지할 수는 없었지만, 토플은 그런 위기를 감지하는 본능이 발달했으며, 여기에 경전이 도움을 주었다.

그녀가 물었다.

"다음은 누구죠?"

"육군 소장 라이오넬 앤스트루더. 여기 있어. 인명사전에 짧게 소개되어 있군. '클럽 활동 : 육군 클럽과 해군 클럽. 취미 활동 : 사냥.'"

"아마 말에서 떨어져 목이 부러졌을 거예요. 『여우 사냥꾼의 추억』 초판부터 적으면 되겠죠?"

버기지가 대답했다.

"그래. 220파운드. 합계는 500파운드에서 600파운드 정도."

"알았어요."

"『말채찍의 따가움』도 넣어. 여우 사냥꾼한테는 채찍이 어울리니까."

그렇게 계속 먹잇감을 골랐다.

마라케시에서의 휴가는 내내 즐거웠으며, 아흐레 뒤 채링크로스 거리의 사무실로 돌아온 버기지와 토틀의 살갗은 그간 줄기차게 먹은 바닷가재의 껍데기처럼 벌겋게 햇볕에 익어 있었다. 그들은 금세 정상적이고 활기찬 일상으로 돌아왔다. 날마다 서신을 보냈고, 매일 수표가 날아들었다. 이들의 사업은 놀랍도록 순조롭게 진행되었다. 물론 아주 교묘한 심리적 장치 덕분이었다. 깊은 비탄에 빠진 미망인을 노리고, 참을 수 없을 만큼 끔찍한 것, 두 번 다시 기억하기 싫은 것, 아무에게도 들키기 싫지 않은 것으로 공격한다. 더구나 장례식이 코앞에 있다. 따라서 그녀는 이 추잡한 일을 치워 버리려고 서둘러 돈을 지불한다. 버기지는 뭘 어떻게 해야 하는지 잘 알고 있었다. 10여 년간 이 짓을 해 오면서 항의나 분노의 답장은 한 번도 받지 않았다. 수표가 담긴 편지 봉투만 왔다. 자주는 아니지만 이따금 아예 답장이 없을 때도 있었다. 버기지의 글을 믿지 못한 미망인이 겁도 없이 그 편지를 쓰레기통에 버린 것이며, 그걸로 끝이었다. 감히 청구서의 진위를 따지려는 여자는 한 명도 없었다. 죽은 남편이 자신의 기대나 믿음만큼 순수한 남자였다고 결코 확신하지 못했기 때문이다. 남자란 원래 그런 존재니까. 대개의 경우 미망인은 자신이 사랑한 남자가 실은 음란한 사내였다는 사실을 잘 알기에, 버기지의 편지를 받고도 썩 놀라지 않았다. 그런 여자들은 순식간에 돈을 보내왔다.

마라케시에서 돌아오고 한 달쯤 지난 3월의 어느 비 내리는 구중중한 날, 버기지는 사무실에서 느긋하게 의자에 기댄 채 두 발을 책상에 올려놓고 어느 유명한 제독의 부고를 보며 그의 신상 정보를 인명사전에서 찾아 토틀에게 읽어 주고 있었다.

"취미는 원예와 항해, 우표 수집이고……."

그때 사무실 문이 열리더니, 젊은 남자가 책 한 권을 손에 들고 들어오며 말했다.

"버기지 씨인가요?"

버기지가 고개를 들고 손으로 토틀을 가리키며 대답했다.

"저기 저분이 계산해 줄 겁니다."

젊은이는 가만히 서 있었다. 그의 감청색 코트는 비에 젖어 있었고, 그의 머리카락에서는 물방울이 뚝뚝 떨어졌다. 그는 토틀을 보지 않고 계속 버기지를 보며 명랑하게 물었다.

"돈 안 받을 건가요?"

"저분이 받을 겁니다."

"왜 당신은 안 받죠?"

"계산은 저분이 하니까요. 책을 사고 싶으면 저분한테 가세요."

"저는 당신한테 사고 싶은데요."

버기지가 젊은이를 쳐다보며 말했다.

"내 말대로 해요. 괜히 고집 피우지 말고."

"당신이 여기 주인입니까? 윌리엄 버기지 씨인가요?"

버기지는 여전히 책상에 두 발을 올린 채 대답했다.

"맞다면 어쩔 거요?"

"맞습니까, 아닙니까?"

"그게 댁이랑 무슨 상관인데?"

"맞나 보군요. 안녕하십니까, 버기지 씨."

비난과 조롱이 섞인 듯 기묘한 느낌을 주는 말투였다.

버기지는 책상에서 발을 내리고 조금 꼿꼿이 앉았다.

"좀 건방진 젊은이로군. 책 사고 싶으면 저기 가서 돈 내고 썩 꺼져. 알겠나?"

젊은이는 가게 내부로 열려 있는 문 쪽으로 돌아섰다. 문 바로 앞에는 여느 때처럼 레인코트 차림의 손님 두어 명이 책을 꺼내 살펴보고 있었다.

젊은이가 다정한 목소리로 누군가를 불렀다.

"어머니, 들어오셔도 됩니다. 버기지 씨가 안에 있네요."

예순 살쯤 되어 보이는 작은 노파가 사무실로 들어오더니 젊은이 곁에 섰다. 나이에 비해 몸매가 좋았고, 얼굴도 한때는 매력적이었을 듯싶었지만 지금은 긴장되고 피곤해 보였으며, 연한 파란색 눈동자는 서글픈 기운이 서려 흐릿했다. 까만 코트 차림에 단순한 검정색 모자를 쓰고 있었다. 노파는 사무실 문을 닫지 않고 열어 두었다.

젊은이가 다시 말했다.

"버기지 씨, 이분은 제 어머니이신 노스코트 부인입니다."

이름을 잘 기억하는 토틀이 고개를 획 돌리더니, 버기지를 보면서 입 모양으로 살짝 경고의 신호를 보냈다. 버기지는 그 뜻을 알아차리고 최대한 공손하게 물었다.

"무슨 일로 오셨습니까, 부인?"

노파는 검은 핸드백을 열고 편지 한 장을 꺼냈다. 그러고는 조심스레 펴서 버기지에게 내밀고 말했다.

"그럼 이 편지를 나한테 보낸 이가 당신이겠군요?"

버기지는 편지를 받아 들고 한동안 유심히 살펴보았다. 이제 토틀이 제대로 돌아앉아 버기지를 빤히 쳐다보았다.

버기지가 입을 열었다.

"네, 이건 제가 쓴 편지이자 청구서입니다. 정확하고 올바르게 작성되었죠. 뭐가 문제인가요, 부인?"

노파가 대답했다.

"묻고 싶은 게 있어서 왔어요. 그 내용이 정말 사실인가요?"

"그렇습니다, 부인."

"하지만 도저히 믿을 수가…… 내 남편이 그런 책들을 샀다니 믿을 수가 없어요."

"그게 말입니다, 부인. 남편분이신 그…… 그러니까……."

토틀이 거들었다.

"노스코트 씨예요."

"그래, 노스코트 씨. 맞아, 노스코트 씨였지. 그분은 1년에 고작 한두 번 이곳에 오셨지만 좋은 고객이셨고 훌륭한 신사셨습니다. 안타깝게도 부인과 사별하셨군요. 심심한 위로의 말씀을 드립니다, 부인."

"고마워요, 버기지 씨. 하지만 정말로 제 남편이 맞나요? 혹시 다른 사람과 혼동하신 건 아닌가요?"

"그럴 리 없습니다, 부인. 그럴 가능성은 전혀 없어요. 저기 있는 제 유능한 비서가 확인해 줄 겁니다. 착오 따위는 없다고 말이죠."

"제가 좀 볼까요?"

자리에서 일어난 토틀이 다가와 버기지에게서 편지를 받아 들고 살펴보며 말했다.

"네, 제 타자기로 작성한 편지예요. 틀림없어요."

버기지가 노파에게 말했다.

"토틀 양은 오랫동안 저와 함께 일했습니다. 그래서 업무를 속속들이 잘 알죠. 제 기억으로는 지금껏 한 번도 실수가 없었습니다."

토틀이 고개를 끄덕였다.

"저도 그렇게 생각해요."

"부군께 보낸 편지가 맞습니다, 부인."

노파가 대꾸했다.

"그럴 리가 없다니까요."

"남자는 원래 그런 존재랍니다. 다들 가끔은 조금씩 즐기며 살죠. 그 정도가 무슨 흠이 되겠습니까, 부인?"

이제 버기지는 자신만만하게 가만히 앉아서 상황이 마무리

되길 기다렸다. 모든 일이 뜻대로 풀리는 것 같았다.

노파는 아주 꼿꼿이 꼼짝 않고 서서 버기지의 눈을 똑바로 보며 물었다.

"청구서에 열거된 이상한 책들이 점자로 인쇄됐나요?"

"뭐라고요?"

"점자로 인쇄됐느냐고요."

"무슨 말씀인지 이해가 안 가는데요."

"그럴 줄 알았어요. 내 남편은 점자로 된 책만 읽을 수 있었어요. 지난 전쟁 때 알라메인 전투에서 시력을 잃었거든요. 40년도 더 된 일이죠. 그 후로 줄곧 장님이었다고요."

갑자기 사무실이 쥐 죽은 듯 고요해졌다. 노파와 아들은 가만히 서서 버기지를 노려보고 있었다. 토틀은 돌아서서 창밖을 보았다. 버기지는 뭔가 말하려는 듯 헛기침했지만 이내 관뒀다. 열린 문을 통해 다 들었을 만큼 가까이 있던 레인코트 차림의 남자 둘이 조용히 사무실로 들어왔다. 그중 한 명이 플라스틱 카드를 내밀고 버기지에게 말했다.

"런던 경찰국 강력반 소속 리처즈 형사입니다."

그리고 이미 자기 책상으로 돌아가고 있던 토틀에게 말했다.

"그 종이들에 손대지 말아요, 아가씨. 전부 있는 그대로 놔둬요. 두 분 모두 우리랑 함께 갑시다."

젊은이는 어머니의 팔을 살며시 잡고 사무실 밖으로 나가 가게를 가로질러 거리로 나갔다.

외과 의사
The Surgeon

"경과가 굉장히 좋습니다. 회복 상태가 실로 놀랍네요. 더 이상 저를 만나러 병원에 오시지 않아도 될 것 같습니다."

로버트 샌디가 책상 의자에 앉으며 말했다.

환자가 옷을 다 입고 의사에게 물었다.

"잠시 한 말씀 드려도 될까요?"

그는 의사 맞은편 의자에 앉아 두 손을 책상에 얹고 몸을 앞으로 내밀며 말을 이었다.

"여전히 수고비 받을 생각이 없으십니까?"

로버트 샌디는 쾌활하게 대답했다.

"지금껏 한 번도 받은 적이 없고, 앞으로도 평생 그럴 생각입니다. 저는 오로지 국가 보건 의료 서비스(NHS, 1948년부터 시행된 영국의 무상 의료 서비스-옮긴이)를 위해 일하며, 거기서 봉급을 넉넉히 받습니다."

왕립 외과 의사 협회 회원으로 외과 전문의인 로버트 샌디는 현재 쉰두 살로, 지난 18년간 옥스퍼드에 있는 래드클리프 병원에서 일했다. 그는 아내와 장성한 자녀 셋이 있으며, 여느 의사들과 달리 돈과 명예를 좇지 않았다. 기본적으로 자기 일에 온전히 헌신하는 단순한 남자였다.

7주 전부터 그가 보살펴 온 이 환자는 래드클리프 병원에서 그리 멀지 않은 밴버리 가에서 일어난 끔찍한 교통사고의 피해자로, 사고 직후 구급차에 실려 이 병원 응급실로 이송되었다. 당시 그는 복부에 중상을 입고 의식을 잃은 상태였다. 응급실에서 외과의를 찾는다는 연락이 왔을 때 로버트 샌디는 담낭 수술, 전립선 수술, 결장 수술이 이어졌던 고된 오전 업무를 마치고 자기 방에서 차를 마시고 있었다. 그런데 공교롭게도 마침 다른 외과의가 한 명도 없었다. 그는 차를 한 모금 더 마시고 곧장 수술실로 돌아가 다시 처음부터 시작했다.

3시간 30분이 지나도록 수술대 위 환자는 여전히 숨이 붙어 있었으며, 로버트 샌디는 그를 살리기 위해 자신이 할 수 있는 모든 일을 했다. 이튿날 환자가 생존할 조짐을 보이자 의사는 무척 놀랐다. 더구나 정신도 말짱하고 말도 정상적으로 했다. 수술 다음 날 아침, 로버트 샌디는 자신의 환자가 중요한 인물이라는 사실을 알게 되었다. 사우디아라비아 대사관에서 대사를 포함해 위엄 있어 보이는 신사 세 명이 병원에

와서는 당장 할리 스트리트(전문의가 밀집해 있는 런던의 거리–옮긴이)의 유명한 의사들을 전부 불러다 치료를 돕게 해야 한다고 했다. 병상 옆에는 링거액이 매달려 있고, 환자의 몸 곳곳에 튜브가 연결되어 있었다. 환자는 고개를 젓고 아랍 어로 대사에게 뭔가 중얼거렸다.

대사가 로버트 샌디에게 말했다.

"치료를 당신한테만 맡기겠다고 하십니다."

로버트 샌디가 대꾸했다.

"자문이 필요하시면 어떤 의사든 부르셔도 됩니다."

"이분께서 원하지 않으시면 그럴 수 없습니다. 이분은 자신의 목숨을 구해 준 당신을 절대적으로 신뢰하신다고 합니다. 저희는 그 뜻을 존중해야 합니다."

곧이어 대사는 로버트 샌디의 환자가 다름 아닌 왕자라고 말했다. 현재 사우디아라비아 국왕의 여러 아들 중 하나라는 것이었다.

며칠 뒤, 왕자가 중환자 명단에서 제외되자 사우디아라비아 대사관은 다시 왕자의 마음을 돌리려 했다. 특별 환자만 받는 훨씬 호화로운 병원으로 옮기자는 것이었는데, 왕자는 그럴 생각이 조금도 없었다. 그는 한마디로 거부했다.

"내 목숨을 살려 준 의사 곁에 있겠소."

환자의 신뢰에 감동한 로버트 샌디는 몇 주에 걸친 오랜 회복기 동안 그 신뢰에 부응하고자 최선의 노력을 기울였다.

그리고 지금 상담실에서 왕자가 말했다.

"당신의 노고에 꼭 보답하고 싶습니다. 받아 주십시오, 미스터 샌디."

옥스퍼드에서 3년을 지낸 이 젊은이는 영국인들이 외과 의사를 '닥터'가 아니라 '미스터'로 부른다는 것을 잘 알고 있었다. 그가 덧붙였다.

"부디 제 부탁을 뿌리치지 말아 주십시오, 미스터 샌디."

로버트 샌디는 고개를 저으며 대답했다.

"죄송합니다만 제 생각은 바뀌지 않습니다. 개인적인 원칙일 뿐 다른 뜻은 없습니다. 그 철칙을 깨고 싶지 않아요."

왕자는 손바닥으로 책상을 두드리며 따지듯이 말했다.

"하지만 젠장, 당신이 제 목숨을 구해 줬잖아요."

"제가 아니더라도 유능한 의사라면 누구나 그랬을 겁니다."

왕자는 손을 책상 밑으로 내려 무릎 위에서 맞잡았다.

"좋습니다, 미스터 샌디. 정 그러시다면 하는 수 없죠. 하지만 제 아버지께서 감사의 표시로 드리는 작은 선물까지 거절하실 이유는 없을 겁니다."

로버트 샌디는 어깨를 으쓱했다. 치료에 감사한 환자들이 위스키 한 통이나 와인 10여 병을 보내는 일은 왕왕 있었으며, 그런 선물은 고맙게 받았다. 물론 그런 걸 기대한 적은 없지만, 선물이 오면 굉장히 기뻤다. 감사를 표하는 좋은 방법이었다.

왕자가 재킷 호주머니에서 검은 벨벳으로 만든 두루주머니를 꺼내 책상에 놓고 의사 쪽으로 밀었다.

"아버지는 저를 살려 준 당신께 이루 말할 수 없이 큰 빚을 졌다는 말씀을 전하라 하셨습니다. 당신이 수고비를 받건 안 받건 이 작은 선물은 꼭 드리라고 신신당부하셨습니다."

로버트 샌디는 검은 주머니를 미심쩍게 보기만 할 뿐 받으려 하지는 않았다.

왕자가 계속 이야기했다.

"또한 그분이 보시기에 제 목숨은 값을 따질 수 없으며, 따라서 저를 살려 주신 분께 진 빚은 세상 그 무엇으로도 갚지 못한다 하셨습니다. 이 물건은 그냥…… 뭐랄까…… 미리 드리는 생일 선물입니다. 작은 감사 표시인 셈이죠."

로버트 샌디가 대꾸했다.

"부친께서 저한테 안 그러셔도 되는데요."

"부디 받아 주십시오."

외과의는 조심스럽게 주머니를 집어 들고 아가리의 실크 끈을 풀었다. 주머니를 뒤집어 들자, 얼음처럼 투명하고 눈부시게 반짝이는 물건이 평범한 나무로 된 책상 상판에 떨어졌다. 땅콩보다 조금 더 크고 길이가 2센티미터 정도인 보석이었다. 생김새는 물방울 모양이고, 한쪽 끝이 아주 뾰족했으며, 수많은 절삭면이 너무나 아름답게 반짝반짝 빛났다.

로버트 샌디는 보석을 보기만 하고 만지지는 않았다.

"세상에, 이게 뭡니까?"

왕자가 대답했다.

"다이아몬드입니다. 티끌 하나 없이 맑죠. 특별히 크지는 않지만 빛깔은 훌륭합니다."

"이런 선물은 받을 수 없습니다. 저한테는 과분해요. 상당히 비쌀 텐데."

왕자는 빙그레 웃었다.

"꼭 아셔야 할 게 있습니다, 미스터 샌디. 왕의 선물은 아무도 거부하지 못합니다. 그건 엄청난 모욕이니까요. 지금껏 그런 전례가 없습니다."

로버트 샌디는 왕자를 바라보며 말했다.

"일부러 저를 난처하게 하시는 거죠?"

"난처해하실 필요 없습니다. 그냥 받으세요."

"병원에 기증하셔도 되는데요."

"병원에는 이미 돈을 기부했습니다. 부디 받아 주십시오. 제 아버지 때문만이 아니라 저를 봐서라도."

"정말 친절하십니다. 네, 알겠습니다. 하지만 몹시 얼떨떨하네요."

그는 다이아몬드를 집어 들어 한쪽 손바닥에 내려놓으며 한마디 덧붙였다.

"저희 집안에 다이아몬드가 있었던 적은 한 번도 없습니다. 와, 정말 아름답네요. 국왕님께 제 감사 인사를 전해 주세요.

영원히 간직하겠다고 말입니다."

왕자는 고개를 저었다.

"굳이 갖고 있지 않으셔도 됩니다. 팔아 치운다 해도 아버지는 조금도 언짢아하지 않으실 겁니다. 누가 알겠습니까. 나중에 혹시 돈이 좀 필요한 일이 생기실지."

"팔 일은 없을 겁니다. 너무 아름답네요. 목걸이로 만들어 아내한테 줘야겠습니다."

"아주 멋진 생각입니다."

왕자가 자리에서 일어나며 말을 이었다.

"그리고 일전에 제가 드린 말씀도 잊지 마세요. 부부 동반으로 언제든 사우디아라비아를 방문해 주십시오. 아버지께서도 기쁜 마음으로 두 분을 환영하실 겁니다."

"정말 고마운 말씀입니다. 잊지 않겠습니다."

왕자가 떠난 뒤, 로버트 샌디는 다이아몬드를 다시 집어 들어 넋을 잃은 표정으로 살펴보았다. 현기증이 일 정도로 아름다웠다. 손바닥에 놓고 좌우로 살살 움직이자, 다이아몬드의 절삭면들이 차례로 창을 통해 들어오는 빛을 받아 파란색과 분홍색과 금색으로 눈부시게 반짝였다. 손목시계를 보았다. 3시 10분이었다. 문득 좋은 생각이 떠올랐다. 비서에게 전화해 오후에 급한 수술이 있는지 물었다. 없다면 일찍 퇴근하고 싶다고 했다.

비서가 대답했다.

"월요일까지는 당장 급한 일이 없습니다."

그녀는 이 일벌레 같은 남자가 뭔가 특별한 이유가 있어서 조퇴하려는 것이려니 생각했다.

"꼭 해야 할 일이 좀 있어서 그래."

"어서 가세요, 미스터 샌디. 주말에 푹 쉬시고요. 월요일에 봬요."

병원 주차장으로 간 로버트 샌디는 거기 묶어 놓은 자전거를 풀어 올라타고 우드스톡 거리로 달려갔다. 그는 궂은 날만 아니면 요즘도 매일 자전거로 출근했다. 그게 건강에도 좋았고, 덕분에 아내가 차를 쓸 수 있었다. 썩 특별한 일도 아니었다. 옥스퍼드 주민의 절반이 자전거로 출근했다. 우드스톡 거리로 들어선 로버트 샌디는 하이 가로 향했다. 그곳에는 옥스퍼드에서 유일하게 믿을 만한 귀금속점이 있는데, 주인 이름은 H. F. 골드였다. 진열창에 그렇게 적혀 있었으며, 사람들은 H가 '해리'의 머리글자라고 생각했다. 해리 골드는 거기서 오래전부터 장사했지만, 로버트는 수년 전에 딸의 견진 성사 선물로 작은 팔찌를 사러 딱 한 번 가 봤을 뿐이다.

그는 가게 앞 인도에 자전거를 세워 놓고 안으로 들어갔다. 계산대에 있던 여자가 무슨 일로 왔느냐고 물었다.

로버트 샌디가 대답했다.

"골드 씨 계십니까?"

"네, 계세요."

"괜찮으시다면 잠시 조용히 뵙고 싶습니다. 제 이름은 샌디입니다."

"잠깐만 기다리세요."

가게 안쪽 문으로 들어간 여자는 30초 뒤에 돌아와 말했다.

"이리 들어가세요."

로버트 샌디가 들어간 곳은 크고 어수선한 사무실이었다. 커다란 책상 너머에는 희끗희끗한 염소수염을 기르고 쇠테 안경을 쓴 작고 늙수그레한 남자가 앉아 있었다. 로버트가 다가가자 남자가 일어섰다.

"골드 씨, 제 이름은 로버트 샌디입니다. 래드클리프 병원 외과 의사죠. 도움이 좀 필요한데요."

"얼마든지 돕겠습니다, 샌디 씨. 앉으시죠."

"그게 말이죠, 이상한 일이 있었습니다. 최근에 제가 사우디 왕자 한 명을 수술했습니다. 모들린 대학 3학년인 그 친구가 끔찍한 교통사고를 당했거든요. 그런데 그 젊은이가, 정확히 말하면 그 친구 아버지가 아주 근사해 보이는 다이아몬드를 저한테 줬습니다."

"세상에, 아주 흥미로운 일이군요."

"저는 전혀 받고 싶지 않았는데, 반강제로 떠안기다시피 했습니다."

"그걸 한번 봐 달라는 말씀이로군요?"

"네, 맞습니다. 사실 저는 이게 500파운드짜리인지 5,000파운드짜리인지 전혀 감이 안 온답니다. 값이 대략 얼마인지는 알아야 할 텐데 말이죠."

해리 골드는 고개를 끄덕였다.

"당연히 아셔야죠. 기꺼이 도와 드리겠습니다. 저도 래드클리프 병원 의사분들께 오랫동안 많은 도움을 받았으니까요."

로버트 샌디는 호주머니에서 검은 주머니를 꺼내 책상에 올려놓았다. 해리 골드는 주머니 끈을 풀고 다이아몬드를 손바닥에 떨어뜨렸다. 그 순간 이 노인이 얼어붙는 것 같았다. 온몸이 돌처럼 굳은 채 앉아서 자기 앞에 놓인 반짝이는 물건을 뚫어져라 보았다. 그가 서서히 일어서더니 창가로 걸어가 보석을 들어 햇빛에 비췄다. 한 손가락으로 보석을 돌려 보았다. 말은 한마디도 하지 않았다. 표정도 변하지 않았다. 다이아몬드를 손에 쥔 채 책상으로 돌아와 서랍에서 깨끗한 백지 한 장을 꺼냈다. 종이를 살짝 접고 다이아몬드를 그 접힌 자리에 놓은 다음, 1분 동안 서서 다이아몬드를 관찰했다.

마침내 그가 입을 열었다.

"색상을 보고 있습니다. 맨 먼저 하는 일이죠. 항상 백지의 접힌 자리에 놓고 보는데, 북광에 비춰 보는 것이 좋습니다."

"지금 북광입니까?"

"네, 그렇습니다. 아주 훌륭한 색상이네요, 샌디 씨. 이렇게 멋진 D등급 색상은 난생처음 봅니다. 보석업계에서는 완벽한 무색의 다이아몬드를 D등급으로 분류합니다. 어떤 이들은 이

색상을 '강물색'이라고 부르는데, 주로 북유럽 지역에서 그럽니다. 잘 모르는 사람들은 '청백색'이라고 부르죠."

로버트 샌디가 한마디 했다.

"제 눈에는 썩 파래 보이지 않는데요."

해리 골드가 대꾸했다.

"가장 순수한 백색에는 항상 푸르스름한 기운이 있죠. 그래서 과거에는 파란색 자루를 세척수에 넣었습니다. 그러면 천이 더 하얘졌거든요."

"아, 그렇군요."

해리 골드는 자기 책상으로 돌아와 또 다른 서랍에서 덮개가 달린 돋보기 같은 기구를 꺼내 들고 말했다.

"이건 열 배 확대 루페입니다."

"이름이 뭐라고요?"

"루페. 보석상이 사용하는 돋보기일 뿐입니다. 보석의 흠을 찾아내는 도구죠."

다시 창가로 간 해리 골드는 열 배 확대 루페를 한 손에 들고 다른 손에는 보석이 올려진 종이를 든 채 다이아몬드를 유심히 살펴보기 시작했다. 이 작업은 4분쯤 걸렸다. 로버트 샌디는 묵묵히 그를 지켜보았다.

해리 골드가 말했다.

"제가 보기에는 흠잡을 데가 전혀 없습니다. 실로 너무나 아름다운 보석이군요. 품질이 매우 뛰어나고 커팅도 굉장히 훌륭합니다. 물론 현대적인 방식은 아닙니다만."

"그런 다이아몬드는 절삭면이 대략 몇 개나 됩니까?"

"쉰여덟 개."

"정확히 아시는군요?"

"네, 틀림없습니다."

"대단하시네요. 그럼 가격은 대충 얼마나 할까요?"

해리 골드는 종이에서 보석을 집어 손바닥에 올려놓으며 대답했다.

"이 정도 크기와 투명도를 가진 D등급 색상 다이아몬드라면 도매가로 1캐럿당 2만 5,000달러에서 3만 달러까지 받을 겁니다. 매장 가격은 그 두 배일 테고요. 소매가로 1캐럿에 6만 달러까지 가능합니다."

"하느님 맙소사!"

로버트 샌디가 벌떡 일어서며 소리쳤다. 이 작은 보석상의 이야기를 듣고 의자에서 붕 떠오른 것 같았다. 그는 얼떨떨한 표정으로 서 있었다.

해리 골드가 말했다.

"이제 정확히 몇 캐럿인지 알아봐야겠군요."

그는 작은 금속 기구가 놓인 선반으로 걸어갔다.

"이건 전자저울입니다."

유리문을 밀어 열고 다이아몬드를 안에 넣은 그는 다이얼 두 개를 조절한 다음 눈금판의 수치를 읽었다.

"무게가 15.27캐럿이로군요. 따라서 도매가로는 50만 달러 정도이고, 매장에서 사면 100만 달러가 넘을 겁니다."

로버트 샌디는 얼떨떨한 표정으로 웃으며 말했다.

"무릎이 떨릴 지경이네요."

"이 보석이 제 것이라면 저라도 그럴 겁니다. 도로 앉으세요, 샌디 씨. 그러다 졸도하시겠습니다."

로버트 샌디는 다시 앉았다.

해리 골드는 커다란 책상 뒤로 천천히 걸어가 의자에 앉으며 말했다.

"이건 굉장한 사건입니다, 샌디 씨. 저를 찾아온 손님께 이토록 놀랍고 멋진 충격을 주는 일은 흔치 않습니다. 당신보다 오히려 제가 더 즐겁네요."

"저는 너무 충격적이라 즐거운 줄도 모르겠습니다. 잠시 진정할 시간이 필요해요."

"사우디 국왕이라면 이 정도 선물을 줄 수 있죠. 선생께서 젊은 왕자의 목숨을 구하셨다고요?"

"네, 그렇다고 볼 수 있죠."

"그럼 충분히 납득이 가네요."

해리 골드는 다이아몬드를 백지의 접힌 자리에 도로 놓고 앉아서 애정 어린 눈으로 보석을 물끄러미 보며 말을 이었다.

"제 생각에 이 보석은 사우디아라비아 초대 국왕 이븐 사우드의 보물 상자에서 나왔을 겁니다. 이 짐작이 맞는다면, 보석업계에 알려진 바가 전혀 없는 물건이라 한층 더 관심을 끌겠죠. 파실 생각입니까?"

로버트 샌디가 대답했다.

"글쎄요, 어찌해야 좋을지 모르겠습니다. 너무 갑작스러워서 어리둥절합니다."

"조언을 해 드려도 될까요?"

"해 주세요."

"파실 거라면 경매에 붙이십시오. 누구도 본 적 없는 이런 보석은 엄청난 호기심을 불러일으킬 테고, 십중팔구 부유한 개인 구매자들이 경매장으로 몰려들어 업자들과 경쟁할 겁니다. 그리고 사우디 왕족에게 직접 받은 보석이라는 점까지 밝히신다면, 경매가는 천정부지로 치솟을 겁니다."

"정말 너무나 친절하시네요. 팔기로 결정하면 먼저 여기 와서 조언을 구하겠습니다. 하나만 여쭙겠습니다. 다이아몬드를 매장에서 사면 정말로 도매가의 두 배인가요?"

"업자들 사이의 비밀이긴 하지만, 실제로 그렇습니다."

"그럼 본드 거리나 뭐 그런 곳에서 사면 실제 값어치의 두 배를 지불합니까?"

"대개 그렇죠. 그래서 수많은 젊은 여인들이 남편이나 애인에게서 받은 다이아를 다시 팔려고 할 때 엄청난 충격을 받는답니다."

"결국 다이아몬드가 여자에게 최고의 친구는 아니로군요?"

"물론 갖고 있을 때는 좋은 친구죠. 방금 선생께서 느끼셨듯이 말입니다. 하지만 잘 모르는 사람이 투자 목적으로 사기에는 좋지 않습니다."

하이 가로 나온 로버트 샌디는 자전거를 타고 집으로 향했다. 머리가 어질어질했다. 마치 방금 와인 한 병을 혼자 다 마신 것만 같았다. 성실한 의사 로버트 샌디는 지금 침착하고 분별 있게 옥스퍼드의 거리들을 자전거로 누비고 있지만, 그의 낡은 트위드 재킷 호주머니에는 50만 달러가 넘는 물건이 들어 있었다! 터무니없는 소리 같았다. 하지만 사실이었다.

4시 반쯤 어케이셔 가에 있는 집으로 돌아온 그는 차고로 가서 자전거를 차 옆에 세워 놓았다. 그러고는 좁은 콘크리트 길을 따라 현관으로 가는 동안 문득 자신이 달리고 있다는 사실을 깨달았다. 그는 우뚝 멈춰 서서 소리쳤다.

"그러지 마! 진정해. 베티한테 진짜 멋지게 알려야 한다고! 천천히 이야기를 풀어 놓는 거야."

하지만 조바심이 나서 견딜 수가 없었다. 오늘 오후에 있었던 일을 빨리 사랑스러운 아내에게 알리고 그녀의 표정을 보고 싶었다. 부엌에 들어가서 보니, 아내는 손수 만든 잼이 든 단지들을 바구니에 담고 있었다.

여느 때처럼 그녀가 남편을 보고는 반갑게 외쳤다.

"로버트! 일찍 퇴근했네! 잘했어!"

남편이 그녀에게 키스하고 말했다.

"좀 일찍 왔지?"

"오늘 렌쇼 부부 집에 가는 거 안 잊었구나? 이제 곧 출발해야 돼."

"그랬나? 아, 맞아, 그랬지. 그래서 일찍 퇴근한 거지."

"마거릿한테 잼을 좀 가져다주려고."

"좋아. 아주 좋아. 잼 가져다줘야지. 마거릿한테. 아주 좋은 생각이야."

남편의 태도가 어쩐지 이상하다고 느낀 아내가 돌아서서 그를 빤히 보며 물었다.

"여보, 무슨 일 있었어? 당신 오늘 좀 이상한데."

"우리 술 한잔해. 당신한테 할 말이 있어."

"어머, 여보. 설마 나쁜 소식은 아니겠지?"

"아냐. 재미있는 일이야. 당신도 좋아할 거야."

"외과 과장으로 승진했구나!"

"그보다 더 재미있는 일이야. 자, 어서 진하게 한 잔 타서 가져와. 앉아서 이야기해 줄 테니까."

"술 마시기에는 좀 이른데."

말은 그렇게 했지만 그녀는 냉장고에서 얼음 틀을 가져와 위스키소다(위스키에 소다수를 탄 칵테일—옮긴이)를 만들기 시작했다. 그러는 동안 남편을 계속 힐끔거리며 말했다.

"당신이 이러는 건 처음 보는 것 같아. 몹시 들떠 있으면서 아주 차분한 척하잖아. 얼굴은 온통 벌건데 말이야. 정말 좋은 소식 맞아?"

"그럴 거야. 하지만 당신이 직접 판단해."

남편은 식탁에 앉아서 자기 앞에 위스키 술잔을 내려놓는 아내를 지켜보았다.

그녀가 말했다.

"좋아. 말해 봐. 들어 볼게."

"그 전에 당신도 한 잔 마셔."

"맙소사, 대체 뭐야?"

아내가 술잔에 진을 조금 따르고 얼음 틀에 손을 뻗자 남편이 말했다.

"더 따라. 제대로 진하게 마셔야 할 거야."

"점점 불안해지는걸."

하지만 아내는 남편 말대로 했다. 그런 다음 얼음을 넣고 토닉으로 술잔을 가득 채웠다. 그녀는 남편 옆에 앉아서 말했다.

"자, 이제 털어놔 봐."

로버트는 이야기를 시작했다. 상담실에서 왕자를 만난 일부터 시작해 이런저런 말을 장황하게 늘어놓다 보니 10분이 지나서야 다이아몬드에 이르렀다.

아내가 핀잔을 주었다.

"그런 허무맹랑한 소릴 하면서 얼굴까지 벌게지고 싱글거리다니, 당신도 참."

남편이 호주머니에서 작고 까만 주머니를 꺼내 식탁에 올려놓았다.

"여기 있어. 이래도 허무맹랑해?"

아내는 실크 끈을 풀고 보석을 손바닥에 떨어뜨리더니 소리쳤다.

"어머나, 세상에! 믿을 수가 없어!"

"물론 그렇겠지."

"너무 놀라워."

"여기서 끝이 아니야."

그는 아내가 다이아몬드를 한 손에서 다른 손으로 옮기는 것을 보며 하이 가에 있는 해리 골드의 가게를 찾아간 이야기를 들려주었다. 그리고 보석상이 다이아몬드의 값어치를 설명하는 부분에서 이야기를 멈추고 물었다.

"얼마라고 했을 것 같아?"

아내가 대답했다.

"거액이겠지. 틀림없어. 이 눈부신 보석을 봐!"

"그러니 맞혀 보라고. 얼마일까?"

"1만 파운드? 솔직히 감도 안 잡혀."

"다시 맞혀 봐."

"더 비싸단 말이야?"

"응. 훨씬 더."

"2만 파운드!"

"그 정도만 돼도 가슴이 벌렁벌렁하겠지?"

"당연하지, 여보! 정말 2만 파운드짜리야?"

"그 이상이야."

"제발 애간장 태우지 말고 골드 씨가 뭐라고 했는지 알려줘, 로버트."

"술 한 모금 더 마셔."

아내는 남편이 시키는 대로 하고 술잔을 내려놓은 다음 그를 바라보며 기다렸다.

"최소 50만 달러에서 100만 달러까지 가능하대."

"말도 안 돼!"

기겁한 말투였다.

"흔히 물방울 다이아라고 부르지. 그래서 끝부분이 바늘처럼 뾰족해."

아내는 여전히 기겁한 표정으로 중얼거렸다.

"나 너무 얼떨떨해."

"50만 달러일 줄은 짐작도 못 했지?"

"그런 돈은 평생 상상도 못 했는걸."

자리에서 일어난 그녀는 남편에게 다가가 와락 껴안으며 키스했다.

"당신은 이 세상에서 제일 멋지고 훌륭한 남자야!"

로버트가 빙그레 웃었다.

"나도 엄청 놀랐어. 지금도 그래."

아내는 별처럼 반짝이는 눈으로 남편을 바라보며 외쳤다.

"오, 로버트! 이게 뭘 뜻하는지 알아? 우리 딸 다이애나와 걔 남편이 그 비좁고 끔찍한 연립 주택에서 벗어날 수 있다는 뜻이야! 우리가 집 한 채 사 주면 돼!"

"맞아, 그거 좋은 생각이군!"

"존에게도 버젓한 방을 구해 주고 의과 대학 다니는 내내 용돈을 넉넉히 줄 수 있어! 그리고 벤도…… 앞으로는 칼바람 부는 한겨울에 오토바이 타고 출근하지 않아도 돼. 차 한 대 뽑아 주지 뭐. 그리고…… 그리고…… 그리고……."

남편은 빙그레 웃으며 물었다.

"또 뭐?"

"당신이랑 나랑 진짜 근사한 여행을 떠날 수 있어! 가고 싶은 곳은 어디든 가도 돼! 이집트나 터키에 갈 수도 있고, 당신이 오래전부터 가고 싶어 한 발벡(레바논의 도시-옮긴이)이건 어디건 갈 수 있다고!"

머릿속에서 펼쳐지는 작은 행복들에 대한 기대로 숨이 막힐 지경인 아내가 한마디 덧붙였다.

"그리고 당신은 난생처음 진짜 멋진 물건들을 수집할 수도 있을 거야!"

로버트 샌디는 학창 시절부터 줄곧 이탈리아, 그리스, 터키, 시리아, 이집트 등등 지중해 국가들의 역사에 몰두했으며, 덕분에 다양한 문명 지역의 고대사에 해박한 전문가가 되다시피 했다. 이를 위해 독서와 연구를 병행했고, 짬이 날 때마다 대영 박물관과 애슈몰린 박물관도 찾아갔다. 하지만 그럭저럭 먹고살 만한 의사 월급으로 세 자녀를 교육시켜야 하는 처지라 마음껏 열중할 수가 없었다. 가장 가고 싶었던 곳은 소아시아의 장대한 몇몇 오지와 현재 이라크 지하에 있는 바빌론의 마을이었으며, 크테시폰(고대 메소포타미아 지역의 대도시-옮긴이)의 홍예문과 멤피스의 스핑크스를 비롯해 100여 가지 유물과 유적이 보고 싶었지만 시간도 돈도 그의 꿈을 허락하지 않았다. 그래도 거실에 놓인 기다란 커피 테이블에는 그가 평생 여기저기서 값싸게 수집해 온 작은 물건과 조각이 가득했다. 상(上)이집트에서 가져온 미라 모양의 뿌옇고 신비로운 설화 석고 우샤브티(고대 이집트에서 미라와 함께 묘에 넣던 부장품-옮긴이)도 있었는데, 로버트가 알기로는 이집트 왕조 시대 이전인 기원전 7000년경의 물건이었다. 또한 말 그림이 새겨진 리디아(소아시아 서부에 있던 옛 왕국-옮긴이)의 청동 그릇, 초기 비잔틴 제국의 뒤틀린 은목걸이, 이집트 석관에서 나온 채색 나무 가면의 일부, 작고 까만 에트루리아(이탈리아 서부에 있던 옛 국가-옮긴이) 접시, 그리고 그 밖에 작고 부서지기 쉬운 흥미로운 물건 쉰 점 정도가 있었다. 특별히 귀한 건 하나도 없지만, 로버트 샌디는 그것들을 모두 애지중지했다.

아내가 물었다.

"멋지지 않겠어? 맨 먼저 어디 갈까?"

"터키."

"잠깐만."

그녀는 식탁에서 반짝이는 다이아몬드를 가리키며 말을 이었다.

"잃어버리기 전에 저 값비싼 물건을 안전한 곳에 두는 게 좋겠어."

"오늘은 금요일이야. 렌쇼 부부의 집에서 언제 돌아오지?"

"일요일 저녁."

"그럼 그동안 이 100만 파운드짜리 보석을 어쩌지? 호주머니에 넣어 갖고 갈까?"

"안 돼. 그건 어리석은 짓이야. 100만 파운드를 호주머니에 넣고 주말 내내 돌아다닐 수는 없어. 은행 대여 금고에 넣어 둬야 해. 지금 당장."

"지금은 금요일 저녁이야, 여보. 모든 은행이 월요일에나 문을 연다고."

"그렇네. 그러면 집 안에 숨겨 놓는 게 좋겠어."

"우리가 돌아올 때까지는 집이 비어 있을 거야. 썩 좋은 생각은 아닌 것 같은데."

"당신 호주머니나 내 핸드백에 넣고 다니는 것보단 나아."

"집에 두고 갈 순 없어. 빈집은 늘 절도의 표적이니까."

"에이, 여보. 아무도 찾을 수 없는 곳을 생각해 내면 돼."

"찻주전자에 넣을까?"

아내가 한마디 보탰다.

"설탕 통 속에 묻어 둬도 되고."

"아니면 담배 파이프 거치대에 있는 파이프 하나를 골라 그 대통에 넣거나. 그리고 담뱃잎 가루로 덮으면 돼."

"진달래 화분 흙에 묻어도 되지."

"오호, 그거 나쁘지 않은데. 그게 가장 좋겠어."

식탁에 앉아 있는 그들은 집을 비우는 이틀 동안 둘 사이에 놓인 보석을 어떻게 할지 사뭇 진지하게 고민했다.

남편이 말했다.

"아무래도 내가 갖고 다니는 게 최선일 것 같아."

"아냐, 로버트. 당신은 보석이 잘 있는지 확인하려고 5분마다 호주머니를 만지작거릴 거야. 한순간도 편히 있질 못할 거라고."

"당신 말이 맞아. 그래, 좋아. 거실에 있는 진달래 화분 흙에 묻을까? 거기라면 아무도 눈여겨보지 않을 테니까."

"100퍼센트 안전하지는 않아. 누군가 화분을 건드려 넘어뜨리면 흙이 바닥에 쏟아질 수도 있어. 그랬다가는 반짝이는 다이아몬드가 드러날 거야."

"그럴 확률은 1,000분의 1이야. 사실 집에 도둑이 들 확률도 1,000분의 1이고."

"아니, 그렇지 않아. 가택 절도는 날마다 일어나는 범죄야. 그런 위험을 무릅쓸 수는 없어. 하지만 난 당신이 이것 때문에 신경 쓰거나 걱정하는 거 원치 않아."

"내 생각도 그래."

두 사람은 한동안 말없이 술만 홀짝였다.

갑자기 아내가 의자에서 벌떡 일어나며 소리쳤다.

"좋은 수가 있어! 기막힌 장소가 생각났어!"

"어디?"

"여기."

그녀는 얼음 틀을 집어 들고 빈칸 하나를 가리키며 말을 이었다.

"여기에 다이아를 넣고 물을 채운 다음 냉장고에 도로 넣는 거야. 한두 시간 뒤면 단단한 얼음에 감춰지겠지. 투명한 보석이니까 어차피 봐도 눈치채지 못할 테고."

로버트 샌디는 얼음 틀을 물끄러미 보고 소리쳤다.

"환상적이야! 당신은 천재야! 당장 하자고!"

"진짜 그렇게 해?"

"물론이지. 끝내주는 아이디어야."

베티는 다이아몬드를 집어 얼음 틀의 작은 빈칸 한 곳에 놓았다. 그러고는 싱크대로 가서 얼음 틀에 물을 가득 채운 뒤, 냉동실 문을 열고 얼음 틀을 밀어 넣었다.

"왼쪽 맨 위 얼음 틀이야. 기억해 두는 게 좋아. 그리고 맨 오른 칸 얼음에 보석이 들어 있어."

남편이 고개를 끄덕였다.

“왼쪽 맨 위 얼음 틀. 알았어. 안전하게 숨겨 놓으니 한결 마음이 놓이는군.”

“어서 술 마셔, 여보. 곧 출발해야 돼. 당신 짐은 내가 챙겨 놨어. 그리고 집에 돌아올 때까지는 더 이상 100만 파운드 생각은 하지 말아야 해.”

“다른 사람한테 이야기할까? 렌쇼 부부나 거기 오는 손님들 말이야.”

“나라면 안 그러겠어. 이런 놀라운 이야기는 금세 사방으로 퍼져 나갈 테니까. 그럼 어떻게 되는지 알아? 당장 신문에 날 거야.”

“사우디 국왕이 좋아하지 않겠군.”

“나도 싫어. 그러니 당장은 입도 벙긋하지 말자고.”

“당신 말이 옳아. 괜히 소문나서 좋을 거 없지.”

아내가 웃으며 말했다.

“이참에 당신 차 새로 한 대 뽑아.”

“그래야지. 당신 차도 뽑아 줄게. 어떤 차가 좋겠어, 여보?”

“생각해 볼게.”

잠시 뒤, 두 사람은 차를 몰고 렌쇼 부부의 집으로 주말을 보내러 갔다. 휘트니 너머에 있어서 그리 멀지 않았다. 그들 집에서 불과 30분 거리였다. 찰리 렌쇼는 래드클리프 병원의 상담 의사로, 샌디 부부와는 오래전부터 알고 지낸 사이였다.

주말 내내 즐거웠고 아무 사고도 없었다. 일요일 저녁 7시쯤, 샌디 부부는 어케이셔 가에 있는 집으로 돌아왔다. 로버트가 작은 여행 가방 두 개를 차에서 내리고 아내와 함께 마당을 지나 현관으로 걸어갔다. 그는 잠긴 문을 열고 아내를 먼저 들여보내 주었다.

그녀가 말했다.

"스크램블드에그랑 바삭한 베이컨 만들어 줄게. 일단 한잔 할래, 여보?"

"좋지."

로버트가 문을 닫고 여행 가방들을 위층으로 옮기려 할 때, 거실에서 날카로운 비명이 터져 나왔다. 아내의 목소리였다.

"어머, 세상에! 이럴 수가! 어떡해! 어떡해!"

로버트는 여행 가방을 떨어뜨리고 아내가 있는 거실로 달려갔다. 두 손으로 얼굴을 감싸고 선 그녀의 뺨에서는 이미 눈물이 흘러내리고 있었다.

거실은 한마디로 아수라장이었다. 젖혀진 커튼 말고는 멀쩡한 물건이 하나도 없는 듯했다. 다른 건 죄다 박살이 나 있었다. 커피 테이블에 놓여 있던 로버트 샌디의 작고 소중한 물건들은 모두 누가 벽에 내던졌는지 산산이 조각난 채 카펫에 널려 있었다. 유리 장식장은 쓰러져 있고, 서랍장의 서랍 네 개는 모두 튀어나와 있었으며, 안에 들어 있던 사진 앨범, 각종 보드게임과 체스 판을 비롯해 온갖 가족 물건들이 방바닥에 흩어져 있었다. 맞은편 벽을 보니, 바닥에서 천장까지 이어진 커다란 책장에 꽂혀 있던 책들도 누군가 모조리 뽑아 놓았다. 펼쳐지고 찢어진 책 더미가 거실 바닥 곳곳에 쌓여 있었다. 수채화 액자 네 개의 유리도 깨져 있었으며, 세 자녀의 어린 시절 모습을 그린 유화도 칼로 난도질되어 있었다. 안락의자들과 소파 역시 갈가리 찢겨 충전재가 밖으로 튀어나와 있었다. 커튼과 카펫을 제외하면 거실 물건 전부가 파괴된 것이다.

아내가 남편 품에 쓰러지며 울먹였다.

"오, 여보. 너무 분해서 견딜 수가 없어."

로버트는 아무 말도 하지 않았다. 속이 뒤집혔다.

"당신은 여기 있어. 내가 위층을 보고 올게."

그는 한 번에 두 계단씩 밟고 올라가 우선 안방으로 들어갔다. 거기도 마찬가지였다. 서랍은 죄다 뽑혀 있고, 셔츠와 블라우스와 속옷이 사방에 널려 있었다. 더블베드의 침대보는 벗겨져 있고 매트리스까지 뒤집혀 있었으며, 곳곳이 칼에 찢겨 있었다. 벽장도 활짝 열려 있었고, 옷걸이에 걸려 있던 드레스와 정장과 바지와 재킷과 셔츠가 모두 떨어져 있었다. 다른 방을 볼 필요도 없었다. 그는 아래층으로 달려 내려와 한 팔로 아내의 어깨를 안고 난장판이 된 거실을 가로질러 부엌으로 갔다. 하지만 안에 들어서자마자 멈춰 섰다.

부엌 상태는 이루 말할 수 없을 정도로 엉망이었다. 거의 모든 그릇과 용기가 바닥에 떨어져 내용물이 쏟아진 채 산산조각 나 있었다. 깨진 그릇과 유리병, 갖가지 음식이 어지럽게 널려 있어 흡사 쓰레기장 같았다. 원래 베티가 직접 만든 잼과 피클, 병조림 과일이 긴 선반에 놓여 있었는데, 누가 전부 쓸어 버렸는지 박살이 난 채 바닥에 나뒹굴고 있었다. 마요네즈, 케첩, 식초, 올리브기름, 채소 기름 등등 찬장에 있던 물건들도 마찬가지였다. 반대편 벽의 또 다른 선반 두 개에는 큼지막한 젖빛 유리 마개가 꽂힌 크고 사랑스러운 유리 단지가 스무 개쯤 있었고, 그 안에는 쌀과 밀가루와 흑설탕과 밀기울과 오트밀 등등 온갖 것이 담겨 있었다. 하지만 지금은 모든 단지가 수많은 조각으로 깨진 채 내용물이 쏟아져 있었다. 냉장고 문도 열려 있었다. 남은 음식, 우유, 달걀, 버터, 요구르트, 토마토, 양상추 등등 안에 있던 것들은 누군가가 몽땅 밖으로 꺼내서 예쁜 타일 바닥에 흩뜨려 놓았다. 냉장고 안쪽 서랍들은 버려진 음식 더미로 내던져져 짓밟혀 있었다. 플라스틱 얼음 틀도 죄다 뽑혀 두 동강이 난 채 옆에 버려져 있었다. 플라스틱 코팅 선반까지 뜯어내 반으로 꺾은 다음 나머지 것들 사이에 버려 놓았다. 식탁에 있던 온갖 술병과 ―위스키, 진, 보드카, 셰리(스페인 남부에서 생산되던 화이트 와인―옮긴이), 베르무트(와인에 향료를 넣어 우려 만든 술―옮긴이)― 맥주 캔 여섯 개는 모두 비어 있었다. 온 집 안에서 부서지지 않은 물건은 술병들과 맥주 캔뿐인 것 같았다. 바닥 전체가 온갖 음식과 쓰레기로 두껍게 덮여 있다시피 했다. 마치 누가 못된 꼬마들에게 얼마나 난장판을 만들 수 있는지 해 보라고 시켰고, 녀석들이 성공적으로 임무를 완수한 것 같았다.

로버트 샌디와 베티 샌디는 아수라장 가장자리에 서서 할 말을 잃고 두려움에 떨었다. 마침내 로버트가 말문을 열었다.

"우리의 사랑스러운 다이아몬드는 아마 저 밑 어딘가에 있을 거야."

베티가 대꾸했다.

"다이아몬드 따위는 관심 없어. 이런 짓을 한 자들을 죽여 버리고 싶을 뿐이야."

"나도 그래. 경찰에 신고해야겠어."

그는 거실로 돌아와 수화기를 집어 들었다. 기적적으로 전화는 고장 나지 않았다.

첫 순찰차가 몇 분 뒤에 도착했다. 그로부터 30분 사이에 경찰 조사관과 형사 두 명, 지문 감식 전문가와 사진사가 차례로 왔다.

까만 콧수염을 기른 작달막한 근육질 조사관이 집을 한번 둘러보고 나서 로버트 샌디에게 말했다.

"전문 절도범의 소행은 아닙니다. 심지어 아마추어 절도범도 아니죠. 거리의 불량배들에 불과합니다. 인간쓰레기, 양아치 같은 놈들입죠. 세 명이 한 짓으로 보입니다. 이런 놈들은 동네를 어슬렁거리다 빈집을 발견하면 멋대로 들어가 술부터 찾습니다. 선생께서는 집에 술을 많이 두셨습니까?"

로버트가 대답했다.

"흔히 있는 것들입니다. 위스키, 진, 보드카, 셰리 그리고 맥주 몇 캔."

"놈들이 다 마셨을 겁니다. 이런 자들의 머릿속에는 두 가지밖에 없거든요. 퍼마시기와 파괴하기. 술이란 술은 죄다 식탁에 모아 놓고 앉아서 코가 비뚤어지도록 마셔 댑니다. 그러고 나서 미친 듯이 파괴하는 거죠."

"그자들이 물건을 훔치려 온 게 아니란 말씀입니까?"

"아무것도 훔치지 않았을 겁니다. 절도가 목적이었다면 적어도 텔레비전은 가져갔겠죠. 하지만 그냥 박살 내지 않았습니까."

"대체 왜 이런 짓을 하죠?"

"그놈들 부모에게 물어보세요. 놈들은 쓰레기에 불과합니다. 요즘 젊은 녀석들은 죄다 망나니입니다."

잠시 뒤 로버트는 다이아몬드에 대해 털어놓았다. 경찰의 관점에서는 그것이 조사의 핵심일 것 같아서 자초지종을 자세히 이야기했다.

조사관은 크게 놀랐다.

"50만 파운드라고요? 맙소사!"

"그 두 배일 수도 있습니다."

"그렇다면 그것부터 찾아야겠군요."

"쓰레기 더미 사이로 기어 다니며 찾고 싶지는 않습니다. 지금은 그럴 마음이 안 생기네요."

"저희한테 맡겨 주십시오. 찾아내겠습니다. 교묘히 잘 숨겨 놓으셨네요."

"제 아내 생각이었습니다. 그런데 조사관님, 비록 가능성은 희박하지만 만약 그자들이 다이아를 발견했다면……."

"그럴 리 없습니다. 무슨 수로 찾겠습니까?"

"바닥에 떨어진 얼음이 녹으면 다이아가 드러날 테고, 그게 눈에 띄었을 수도 있죠. 물론 가능성이 낮다는 건 압니다. 하지만 발견했다면 가져갔겠죠?"

"아마 그랬을 겁니다. 다이아몬드를 마다할 이는 없으니까요. 자석처럼 사람을 끌어당기는 보석이죠. 네, 바닥에 떨어진 다이아를 봤다면 호주머니에 넣어 갔을 겁니다. 하지만 걱정 마십시오, 의사 선생님. 금방 찾을 테니까요."

"그건 걱정하지 않습니다. 지금은 제 아내와 저희 집이 걱정이죠. 제 아내가 이곳을 좋은 집으로 만들려고 오랫동안 노력했거든요."

"자, 선생께서 지금 할 일은 아내분과 함께 호텔에 가서 휴식을 취하는 겁니다. 두 분 모두 내일 돌아오십시오. 저희는 조사를 시작할 테니까요. 이 집은 사람을 두고 지키게 하겠습니다."

로버트가 대꾸했다.

"월요일 아침에 당장 수술이 잡혀 있습니다. 하지만 아마 제 아내는 집에 오겠다고 할 겁니다."

조사관은 고개를 끄덕였다.

"좋습니다. 집 안이 이 꼴로 난장판이 되는 건 참으로 고통스럽습니다. 엄청난 충격이죠. 저는 이런 집 숱하게 봤어요. 너무나 참담한 일입니다."

이날 밤, 로버트 샌디와 베티 샌디는 옥스퍼드의 랜돌프 호텔에 묵었다. 그리고 이튿날 아침 8시에 로버트는 병원 수술실에서 줄줄이 이어진 오전 업무를 시작했다.

정오가 막 지났을 무렵 마지막 수술이 끝났다. 한 장년 남성의 간단한 양성 전립선암 수술이었다. 로버트는 수술 장갑과 마스크를 벗은 다음 커피를 마시려고 옆문을 통해 작은 의사 휴게실로 들어갔다. 하지만 먼저 수화기를 들고 아내에게 전화를 걸었다.

"거긴 좀 어때, 여보?"

"오, 로버트, 너무 끔찍해. 어디서부터 손을 대야 좋을지 모르겠어."

"보험 회사에는 연락했어?"

"응. 보상 목록을 작성하러 곧 올 거야."

"좋아. 경찰에서는 우리 다이아몬드 찾았대?"

"못 찾았나 봐. 부엌의 쓰레기 더미를 샅샅이 뒤졌는데 거긴 분명히 없다는 거야."

"그럼 대체 어디로 갔지? 그 불량배들이 발견한 걸까?"
"아마 그랬을 거야. 얼음 틀을 부쉈을 때 얼음이 죄다 떨어졌겠지. 살짝 비틀기만 해도 쏟아지잖아. 그러라고 만든 기구니까."
"하지만 얼음에 있는 다이아는 못 봤을 텐데."
"얼음이 녹은 뒤에 발견했겠지. 그자들은 우리 집에 몇 시간이나 있었어. 얼음이 녹을 시간은 충분했다고."
"당신 말이 맞겠군."
"바닥에 떨어진 다이아는 눈에 확 띄었을 거야. 워낙 반짝이니까."
"제기랄."
"설령 되찾지 못한다 해도 크게 아쉬워할 필요 없어, 여보. 어차피 우리 손에 있었던 건 고작 몇 시간이었잖아."
"맞아. 그 불량배들이 누군지 경찰에서 무슨 단서라도 찾아냈대?"
"아니. 지문은 많이 발견했지만 기존 범죄자들과 일치하는 건 없나 봐."
"길거리 불량배에 불과한 놈들이라면 그렇겠지."
"조사관도 그렇게 말했어."
"자, 여보. 방금 오전 업무가 다 끝났어. 커피 좀 마시고 집에 가서 도와줄게."
"좋아. 당신이 필요해, 로버트. 얼른 와서 곁에 있어 줘."

"딱 5분만 쉬었다 갈게. 너무 지쳤거든."

로버트의 수술실에서 10미터쯤 떨어진 제2 수술실에서도 브라이언 고프라는 또 다른 외과 의사가 오전 업무를 거의 마쳤다. 그의 마지막 환자는 작은창자 속 어딘가에 뼛조각이 박힌 청년이었다. 윌리엄 해덕이라는 젊고 명랑한 수련의가 고프를 돕고 있었다. 방금 해덕과 함께 환자의 복부를 절개한 고프는 작은창자의 일부를 들어 올리고 손가락으로 더듬으며 뼈가 박힌 부위를 찾기 시작했다. 특별히 까다로운 수술이 아니라 두 의사는 일하는 동안 줄곧 대화를 나눴다.

윌리엄 해덕이 말했다.

"살아 있는 물고기들이 방광에 가득 찼던 남자 이야기를 제가 한 적이 있나요?"

고프가 대답했다.

"금시초문인데."

"제가 바츠 의대에 다닐 때, 아주 못돼 먹은 비뇨기과 교수가 한 명 있었습니다. 하루는 그 멍청이가 방광 내시경으로 방광을 검사하는 시범을 보여 주기로 했습니다. 요로 결석이 의심되는 노인 환자가 대상이었죠. 당시 그 대학 병원 대기실에는 커다란 어항이 있었고, 그 안에는 알록달록 반짝이는 체색 때문에 네온이라 불리는 아주 작은 물고기가 가득했습니다. 그런데 의대생 한 명이 주사기로 그 물고기를 스무 마리가량 빨아들이고는, 마취된 환자가 방광 검사를 받으러 수술실로 들어가기 전에 그의 방광에 물고기들을 주입했습니다."

수술실 간호사가 소리를 질렀다.

"어휴, 역겨워! 더는 못 듣겠어요, 미스터 해덕!"

브라이언 고프는 마스크를 쓴 채 빙그레 웃으며 말했다.

"그래서 어떻게 됐어?"

그는 소독한 천에 환자의 작은창자 1미터 정도를 올려놓고 여전히 손으로 더듬고 있었다.

윌리엄 해덕이 다시 이야기했다.

"교수가 환자의 방광에 꽂은 내시경에 눈을 대더니, 갑자기 흥분해서 펄쩍펄쩍 뛰고 소리를 질러 댔습니다.

그러자 장난을 친 학생이 물었습니다. '왜 그러세요, 교수님? 뭐가 보이는데요?'

교수가 소리쳤죠. '물고기야! 작은 물고기 수백 마리가 헤엄치고 있어!'"

간호사가 핀잔을 놓았다.

"지어낸 이야기죠? 뻥치지 말아요."

수련의가 대답했다.

"절대 뻥 아닙니다. 저도 내시경에 눈을 대고 물고기를 봤거든요. 실제로 방광에서 헤엄치고 있더라니까요."

고프가 한마디 했다.

"해덕(대구의 일종인 물고기-옮긴이)이라는 이름을 가진 친구다운 황당한 물고기 이야기로군."

곧이어 그가 덧붙였다.

"찾았어. 이 가엾은 젊은이가 이것 때문에 고생했구먼. 만져 보겠나?"

윌리엄 해덕은 연회색 창자를 손으로 잡고 눌러 보았다.

"네, 있네요."

"거길 잘 보면 뼛조각에 점막이 뚫린 부위가 있을 거야. 이미 염증까지 생겼지."

브라이언 고프가 그 창자 부분을 왼손으로 잡고 간호사가 준 메스로 살짝 절개했다. 이어서 간호사가 건넨 겸자를 창자에 넣어 질척이는 내용물을 헤치고 문제의 물체를 찾아냈다. 그것을 겸자로 꽉 잡아 꺼낸 다음, 간호사가 들고 있는 쟁반 위 작은 스테인리스 그릇에 떨어뜨렸다. 그 물체는 연갈색 점액에 덮여 있었다.

고프가 말했다.

"됐어. 이제 마무리는 자네가 해, 윌리엄. 난 회의하러 아래층으로 내려가야 하거든. 벌써 15분 지각이야."

윌리엄이 대꾸했다.

"어서 가세요. 환자의 몸은 제가 봉합하겠습니다."

외과의가 황급히 수술실을 나가자, 수련의는 먼저 환자의 창자를 꿰맨 다음 복부도 봉합했다. 이 작업은 고작 몇 분 만에 끝났다.

그가 마취사에게 말했다.

"다 끝났습니다."

마취사가 고개를 끄덕이고 환자의 얼굴에서 마스크를 벗겼다.

윌리엄이 간호사에게 말했다.

"수고하셨어요. 내일 뵙겠습니다."

그는 간호사의 쟁반에서 연갈색 점액에 덮인 물건이 담긴 스테인리스 그릇을 집어 들고 싱크대로 가며 중얼거렸다.

"십중팔구 닭 뼈겠지."

하지만 그 물건을 수돗물에 씻다가 소리쳤다.

"맙소사, 이게 뭐야? 와서 좀 봐요, 간호사!"

간호사가 다가와서 보더니 한마디 했다.

"인조 보석 같은데요. 목걸이에서 떨어졌나 봐요. 대체 어쩌다 이걸 삼켰을까요?"

윌리엄 해덕이 대꾸했다.

"끝이 뾰족하지 않았다면 창자를 통과했을 겁니다. 여자 친구한테 선물로 줘야겠는데요."

"그건 안 돼요, 미스터 해덕. 환자의 물건이잖아요. 잠깐만요. 다시 한 번 볼게요."

간호사는 윌리엄 해덕의 장갑 낀 손에서 보석을 받아 수술대 위에 매달린 강한 조명 아래로 갔다. 환자는 이미 수술대에서 들것으로 옮겨 옆방 회복실로 보내졌으며, 마취사도 그를 따라갔다.

"이리 와서 봐요, 미스터 해덕."

간호사가 흥분이 서린 목소리로 말했다. 윌리엄 해덕이 그녀 곁으로 가서 조명 아래 섰다. 그녀가 말을 이었다.

"놀라운 물건이에요. 반짝반짝 빛나는 것 좀 봐요. 유리와는 전혀 달라요."

윌리엄 해덕이 중얼거렸다.

"수정일지도 모르죠. 아니면 토파즈 같은 준보석이거나."

"내 생각을 말해 볼까요? 아무래도 다이아몬드 같아요."

"터무니없는 소리 말아요."

그사이 간호조무사가 수술 도구 카트를 밀고 갔고, 수술실 남자 보조는 정리를 거들었다. 두 사람 모두 젊은 수련의와 간호사가 뭘 하는지 신경 쓰지 않았다. 간호사는 나이가 스물여덟 살 정도였는데, 마스크를 벗으니 굉장히 매력적인 아가씨로 보였다.

윌리엄 해덕이 말했다.

"쉽게 확인할 수 있죠. 유리가 잘리는지 보면 됩니다."

그들은 성에가 낀 수술실 유리창으로 걸어갔다. 간호사가 엄지와 검지로 다이아몬드를 잡은 다음, 뾰족한 끝부분을 유리에 대고 누르며 밑으로 내렸다. 날카롭게 긁히는 소리와 함께 5센티미터 길이의 선이 깊게 파였다.

윌리엄 해덕이 탄성을 질렀다.

"하느님 맙소사! 다이아몬드잖아!"

간호사가 단호하게 말했다.

"내가 뭐래요. 어쨌든 이건 환자의 물건이에요."

"물론 그렇죠. 하지만 꺼내 달라는 말은 없었습니다. 잠깐만요. 그 친구 기록이 어디 있죠?"

그는 재빨리 수술대 옆 탁자로 가서 '존 딕스'라고 적힌 서류철을 집어 들고 펼쳤다. 안에는 환자의 창자를 찍은 엑스레이 사진과 방사선 검사 보고서가 있었다. 보고서 내용을 읽어보았다.

존 딕스. 17세. 주소 : 옥스퍼드 메이필드 가 123번지. 작은창자 상부에 커다란 물체가 걸려 있는 것이 확실함. 이상한 것을 삼킨 기억은 없지만 일요일 저녁에 프라이드치킨을 먹었다고 진술. 그 물체의 뾰족한 부분이 창자 점막을 찌른 것이 분명하며, 뼛조각일 가능성이…….

윌리엄 해덕이 고개를 갸웃했다.

"자기가 뭘 삼켰는지도 몰랐다는 소리잖아요?"

간호사도 맞장구쳤다.

"진짜 이상하네요."

"유리가 잘리는 것을 보면 다이아몬드인 건 명백합니다. 안 그렇습니까?"

"당연하죠."

"게다가 엄청 커요. 얼마나 훌륭한 다이아몬드인지 궁금하지 않습니까? 값이 얼마인지 말입니다."

"당장 연구실에 보내야겠네요."

"연구실은 무슨. 그건 재미없어요. 우리끼리 알아봅시다."

"어떻게요?"

"하이 가의 보석상에 가져가는 겁니다. 거기 가면 알 수 있어요. 보나마나 엄청 비싼 물건이겠죠. 훔치려는 게 아니라 그냥 알아보려는 겁니다. 어때요, 할래요?"

"잘 아는 보석상 있어요?"

"아뇨. 하지만 상관없습니다. 차 가져왔습니까?"

"주차장에 있어요."

"좋아요. 옷 갈아입어요. 주차장에서 봅시다. 어차피 점심시간이니까. 다이아몬드는 내가 가져갈게요."

20분 뒤, 12시 45분에 간호사의 소형차가 H. F. 골드의 귀금속점 앞에 멈춰 섰다. 주차 금지 선 위였다. 윌리엄 해덕이 말했다.

"괜찮아요. 오래 걸리지 않을 테니까."

그는 간호사와 함께 가게로 들어갔다.

가게에는 손님이 두 명 있었다. 젊은 남자와 여자가 납작한 상자에 담긴 반지들을 살펴보고 있었고, 여점원이 그들에게 설명하고 있었다. 해덕과 간호사가 가게로 들어서자마자 여점원은 계산대 밑 단추를 눌렀고, 곧이어 해리 골드가 가게 안쪽 문을 열고 나타났다. 그는 윌리엄 해덕과 간호사에게 물었다.

"자, 뭘 도와 드릴까요?"

"이 보석이 얼마짜리인지 알려 주시겠습니까?"

윌리엄 해덕은 계산대 위 초록색 천 조각에 다이아몬드를 올려놓았다.

순간 해리 골드는 멈칫했다. 보석을 뚫어져라 보았다. 잠시 후 고개를 들더니 눈앞에 서 있는 젊은 남녀를 빤히 보며 아주 빠르게 머리를 굴렸다. 그는 속으로 중얼거렸다. 침착해. 어리석은 짓은 하지 마. 자연스럽게 굴어.

그는 가능한 한 태연하게 말했다.

"음, 아주 훌륭한 다이아몬드로 보이는군요. 정말 굉장합니다. 제 사무실에서 무게를 재고 정밀하게 검사할 동안 잠시 기다려 주시겠습니까? 그래야 정확한 가격을 알려 드릴 수 있으니까요. 두 분 모두 앉아 계십시오."

해리 골드는 다이아몬드를 쥐고 다시 사무실로 들어갔다. 그리고 곧장 다이아몬드를 전자저울에 넣고 무게를 쟀다. 15.27캐럿. 로버트 샌디 씨의 보석과 정확히 같은 무게잖아! 사실 처음 봤을 때부터 동일한 보석이라고 확신했다. 이런 다이아몬드를 누가 헷갈리겠는가. 그리고 방금 측정한 무게가 증거였다. 본능적으로 당장 경찰에 신고해야지 싶었지만, 그는 실수를 좋아하지 않는 신중한 남자였다. 어쩌면 그 의사가 이미 다이아몬드를 팔았을 수도 있다. 자녀에게 줬을 수도 있다. 모를 일 아닌가.

그는 재빨리 옥스퍼드 전화번호부를 집어 들었다. 래드클리프 병원 번호는 옥스퍼드 249891이었다. 전화를 걸어 로버트 샌디 씨를 바꿔 달라고 했다. 로버트의 비서가 받았다. 골드는 아주 급한 일이라 당장 샌디 씨와 통화해야 한다고 했다. 비서가 말했다.

"잠깐 기다리세요."

그녀는 수술실로 전화했다. 샌디가 30분 전에 집에 갔다고 거기 직원이 말했다. 비서는 전화를 외부 연결로 돌리고 골드에게 직원의 말을 전했다.

골드가 비서에게 물었다.

"그분 댁 전화번호가 어떻게 됩니까?"

"환자와 관련된 일인가요?"

해리 골드는 버럭 소리쳤다.

"아뇨! 절도 문제입니다! 젠장, 아가씨, 빨리 전화번호나 알려 줘요!"

"실례지만 누구시죠?"

"해리 골드! 하이 가의 보석상입니다! 한시가 급한 일이란 말입니다!"

결국 비서가 전화번호를 알려 주었다.

해리 골드가 다시 전화 다이얼을 돌렸다.

"샌디 씨입니까?"

"그런데요."

"보석상 해리 골드입니다, 샌디 씨. 혹시 그 다이아몬드 분실하셨습니까?"

"네, 맞습니다."

해리 골드는 흥분한 목소리로 소곤거렸다.

"방금 두 사람이 그걸 가지고 저희 가게에 왔습니다. 남자와 여자입니다. 젊어 보이더군요. 값이 얼마인지 알려 달랍니다. 지금 밖에서 기다리고 있어요."

"제 보석이 확실합니까?"

"틀림없습니다. 무게를 재 봤거든요."

로버트 샌디가 소리쳤다.

"그자들을 붙잡아 두세요, 골드 씨! 말을 걸든, 우스갯소리를 하든, 뭐든 하세요! 저는 경찰을 부르겠습니다!"

그리고 곧장 경찰서에 전화를 걸었다. 몇 초 후 그는 이 사건을 담당한 조사관에게 소식을 전했다.

"빨리 거기 가서 두 사람을 체포하세요! 저도 가겠습니다!"

전화를 끊자마자 로버트 샌디는 아내에게 소리쳤다.

"여보! 얼른 차에 타. 우리 다이아몬드를 찾은 것 같아. 지금 절도범들이 해리 골드의 가게에서 그걸 팔려고 해!"

9분 뒤 샌디 부부의 차가 해리 골드의 가게에 도착했을 때는 이미 경찰차 두 대가 가게 앞에 세워져 있었다. 로버트가 말했다.

"어서, 여보. 안에 들어가서 어떻게 된 일인지 알아봐야 해."

이들 부부가 부리나케 들어갔을 때는 가게 안이 몹시 소란스러웠다. 경관 두 명과 사복 형사 둘이 —이중 한 명은 그 조사관이었다.— 성난 윌리엄 해덕과 훨씬 더 성난 간호사를 에워싸고 있었다. 젊은 의사와 간호사 모두 손목에 수갑이 채워져 있었다.

조사관이 말했다.

"그걸 어디서 발견했다고?"

간호사가 고래고래 소리쳤다.

"이 빌어먹을 수갑 풀어요! 다짜고짜 이게 무슨 짓이에요!"

조사관은 빈정대는 투로 대꾸했다.

"어디서 발견했는지 다시 말하라니까."

이번에는 윌리엄 해덕이 조사관에게 고함을 질렀다.

"사람 배 속에서 찾았다니까요! 두 번이나 말했잖아요!"

"헛소리 그만해!"

가게로 들어선 로버트 샌디가 수련의를 보고 외쳤다.

"맙소사, 윌리엄! 와이먼 간호사! 대체 둘이 여기서 뭐 하는 거야?"

조사관이 말했다.

"이들이 다이아몬드를 갖고 있었습니다. 팔아 치우려는 중이었죠. 아는 사람들입니까, 샌디 씨?"

윌리엄 해덕이 로버트 샌디와 조사관에게 다이아를 어디서 어떻게 발견했는지 털어놓았다. 설명은 그리 오래 걸리지 않았다.

로버트 샌디가 말했다.

"수갑을 풀어 주십시오, 조사관님. 이분들 말은 사실입니다. 당신이 찾는 범인, 적어도 그들 중 한 명은 지금 병원에 있습니다. 마취에서 깨어나는 중이죠. 안 그런가, 윌리엄?"

윌리엄 해덕이 고개를 주억거렸다.

"맞습니다. 그자의 이름은 존 딕스입니다. 수술 병동에 있을 겁니다."

간호사는 분이 풀리지 않은 얼굴로 말했다.

"대체 그 환자가 이런 다이아몬드를 어떻게 삼켰는지 누가 좀 말해 줘요. 자기가 뭘 삼켰는지도 몰랐단 말이에요."

로버트 샌디가 대답했다.

"내가 알 것 같아. 그자는 술에 얼음을 잔뜩 넣어 마셨어. 그러고는 곤드레만드레 취했겠지. 그 와중에 반쯤 녹은 얼음을 삼킨 거야."

간호사는 눈살을 찌푸렸다.

"여전히 이해가 안 되는데요."

"나중에 자세히 설명해 줄게. 지금은 다 같이 나가서 술이나 한잔합시다."

로알드 달의 위대한 이야기는 계속되고 있습니다.

로알드 달은 최고의 이야기꾼으로 유명하지만, 그가 아픈 어린이를 위해 많은 일을 하고 있다는 것은 잘 알려져 있지 않습니다. 오늘도 우리는 '로알드 달 기적의 어린이 자선단체'를 통해 도움이 절실히 필요한 어린이를 위해 일하고 있습니다. 병으로 고통 받거나 삶이 얼마나 지속될지 알 수 없는 상황이더라도, 모든 어린이는 행복한 삶을 살아야 한다고 우리는 믿습니다.

좀 더 자세한 정보는 www.roalddahl.com에서 찾을 수 있습니다.

작가가 살았던 버킹엄셔 그레이트 미센던에 있는 '로알드 달 박물관과 스토리센터'에 가면 로알드 달이 살아온 이야기와 그의 작품 활동에 대해 알 수 있습니다. 박물관은 자선단체로 6세~12세 어린이 또는 학교 단체와 일반인 모두에게 열려 있습니다. 아이들은 이곳에서 읽고, 쓰고, 이야기를 만들어 내는 환상적인 활동을 할 수 있습니다.

'로알드 달 기적의 어린이 자선단체(RDMCC)' 등록번호는 1137409입니다.
'로알드 달 박물관과 스토리센터(RDMSC)' 등록번호는 1085853입니다.
새로 설립한 '로알드 달 자선신탁'은 RDMCC와 RDMSC 활동을 후원합니다.

---

*저자 인세의 10%는 자선단체에 기부됩니다.

이원경 옮김

경희대학교 국어국문학과를 졸업하고 번역가의 길로 들어섰다. 존 스칼지의 《조이 이야기》, 《휴먼 디비전》, 《모든 것의 종말》을 비롯해, 파올로 바치갈루피의 《와인드업 걸》, 패트릭 오브라이언의 《마스터 앤드 커맨더》, 《포스트 캡틴》, 팀 세버린의 '바이킹' 시리즈 《오딘의 후예》, 《의형제》, 《왕의 남자》 등을 우리말로 옮겼으며, 다양한 분야의 어린이책도 번역하고 있다. 지은 책으로 《맨날 말썽 대체로 심술 그래도 사랑해》가 있다.

복수는 나의 것 주식회사

로알드 달 지음 | 이원경 옮김

1판 1쇄 펴낸날 2017년 3월 15일

펴낸곳 (주)베틀북 | **펴낸이** 강경태
편집 조성은, 박정민 | **디자인** 박성준, 방은진 | **교정교열** 박귀영
주소 서울시 강남구 언주로 703 (우)06053
전화 (02)2192-2300 | **팩스** (02)2192-2399 | **홈페이지** www.betterbooks.co.kr
등록번호 제16-1516호

ISBN 978-89-8488-928-6 04840
ISBN 978-89-8488-923-1 04840(세트)

이 도서의 국립중앙도서관 출판시도서목록(CIP)은 서지정보유통지원시스템 홈페이지(http://seoji.nl.go.kr)와 국가자료공동목록시스템(http://www.nl.go.kr/kolisnet)에서 이용하실 수 있습니다.(CIP제어번호: CIP2017004691)